Proband 63

Sascha Braun

AF235997

PROBAND
63

THRILLER

Sascha Braun

© 2022 Sascha Braun
Herstellung und Verlag: BoD – Books on Demand, Norderstedt
ISBN: 9783756859252
Herausgeber: Sascha Braun, c/o autorenglück.de
Franz-Mehring-Str. 15, 01237 Dresden
© Coverdesign: Buchcoverdesign.de / Chris Gilcher – https://buchcoverdesign.de
© Lektorat und Korrektorat: Kat van Arbour – https://katvanarbour.com
© Buchsatz: Mary Kuniz – www.marykuniz.de/herzblut-buchsatz
© Bildrechte: Adobe Stock ID 508848682, Adobe Stock ID 469568271 und freepik.com

Danke

Mit diesem Buch habe ich mir, im Alter von 43 Jahren, meinen alten Jugendtraum erfüllt. Besser spät als nie. Hätte ich das nicht getan, vermutlich wäre mein Traum irgendwann zu einem Dämon mutiert, der mich verfolgt, anstatt begleitet hätte.

Ich bin unendlich dankbar, dass das Leben mir die Möglichkeit gegeben hat, diesen Traum Wirklichkeit werden zu lassen. Ebenso dankbar bin ich all den Menschen, die mich auf diesem Weg begleitet, unterstützt, inspiriert, motiviert, angefeuert oder mir, wenn erforderlich, in den Arsch getreten, die an mich geglaubt und bereits im Vorfeld echtes Interesse an diesem Buchprojekt gezeigt haben.

Bitte seht es mir nach, dass es hier keine Namensliste gibt. Ich würde sicherlich viele wichtige Personen vergessen, die mich auf meinem Weg zum Schriftsteller und zur Buchveröffentlichung begleitet haben. Einer Person muss ich jedoch gezielt danken, denn durch ihre Inspiration habe ich überhaupt erst diese Reise angetreten.

Lieber Jonathan, mit deiner Leidenschaft für deinen Traum habe ich letztendlich meinen Traum wiederentdeckt und den Mut gefunden, ihn wahr werden zu lassen. Schattbuch, 2018, hier hat alles angefangen. Dir gilt mein ewiger Dank.

Aber auch allen anderen, die meine Reise begleitet haben: seid euch sicher, dass dieser Roman dank eurer Unterstützung Realität wurde.

Ich danke euch aus tiefstem Herzen.

PROLOG

E s war weit nach Mitternacht, als Claas Urban angetrunken und hochzufrieden durch die verwaisten Straßen Schönebergs lief. Sein neustes Buch hatte eingeschlagen wie eine Bombe und nun fand er sich regelmäßig in Interviews und bei Lesungen in hippen Buchläden wieder. Auch an diesem Abend hatte eine beinahe ehrfürchtige Leserschaft an seinen Lippen gehangen, als er aus seinem Werk vorlas, geduldig Fragen beantwortete und ein Exemplar nach dem anderen signierte. Claas Urban genoss den plötzlichen Erfolg und die Aufmerksamkeit, die ihm sein neustes Buch *Die Zuschauer* einbrachte.

Es wäre ein Roman unter vielen gewesen, der Migration, sexuelle Gewalt an Frauen oder rechten Terror thematisierte, doch im Gegensatz zu all den anderen Büchern beruhte Urbans Werk auf tatsächlichen Ereignissen. Seine Recherchen gingen so weit, dass die Staatsanwaltschaft Dortmund letztendlich dazu gezwungen war, Ermittlungen innerhalb der Polizei in Nordrhein-Westfalen einzuleiten. Mehrere Beamte wurden suspendiert, da sie den Aussagen der Opfer erst Beachtung schenkten, als es bereits zu spät und eine junge Frau tot war. Der Verfassungsschutz sah sich außerdem mit einem weiteren Netzwerk Rechtsradikaler konfrontiert, das man zuvor gar nicht auf dem Schirm hatte. Urban lächelte selbstgefällig, als er daran zurückdachte.

Mit seiner Veröffentlichung hatte der Schriftsteller und Journalist ins Wespennest gestochen und sonnte sich nun in der Aufmerksamkeit, die ihm zuteilwurde. Dabei war er längst auf etwas gestoßen, gegen das sein aktuelles Werk eine harmlose Gute-Nacht-Geschichte war.

Doch Urban wollte gar nicht so sehr über das nachdenken, was in naher Zukunft kommen mochte, sondern seinen Erfolg, ebenso wie seinen Rausch, in vollen Zügen genießen.

Wie seit einigen Wochen üblich, kehrten Urban und sein Verleger nach einer Lesung in eine der nahegelegenen Kneipen ein. An diesem Abend betraten die beiden eine der typischen Berliner Eckkneipen, von denen es leider immer weniger gab. Das Lokal trug den unspektakulären Namen „Zum Krug". Die Einrichtung wirkte wie aus der Zeit gefallen. Dunkle Holzvertäfelungen an Wänden und Decken, Bilder, die das kaiserliche Berlin zeigten und Blechschilder mit Werbeslogans aus den 1950er und 1960er Jahren bestimmten die Einrichtung. Ein opulenter Tresen durchschnitt den Raum entlang der rechten Wand und schirmte die Wirtin gegen den Gastraum ab. Der Laden war gut besucht, hauptsächlich von Ur-Berlinern. Aber auch einige englische Touristen sowie Studenten, die scheinbar wieder auf irgendeiner dieser merkwürdigen Retrowellen schwammen, zählten zu den Gästen.

Urban bestellte zum Einstieg ein Pils sowie einen Kräuterschnaps. Sein Verleger tat es ihm gleich. Wie immer blieb es nicht bei einem Getränk. Nach dem fünften Jägermeister spürte der Schriftsteller das Brennen in der Kehle kaum noch.

Kurz vor zwei Uhr hatte die Wirtin schließlich genug, schloss das Lokal und warf Urban und dessen Verleger als die letzten beiden Gäste hinaus.

„Hey, du wills uns wohl vadursdn lassen", krächzte Urban.

„Genau", stimmte seine Begleitung mit ein. „Is noch voll frühüü."

Der Protest blieb erfolglos. Kurz und knapp erwiderte die Wirtin, dass sie beide genug hätten und sie unter der Woche bereits um ein Uhr schließe.

Selbst in ihrem betrunkenen Zustand kapierten Urban und sein Verleger, dass die Wirtin ein Berliner Original war und sie gegen ihre resolute Art nichts entgegenzusetzen hatten. Enttäuscht verließen die beiden das Lokal.

Frischer Herbstwind wirbelte durch Urbans lockige Haare. Nach mehreren gescheiterten Versuchen eines kumpelhaften Händeschüttelns verabschiedete er sich von seinem Verleger und wankte in Richtung seiner Wohnung. Für Urban war es nur ein kurzer Weg. Zehn Minuten zu Fuß benötigte er bis zum Viktoria-Luise-Platz, zumindest in nüchternem Zustand.

Irgendwo auf halber Strecke, Urban hätte wahrscheinlich selbst nicht sagen können, wo genau, blieb er schwankend stehen. Er drehte sich Richtung Häuserzeile, stütze sich mit einer Hand gegen die Mauer, fummelte mit der anderen sein Geschlechtsteil aus der Hose und ließ der Natur ihren Lauf. Für einen Moment nickte er in dieser unwürdigen Position ein. Er zuckte jedoch umgehend zusammen und beendete sein Geschäft.

„Scheiß. Isch krigg das nisch su." Urban mühte sich mit seiner Hose ab, bekam gerade so den Hosenknopf geschlossen und verzichtete darauf, sich am Reisverschluss zu versuchen.

„Egaaaaaal", stöhnte er in die Dunkelheit. Schwerfällig machte er sich auf den restlichen Heimweg.

Trotz Brummschädel überkam ihn nach einigen Minuten ein eigenartiges Gefühl. Er sah sich nach allen Seiten um und verlor dabei fast das Gleichgewicht. Jemand lief hinter ihm.

Obwohl betrunken, erkannte Urban in der fremden Gestalt einen groß gewachsenen, schlanken Mann. Er trug einen Kapuzenpulli und hatte die Mütze tief ins Gesicht gezogen, sodass er nicht richtig zu erkennen war. Der Fremde lief direkt auf ihn zu. Argwöhnisch sah Urban ihn an, als dieser kurz vor ihm stehen blieb.

„Sie sind Claas Urban, ja?"

Trotz seines Alkoholpegels spürte der Autor die Nervosität des jungen Mannes. Unruhe und Anspannung gingen von ihm aus, die Urban in seinem Rausch nicht richtig zu deuten wusste.

„Sorry, aber für Autogramme isses aber jetzt ein bisschen spät, findst nicht."

Urban musste grinsen, als sein Gestammel ihm in die Ohren drang und er sich selbst reden hörte.

„Das ... das macht nichts."

Der junge Mann wirkte nun sichtlich erregt. Sein Körper bebte und der Atem ging schwer.

Schlagartig klärte sich Urbans Verstand. Etwas stimmte nicht. Sein Instinkt witterte Gefahr.

Da erst bemerkte Urban die Stange, die sein Gegenüber in der Hand hielt. Viel zu spät, da der Fremde bereits zum Schlag ausholte. Die Stange traf Urban links am Unterkiefer. Von der Wucht des Aufpralls wurde er zu Boden geschleudert.

Der Autor stieß einen gurgelnden Laut aus. Ein nie gekannter Schmerz explodierte in seinem Schädel. Er schmeckte das Blut zwischen seinen zertrümmerten

Kieferknochen. Bevor er überhaupt richtig begriff, was gerade passiert war, überrollte ihn der Schmerz ein weiteres Mal. Dann tauchte sein Verstand ab an einen Ort, an dem Raum und Zeit jegliche Bedeutung verloren hatten.

01

Mit festen Schritten ging der Gegner auf mich zu. Ich sah die Wut in seinen aufgerissenen Augen aufblitzen. Sein Abstand zu mir verkürzte sich auf wenige Meter. Er griff hinter seinen Rücken und zog eine Waffe hervor. Schlagartig blieb er stehen und streckte mir die Pistole entgegen. Er stand direkt vor mir, den Arm in meine Richtung gestreckt. Seine Pistole schwebte wenige Zentimeter vor meinem Kopf.

Mir blieben nur wenige Augenblicke, um zu reagieren. Trotzdem musste ich Ruhe bewahren. In den vielen Jahren als Kampfsportlerin hatte ich gelernt, dass Emotionen in einem Kampf fehl am Platz waren. Vorsicht, Wachsamkeit, schnelle Reaktionen und das Vertrauen auf die eigenen Fähigkeiten waren unerlässlich, wenn man einen Kampf für sich entscheiden wollte. Wut, Hass, Panik oder Angst hingegen machten unvorsichtig und führten zu leichtfertigen Reaktionen, die dem Gegner einen Vorteil verschaffen konnten.

Nun stand ich Auge in Auge meinem Angreifer gegenüber. Die Hände hielt ich neben dem Kopf, auf Höhe der Pistole und erfasste die Situation in einem

Bruchteil von Sekunden. Der Angreifer wirkte wütend, aufgebracht und fuchtelte unkontrolliert mit seiner Waffe vor meinem Gesicht herum.

„Ich bring dich um, du Schlampe." Eine Speichelfontäne spritzte mir entgegen. Meine Muskeln spannten sich an. Ich konzentrierte mich darauf, den Gegner zu entwaffnen, dabei aber mich und andere nicht in Gefahr zu bringen.

Ein kräftiges Ausatmen, eine blitzschnelle Bewegung nach vorne. Die Arme nach oben gerissen, den Körper nach unten weggezogen. Ich packte die Pistole am Lauf und drückte sie rasch über meinen Kopf. Mit dem rechten Bein platzierte ich einen Tritt in die Magengrube des Angreifers, entwaffnete ihn in einer schwungvollen Bewegung und richtete die Pistole auf ihn.

Der Angreifer schaute mich einen Moment unbeeindruckt an. Dann machte sich ein Grinsen in seinem Gesicht breit.

„Tonja, du wirst immer besser. Ein echter Angreifer hätte gegen dich keine Chance."

„Danke Yaron." Feixend ließ ich die Pistole, eine Attrappe, sinken. „Deine Darstellung eines wütenden Angreifers war aber auch nicht schlecht. Beinahe oscarreif. Vor allem für einen IT-Nerd. Aber ich hoffe, du hast deinen Kraftausdruck nicht ernst gemeint."

Mein Trainingspartner lachte. Yaron Kaminsky war IT-Forensiker und entsprach so gar nicht dem Klischee eines Informatikers. Er war sportlich, groß gewachsen, ein Sonnenanbeter und eine Frohnatur. Seine Vorliebe für Übertreibungen ergänzte er gerne durch ein paar lockere Sprüche. Neben seinen Fähigkeiten als Informatiker war er ausgebildeter Trainer in Krav Maga, einer Selbstverteidigungsform für den Nahkampf, die ihren Ursprung in Ungarn hatte und später in Israel für militärische Zwecke zur heute weltweit gängigen Form weiterentwickelt wurde. Yaron hatte mir alles beigebracht, was ich darüber wusste.

So gern er Späße machte, so ernst nahm er das Training. Yaron bildete auch andere Polizisten in Krav Maga aus und hatte schon Kollegen des Trainings verwiesen, da sie nicht die notwendige Ernsthaftigkeit mitbrachten. Ich schätzte seine Art als Coach sehr.

Im Training war die Frohnatur äußerst diszipliniert, weswegen wir direkt weitermachten und die zuvor geübte Technik noch mehrere Male wiederholten. Im Kampf würde keine Zeit zum Nachdenken bleiben, so seine Überzeugung. Daher war es ihm wichtig, dass die Techniken in Fleisch und Blut übergingen.

Als Polizistin musste ich noch nie von der Kampfsporterfahrung Gebrauch machen. Meistens waren Ermittlungen nicht ansatzweise so spannend und actiongeladen wie im Fernsehen. Es gab keine wilden Schießereien oder Verfolgungsjagden. Und die überführten Täter wurden meistens nur mit geringer Gegenwehr festgenommen. Dennoch trainierte ich drei bis viermal die Woche Tae Kwon Do und Krav Maga. Mein Instinkt sagte mir, dass diese Erfahrung irgendwann hilfreich sein würde. Damals war mir noch nicht klar, wie sehr ich recht behalten würde.

Als wir eine Stunde später das Training beendet hatten, nutzten wir die Zeit und diskutierten über die aktuellen Ermittlungen, in die auch Yaron involviert war.

„Nur, dass ich das richtig verstehe, Tonja. Es gibt keine Anzeichen für äußerliche Gewalteinwirkung. Das Fahrzeug von diesem jungen Kerl wurde nicht manipuliert und auch sonst gibt es nichts, was dafürspricht, dass du die Ermittlungen fortführst. Aber du bist dennoch davon überzeugt, dass sich der Typ nicht umgebracht hat?"

„Ich bin mir sicher, dass es kein Selbstmord war. Es würde keinen Sinn ergeben. Wer ist schon in der Lage, ein Auto mit fast 150 Sachen an einen Baum zu setzen, ohne zu bremsen oder in der allerletzten Sekunde doch noch zu versuchen, auszuweichen?"

„Das ist nicht gerade die gängigste Methode, sich selbst ins Jenseits zu befördern, aber es würde mich nicht wundern. Es kommt ja immer mal wieder vor, dass jemand gezielt mit dem Auto auf der Autobahn in die falsche Richtung fährt. Oder erinnere dich an die Piloten vom elften September. Ob du jetzt ein Auto an einen Baum fährst oder ein Flugzeug in einen Wolkenkratzer fliegst, das macht zwar quantitativ einen Unterschied, aber das Prinzip ist das gleiche. Jemand steuert ein schnelles Objekt, in dem er sich selbst befindet, gegen ein stationäres Objekt, mit dem Wissen, dass es erheblichen Schaden geben wird."

Ich warf ihm einen strafenden Blick zu, da ich den Vergleich für unangemessen hielt.

„Erheblichen Schaden?"

„Na, komm schon, Tonja. Du weißt, wie ich das meine. Nur, weil die Situation so außergewöhnlich scheint, bedeutet es nicht, dass das Naheliegende falsch sein muss."

„Mensch, Yaron. Du bist mir keine große Hilfe. Auf wessen Seite stehst du eigentlich?"

„Auf deiner Seite. Genau aus diesem Grund will ich dich ja fordern. Dein Gefühl sagt dir, dass an der Sache irgendetwas dran ist. Aber Ermittlungen werden nicht mit dem Gefühl, sondern mit Indizien und Beweisen geführt."

Eindringlich sah mich Yaron an. Natürlich hatte er recht, dennoch sagte mir meine Intuition, dass etwas nicht stimmte. Es galt nun, herauszufinden, was das war. Suchend ließ ich meine Augen durch den Raum wandern und dachte nach.

Der Trainingsraum befand sich in einem der seelenlosen Betonklötze, den man in den 1980er-Jahren in Moabit hochgezogen hatte. Breite Glasfronten im Erdgeschoss ermöglichten den Blick in die Geschäfte und ihre Waren. Oder eben in die andere Richtung, wenn man sich im Inneren befand. Auch das Kampfsportstudio ermöglichte den Blick ins Freie. Während meine Augen noch immer suchend umherwanderten, blickte ich durch die Glasfront hinaus auf die Straße. An den vorbeifahrenden Autos blieb ich hängen.

Autos. Mein Verstand begann zu arbeiten.

„Das Auto. Aber natürlich", murmelte ich vor mich hin

„Tonja?" Yaron holte mich ins Hier und Jetzt zurück.

„Ich sage dir, was mich stutzig macht. Es ist die Methode, die mich stört."

Yaron blickte mich fragend an.

„Marius Zimmermann zog einen Fremden aus dessen Fahrzeug, klaute den Wagen, um dann ein paar hundert Meter weiter an einen Baum zu fahren? Das ergibt keinen Sinn, Yaron."

Skepsis machte sich in seinem Gesicht breit.

„Mal angenommen, er hätte sich wirklich das Leben nehmen wollen, dann doch nicht auf eine Art und Weise und mit einer Methode, die ihm vollkommen fremd war. Er hatte keinen Führerschein, keinerlei Fahrpraxis. Aber dann lenkt Zimmermann ein geklautes Auto gegen einen Baum? Es hätte zig Möglichkeiten für ihn gegeben, leichter Selbstmord zu begehen. Erhängen, sich in die Tiefe stürzen oder vor eine S-Bahn springen. Das ist es, was mich an dieser Sache stört."

Yaron nickte beinahe unmerklich.

„Ja, das würde mich auch stutzig machen. Da gebe ich dir recht. Außerdem, wenn er die Variante mit der S-Bahn genommen hätte, wäre das auch nur eine unter vielen Verspätungen der Bahn gewesen."

„Yaron, du bist unmöglich". Ich verdrehte die Augen. Obwohl wir schon seit Jahren befreundet waren, fand ich seine zynischen Sprüche nach wie vor unangebracht.

Ein freches Grinsen legte sich auf seine Lippen.

„Okay, okay. Nun aber Spaß beiseite. Deine Theorie klingt plausibel. Aber wie willst du deine Vermutung beweisen?"

„Ich weiß es noch nicht. Aber ich bin mir sicher, dass mir etwas einfallen wird."

Eine Stunde später verließ ich frisch geduscht das Studio und machte mich auf den Heimweg. Ich schleuderte die Sporttasche auf die Rückbank meines Autos und nahm selbst hinter dem Steuer Platz. Dort kramte ich das Smartphone aus dem Handschuhfach. Während des Trainings galt ein striktes Handyverbot. Yaron war der Meinung, dass die Leute sonst nicht die nötige Konzentration aufbringen würden, wenn sie ständig auf ihre Displays starrten.

Außerdem tat es gut, sich für ein paar Stunden der Kontrolle dieses Dings zu entziehen. Doch nun überprüfte ich umgehend, ob mir in der Zwischenzeit etwas entgangen war. Tatsächlich zeigte das Display fünf verpasste Anrufe von einer unbekannten Nummer.

„Das scheint ja wichtig zu sein", murmelte ich in die Stille des Innenraums. Kurz kramte ich in den Windungen meines Gehirns, ob mir die Nummer nicht doch bekannt vorkam, aber sie tat es nicht. Da ich es nicht eilig hatte, entschied ich mich für einen Rückruf.

Genau in diesem Augenblick klingelte es erneut. Ein leichter Schreck durchfuhr mich. Verhalten lachte ich über meine unnütze Schreckhaftigkeit auf, was ich durch ein nichtssagendes „Oh, Mann" ergänzte. Schließlich nahm ich den Anruf entgegen.

„Hallo?"

Ein leises Atmen war durch den Lautsprecher zu hören, sonst keine weitere Reaktion.

„Hallo, wer ist da?"

„Tonja?"

Diese Stimme. Ich erkannte sie sofort. Vor meinem geistigen Auge tauchte mein Ex Marcel auf und ein sonderbares Gefühl erfasste mich.

„Bitte leg' nicht auf. Es ist wichtig."

Seit fast fünf Jahren hatte ich nichts von ihm gehört. Und nun das. Wut und Enttäuschung stiegen in mir auf. Unser Beziehungsaus war ein einziges Zerwürfnis. Es war ein Wunder, dass wir uns nicht gegenseitig an die Gurgel gegangen waren. Am Ende hatten wir uns zutiefst gehasst.

Niemals hätte ich gedacht, jemals wieder etwas von ihm zu hören oder zu sehen. Nicht, dass ich es gewollt hätte. Sein Anruf war wie ein brutaler Schlag ins Gesicht.

„Was willst du, Marcel?", giftete ich ihn an.

„Ich brauche deine Hilfe. Es geht um meine Schwester."

„Um Luci? Was ist mit ihr?"

Durch das Telefon hörte ich ihn nach Luft schnappen.

„Sie ist tot, Tonja. Luci ist tot."

02

Das Auto ließ ich auf dem Parkplatz stehen und lief etwa 10 Minuten in Richtung Bezirksamt Mitte. In fast unmittelbarer Nähe gab es eine kleine Dönerbude, die den originellen Namen Sultangrill trug und die genauso originell aussah, wie etwa 50 % aller Dönerbuden in Deutschland. Wie üblich schwebte eine überdimensionierte Speisekarte über der Theke, die in den Dönerläden die immer gleichen Gerichte in identischer Reihenfolge anpries. Darunter befand sich die obligatorische Auslage, die mit Bergen aus Rohkost gefüllt war. Dahinter wuselten vier südländisch wirkende Männer in roten Shirts hektisch umher. Jeder von ihnen scheinbar aus einem anderen Land südlich der Alpen. Sie riefen sich durcheinander deutsche, türkische, arabische Sprachfetzen zu. Das pure Chaos für jeden Außenstehenden. Doch die vier harmonierten perfekt und arbeiteten sämtliche Bestellungen im Akkord ab. Gelegentlich schlug mir die Hitze des Grills ins Gesicht, während Aromen von Kräutern, Chili, Zitrone und der Geruch von angebratenem Fleisch meine Nase kitzelten. Der Sultangrill war zweifelsohne eine klischeehafte Dönerbude. Doch hier gab es den für mich besten Yufka Berlins, sodass ich regelmäßig nach dem Training hierherkam.

Nach der Nachricht von Lucis Tod und dem bevorstehenden Treffen mit Marcel war mir der Appetit jedoch gründlich vergangen. Auch die mediterranen Gerüche änderten daran nichts. Also entschied ich mich für einen Çay, dem typischen Schwarztee, der bei den Türken so beliebt war.

Ich wählte einen Platz an einem Tisch für sechs Personen. Ein beklemmendes Gefühl engte mich ein und ich befürchtete, Marcels Nähe könnte mir zu viel werden. Wie albern, dachte ich. Dennoch fühlte ich mich am großen Tisch mit den vielen Sitzplätzen wohler.

Nervös nippte ich an dem heißen Tee und spürte, wie seine Wärme meinem Hals schmeichelte. Die Bitterkeit, gefolgt von der Süße der vier Zuckerwürfel, holte mich für einen Moment aus den Gedanken, die sich nur um Luci drehten.

Dann erschien Marcel. Nach wie vor eine imposante Figur mit seinen stattlichen 1,90 Metern. Doch die hängenden Schultern verrieten die Last, die ihn bedrückte.

Als er mich erblickte, kam er mit ausdrucksloser Miene auf mich zu. Für einen Moment überlegte ich, ob ich zur Begrüßung aufstehen sollte, doch Marcel ließ sich bereits auf einen der Stühle fallen. Er sah aus, als hätte er vergessen, Kamm und Rasierer zu benutzen. Die dunklen Augenhöhlen sprachen Bände.

„Danke, dass du gekommen bist."

Schwache, kratzige Worte drangen an mein Ohr. Marcel hatte eigentlich eine tiefe, sonore Stimme, mit der er einen ganzen Saal beschallen konnte, ohne viel Kraft dafür zu benötigen. Doch heute sprach ein gebrochener Mann zu mir.

Ein Nicken zur Bestätigung, sonst erwiderte ich nichts.

„Die Polizei sagt, dass es vermutlich Selbstmord war. Sie wurde vor ein paar Tagen aus der Spree gefischt. Angeblich soll sie ertrunken sein."

Marcel atmete schwer durch.

„Ertrunken? Ernsthaft?" Irritiert sah ich ihn an.

Ein schwaches Nicken. Marcels Blick ging ins Leere und verlor sich irgendwo auf der grauen Tischplatte.

„Luci war doch eine ausgezeichnete Schwimmerin, oder?"

„Das war ihre Leidenschaft. Sie wäre ganz knapp Juniorenmeisterin im Schwimmen geworden. Und sie war viele Jahre ehrenamtlich Rettungsschwimmerin und oft an den Badeseen der Stadt im Einsatz." Über Marcels Gesicht huschte ein winziges Lächeln, das sofort wieder erstarb. „Sie hat unzählige Male davon gesprochen, dass sie an sonnigen Tagen Leute aus dem Wasser gezogen hatte, die ihre eigenen Fähigkeiten überschätzten." Sein Blick wanderte zu mir. „Wenn jemand schwimmen konnte, dann meine Schwester."

Um Fassung ringend, starrte er mir tief in die Augen. So viele Fragen erkannte ich in seinem Gesicht. Er stand kurz davor, in Tränen auszubrechen.

Und er hatte recht. Luci kannte die Gefahren, die in den hiesigen Gewässern lauerten. Die Wahrscheinlichkeit war nicht sonderlich hoch, dass sie sich versehentlich in Gefahr gebracht hatte. Erst recht konnte ich mir nicht vorstellen, dass sie sich gezielt einem solchen Risiko aussetzte. Das ergab keinen Sinn. Wenn sie wirklich ertrunken war, dann aufgrund des Einflusses von Drogen oder Alkohol, mutmaßte ich.

„Warum sind sich die Kollegen sicher, dass es Selbstmord war?"

„Angeblich spricht nichts für ein Verbrechen."

„Das heißt?" Kritisch sah ich Marcel an.

„Keine Verletzungen." Marcels Blick wanderte wieder in das konturlose Nichts der Tischplatte. „Außerdem hatte sie wohl alles bei sich. Geldbeutel, Smartphone, Schlüssel. All ihre Sachen waren in ihrem Rucksack, den sie noch auf dem Rücken trug, als man sie aus dem Wasser zog."

Plötzlich vergrub er das Gesicht hinter den Händen. Sein Oberkörper fing an zu beben. Eigentlich hätte ich Mitgefühl empfinden müssen. Doch ich fühlte nur eine sonderbare Leere. So sehr mich die Nachricht von Lucis Tod schockierte, so sehr ließen mich Marcels berechtigte Gefühlsregungen kalt.

Ich wusste mir nicht anders zu helfen, als die Vermutungen der Kollegen zu bestätigen, auch wenn mir mein Gefühl zu diesem Zeitpunkt bereits unmissverständlich mitteilte, dass hier etwas nicht stimmte.

„Was du mir erzählst, spricht tatsächlich dafür, dass sie sich das Leben genommen hat. Bei einem Gewaltverbrechen hätte der Täter die Wertgegenstände mitgenommen. Und es würde Anzeichen eines Kampfes geben."

Marcels Hände rutschten das Gesicht hinunter und er blickte mich entsetzte an.

„Warum? Warum hätte sie das tun sollen?"

„Vielleicht litt sie unter Depressionen."

Ohne darüber nachzudenken, glitten mir die Worte aus dem Mund und beschworen eine schmerzhafte Erinnerung herauf. Ich musste an meine Mutter denken, die vor einigen Jahren starb. Wie viele andere Menschen hatte sie unter Depressionen gelitten. Für einen Moment stieg Trauer in mir auf. Doch ich ärgerte mich über diese unüberlegte Aussage und verdrängte das Gefühl der Traurigkeit umgehend wieder. Irgendwie gelang es mir jedes Mal aufs Neue, den Tod meiner

Mutter beiseite zu schieben. Aber immer, wenn ich daran dachte, sackte der Boden unter mir weg und ich war plötzlich umgeben von einer schmerzhaften Schwerelosigkeit, aus der man nicht herausfallen konnte.

„Tonja?"

Marcels Stimme brachte mich zurück ins Hier und Jetzt. Für einen Moment fühlte ich mich orientierungslos. Dann fiel mir wieder ein, wo ich war.

„Du meinst das mit den Depressionen doch nicht ernst, oder?"

Ich erwiderte nichts.

„Du kanntest Luci gut. Ihr hattet früher viel miteinander unternommen. Ihr wart fast beste Freundinnen, bis …" Marcel schnappte nach Luft.

Bis du mich verlassen hast, Marcel. Sprich es ruhig aus. Die Worte hätte ich ihm am liebsten an den Kopf geworfen, zwang mich aber dazu, es nicht zu tun. Stattdessen legte sich eine undurchdringliche Eisschicht über mein Gesicht, die meine Mimik einfror.

„Was ich meine ist, dass du weißt, dass sie ein lebensfroher Mensch war und viel gelacht hat."

Erneut sah er ins Leere. Doch dann veränderte sich etwas. Marcels Augen verengten sich und sein Blick wanderte unruhig auf der Tischplatte hin und her. Irgendetwas schien ihn zu beschäftigen.

„Marcel? Was ist los?"

Er schaute wieder zu mir. „Seit einigen Monaten hatte Luci immer häufiger Gemütsschwankungen. Ganz merkwürdig. Es war, als wäre sie ein anderer Mensch, wie ausgewechselt. Einmal war sie ruhig und gefasst, dann wirkte sie verzweifelt. Es war, als quälte sie etwas."

Das klang wie der Vorreiter einer Depression. Aber ich hielt mich zurück, seinen Redeschwall zu unterbrechen. Deshalb versuchte ich mit gezielten Fragen, hinter Lucis Geheimnis zu kommen. „Und was hat sie so gequält?"

„Das weiß ich nicht. Ich hatte das Gefühl, dass Luci mir etwas mitteilen wollte. Ich habe sie mehrmals darauf angesprochen und sie gefragt, was los sei. Aber immer, wenn ich den Eindruck hatte, dass sie sich mir anvertrauen wollte, hat sie es dann doch nicht getan. Als würde etwas in ihr sie zurückhalten" Marcels atmete tief durch. „Ich kann es mir nicht erklären." Mit verzweifelter Miene sah er mich an. „Ich weiß, wie verrückt das klingt, aber glaub mir, irgendetwas stimmt da nicht."

„Das klingt wirklich etwas seltsam."

„Tonja, seltsam ist, dass Luci tot ist. Ich glaube nicht daran, dass es Selbstmord war."

Tief holte ich Luft, sah Marcels Verzweiflung und wusste nicht, was ich sagen sollte, um ihn von seiner Meinung abzubringen.

Nun blickte mich mein Exfreund ebenso entschlossen wie fordernd an: „Tonja, versprich mir, dass du herausfindest, warum Luci tot ist. Bitte."

03

Mir war bewusst, wie sehr Marcel an seiner Schwester hing. Als er die Nachricht von ihrem Tod erhalten hatte, musste das ein Schock gewesen sein. Es war nur allzu verständlich, dass er nicht wahrhaben wollte, dass sie sich das Leben genommen hatte. Ich konnte nachvollziehen, wie er sich fühlte. Auch meine Mutter starb vor einigen Jahren unverhofft. Sie litt unter Depressionen und hielt es irgendwann nicht mehr aus. Die Nachricht von ihrem Tod hatte mich sofort aus der Bahn geworfen. Zwar hatte ich festgestellt, dass es ihr immer schlechter ging, aber es verwunderte mich auch nicht. Nachdem sich meine Eltern getrennt hatten, hatte die Scheidung ihr den Boden unter den Füßen weggezogen. Sie fiel in ein Loch und verlor den Halt. Ihre Stimmung veränderte sich, sie wurde schwermütig, melancholisch, sprach immer weniger. Ich drang irgendwann nicht mehr zu ihr durch. Dann, unerwartet, es war an einem Samstagnachmittag, rief mich Onkel Rudolph an und teilte mir mit, dass sich meine Mutter mit einer Kombination aus Schlaftabletten und Alkohol das Leben genommen hätte. Keine allzu schwere Aufgabe für eine Ärztin, an die Pillen zu kommen. Rudolph versicherte mir, dass sie nicht gelitten hätte. Doch das war nur ein schwacher Trost. Ich hatte meine Mutter über alles geliebt. Sie war der wichtigste Mensch für mich, mein Vorbild und sollte nun einfach nicht mehr da sein? Ich brauchte Jahre, um mich irgendwie damit abzufinden. Wirklich akzeptieren konnte ich es bis heute nicht.

Darum verstand ich Marcel nur zu gut. Er würde sich nicht einfach damit abfinden, dass seine Schwester Selbstmord begangen hatte, auch wenn die Fakten erst einmal dafürsprachen. Doch aus irgendeinem unerfindlichen Grund konnte ich seine Bitte nicht ausschlagen. Es hätte mir egal sein können, immerhin hatte er mich verlassen, obwohl wir schon Heiratspläne hatten. Doch das war es nicht. Vor allem wollte ich selbst nicht an die Theorie von Lucis Selbstmord glauben. Letztlich willigte ich ein und gab ihm das Versprechen, die Sache zu untersuchen.

Am folgenden Tag stattete ich dem Oberkommissar einen Besuch ab, um mir einen Überblick über die bisherigen Ermittlungen zu Lucis Todesfall zu verschaffen. Ich hoffte, einen seiner besseren Tage zu erwischen, um zumindest eine geringe Chance auf Akteneinsicht zu erhalten. Doch ich konnte genauso gut Pech haben.

Vor der Bürotür angekommen nahm ich einen tiefen Atemzug, klopfte an und trat unvermittelt ein. Richard Cornelius saß an seinem Schreibtisch, vertieft in einen Stapel Unterlagen und machte keine Anstalten, seine Arbeit zu unterbrechen oder wenigstens kurz aufzublicken. In aller Seelenruhe blätterte er weiter in seinen Dokumenten und machte sich vereinzelt Notizen. Gelegentlich gab er ein kurzes Brummen von sich, dass mir wohl signalisieren sollte, dass er gerade sehr beschäftigt sei und an etwas Wichtigem arbeitete. Nach einigen Minuten wurde mir das Affentheater zu blöd. Mit einem kurzen Räuspern machte ich erneut auf mich aufmerksam. Cornelius stieß hörbar die Luft aus und ließ sich dann endlich dazu verleiten, etwas zu sagen, ohne dabei aufzublicken.

„Könrig, Sie sind wahrscheinlich die einzige Person bei der Polizei, die die Unverschämtheit besitzt, einzutreten, ohne dass sie hereingebeten wurde."

Ich war nicht wirklich verwundert, dass er wusste, wer vor ihm stand. Die meisten aus der Belegschaft vermieden jede Konfrontation mit Cornelius. Ich hingegen hatte kein Problem damit, mich mit ihm anzulegen, wenn ich der Meinung war, recht zu haben, oder es meinen Ermittlungen diente. Der Oberkommissar war für mich ein aufgeblasener Wichtigtuer, hinter dessen jähzornigem Gerede größtenteils nur heiße Luft steckte. Und der schon seit Jahren den Bezug zu echter Ermittlungsarbeit verloren hatte. Daher erlaubte ich mir eine kleine Stichelei.

„Dass man nach dem Klopfen wartet, bis man hereingebeten wird, macht man sicherlich seit 20 Jahren nicht mehr."

„Sollte man aber nach wie vor tun, wenn Sie mich fragen."

„Ich bin nicht hier, um mit Ihnen über Etikette zu diskutieren, Herr Cornelius."

Nun endlich ließ er von seinen Dokumenten ab, hob den Kopf und stieß einen entnervten Seufzer aus.

„Kommen Sie zum Punkt, Könrig. Ich habe nicht den ganzen Tag Zeit für ihre Ratespielchen."

Cornelius und ich waren uns nicht gerade wohlgesonnen. Ich hasste seine cholerische Art und Weise sowie sein Autoritätsgebaren. Und er mochte an mir nicht, dass ich ihm das regelmäßig zu verstehen gab. Dennoch schafften wir es die meiste Zeit zumindest ansatzweise professionell zusammenzuarbeiten.

„Die Polizei ermittelt aktuell die Todesursache im Fall Luci Ziegler. Ich kenne ihren Bruder und dieser zweifelt an, dass diese sich selbst getötet hat. Ich benötige daher Akteneinsicht, damit ich ihm versichern kann, dass die Polizei ihre Arbeit macht."

„Haben Sie nicht anderes zu tun?" Cornelius schaute mich verärgert an. „Sie sollen den Tod von Marius Zimmermann aufklären, nicht wahr? Wie läuft es damit? Sie scheinen aus unerfindlichen Gründen den Fall absichtlich nicht zum Abschluss bringen zu wollen. Wie mir zu Ohren gekommen ist, sind Sie davon überzeugt, dass es sich nicht um Selbstmord handelt, obwohl die Indizien eine deutliche Sprache sprechen. Instinkte, weibliche Intuition, vielleicht haben Sie ein Orakel befragt. Ich habe keine Ahnung."

Cornelius Worte machten mich wütend. Was für ein eingebildeter Typ. Ich hätte ihm zu gerne seine chauvinistischen Sprüche um die Ohren gehauen. Doch ich hatte Besseres zu tun und wollte möglichst schnell wieder das Büro dieses Cholerikers verlassen.

„Ich benötige Akteneinsicht. Kann ich die Akte bitte haben?"

Aus meiner Gereiztheit machte ich keinen Hehl.

Cornelius lehnte sich in seinem Bürostuhl zurück, verschränkte die Arme und taxierte mich mit einem finsteren Blick. Nach einer künstlich in die Länge gezogenen Pause antworte er nur mit einem lapidaren „Nein" und widmete sich wieder seinen Unterlagen.

„Habe ich mich gerade verhört? Sie wollen mir tatsächlich die Einsicht in diese Unterlagen verweigern?", protestierte ich.

„Könrig, meine Antwort lautet nein. Alleine schon, da sie aus privaten Gründen keinen Anspruch auf Akteneinsicht ableiten können. Schließen Sie ihren aktuellen Fall ab und gehen Sie mir nicht auf die Nerven."

„Aber ..."

„Ich habe mich deutlich genug ausgedrückt. Guten Tag, Frau Könrig."

Einen kurzen Augenblick später fand ich mich auf dem Flur wieder. In meinem Kopf pulsierte das Blut. So ein Widerling, dachte ich. Aber genau so war Cornelius. Ein unberechenbarer Egomane, der mit seinem Autoritätsgebaren Ermittlungen nicht selten erschwerte. Ich wunderte mich immer wieder, wie er es schaffte, sich auf seiner Position als Oberkommissar zu halten. Wütend verließ ich das Gebäude, atmete tief durch und rief Marcel an.

04

Luci hatte in einer der seelenlosen Plattenbauten unweit des Ostbahnhofs gewohnt, die bereits zu DDR-Zeiten errichtet wurden. Wir mussten in den dritten Stock. Auf dem Weg nach oben schlug mir beißende Nüchternheit entgegen. Kein Platz für ein Schwätzchen mit den Nachbarn. Aber wer in Berlin kannte schon wirklich die Leute von nebenan? Ich jedenfalls tat es nicht. So war die Großstadt nun einmal. Im Gegensatz zum Dorfleben, wo sich jeder kannte, versteckten sich hier die Menschen hinter der allgegenwärtigen Anonymität. Und diese kalten, ungemütlichen Treppenhäuser trugen mit Sicherheit dazu bei, dass sich das nicht änderte.

Marcel atmete tief durch, als wir vor Lucis Wohnungstür ankamen. Nervös kramte er den Türschlüssel aus seiner Jackentasche. Die Anspannung, die von ihm ausging, erfüllte den Treppenaufgang. Er zitterte, als er das Schloss entriegelte.

Vermutlich durften wir die Wohnung gar nicht betreten. Sicherlich hatten Kollegen die Wohnung durchsucht, um Hinweise zu finden, die für oder gegen Lucis

Selbstmord sprachen. Solange die Todesursache durch die Gerichtsmedizin noch nicht eindeutig geklärt war, war das Betreten der Wohnung nicht gestattet. Immerhin könnte es sich um einen Tatort handeln. Darum gab ich Marcel zu verstehen, dass ich vorgehen würde und er auf keinen Fall irgendetwas anfassen dürfe. Er schaute mich hilflos an, reagierte aber nicht. Das Leid meines Exfreunds schien sich noch zu verstärken, jetzt, da wir vor Lucis Wohnungstür standen.

„Marcel, du musst nicht mitkommen. Du kannst auch hier warten."

Durch ein zaghaftes Kopfschütteln gab er mir zu verstehen, dass er nicht warten würde. Also betraten wir Lucis Wohnung gemeinsam.

Eine sonderbare Unordnung nahm uns in Empfang. Alles war gerade so inakkurat, dass es nicht mehr aufgeräumt, gleichzeitig aber noch nicht unordentlich wirkte. Marcels Aussagen zu Lucis verändertem Gemütszustand kurz vor ihrem Tod kamen mir in den Sinn und ich vermutete, dass sich die eigenwillige Unordnung darauf zurückführen ließ. Luci kannte ich als sehr ordentlichen Menschen. So erwartete ich, alles fein säuberlich an seinem Platz vorzufinden. Beinahe schon mit Maßband und Wasserwaage ausgerichtet. Litt sie womöglich doch unter Depressionen, wie ich Marcel gegenüber vermutet hatte?

Zunächst verschaffte ich mir einen Überblick. Lucis Habseligkeiten verteilten sich auf ein größeres Wohnzimmer mit Kochnische und ein kleines Schlafzimmer, in dem das Bett fast den ganzen Raum einnahm. Die Bettdecke lag unordentlich auf der Matratze, der Kleiderschrank stand offen. Im Wohnzimmer stapelten sich einige Zeitschriften auf dem Couchtisch und eine Ansammlung von Kissen beanspruchte das Sofa für sich alleine. Schmutziges Geschirr türmte sich auf einem kleinen Tisch, der neben der Kochnische stand.

Die Wohnung hatte etwas von einer Studentenbude. Dabei hatte Luci das Studentenleben bereits vor ein paar Jahren gegen eine Karriere als Dauer-Praktikantin und Volontärin eingetauscht. Der Weg vieler junger Menschen, die eine Laufbahn im Journalismus anstrebten. Von früher wusste ich, dass Luci als freie Journalistin arbeiten wollte und es ihrer Meinung nach nur etwas Ausdauer und Geduld benötigte, bis sich die guten Angebote einstellten. Ihre Wohnung verriet, dass dieser Moment in Lucis Leben niemals gekommen war.

An der Wand hing ein gerahmtes Bild, das Luci und Marcel am Strand auf Amrum zeigte. Ich konnte mich gut an diesen Tag erinnern. Es war im April, vor sieben oder acht Jahren gewesen. Nach einem ungewohnt zähen und kalten Winter hatte Ende März endlich der Frühling Einzug gehalten. Wir entschieden uns spontan, auf die Nordseeinsel zu reisen. Fantastisches Wetter belohnte uns für das Durchstehen der trüben Monate. Zwar wehte direkt am Strand noch ein kühler Wind, doch die Sonne sammelte bereits ihre Kräfte und rüstete sich für die warmen Jahreszeiten. Lucis herzliches Lachen klingelte in meinen Ohren und vermischte sich mit dem Geschrei der Möwen und dem Rauschen der Brandung. Warme Sonnenstrahlen tanzten auf meiner Haut und die salzige Luft kitzelte mir in der Nase. Marcel und Luci alberten am Strand herum, als wären sie kleine Kinder. Es war, als wären wir wieder dort.

„Tonja?"

Das Idyll zerplatzte vor meinen Augen. Mit einem Mal war ich wieder im Hier und Jetzt.

„Was ist los?"

Schweigend schaute ich Marcel einen Moment lang an, dann schüttelte ich den Kopf und fuhr mit der Bestandsaufnahme von Lucis Unterkunft fort. In einer

Ecke des Wohnzimmers stand ein kleiner Schreibtisch, auf dem verschiedene Dokumente sowie ein Stapel Fotos lagen. Ein unüblicher Anblick. Welcher junge Mensch hatte heutzutage noch Dokumente in Papierform? Oder richtige Fotos? Es wurde doch längst alles in zahllosen Clouds gespeichert. Und Luci mit ihren 28 Jahren war eine waschechte Digital Native. Ich ging davon aus, dass sie Akten und Unterlagen als Relikt aus grauer Vorzeit hätte ansehen müssen.

Zunächst blätterte ich die Unterlagen durch, versuchte dabei aber so wenig wie möglich zu verändern. Luci schien an einem Artikel über HIV und Aids in Afrika zu arbeiten und sammelte Informationen über Infektionszahlen sowie die Funktionsweise des HI-Virus. Weiterhin fand ich handschriftliche Notizen, die den Ablauf eines Forschungsprojektes beschrieben sowie Anmerkungen zu eingestellten Versuchen, einen Impfstoff zu entwickeln. Nichts davon schien im Zusammenhang mit Lucis Tod zu stehen.

Dann ließ ich von den Recherchen zum HI-Virus ab und griff den Stapel mit den Fotos. Meistens zeigten sie Luci mit anderen Personen. Auf einem war auch Marcel, auf anderen sie und ein wechselndes Ensemble junger Frauen. Freundinnen, wie ich vermutete. Ein weiteres Foto zeigte sie mit zwei jungen Männern. Ich wollte das Bild bereits hinter die anderen schieben, hielt dann aber inne. Das Foto löste etwas in mir aus, doch ich konnte nicht sagen, was es war. Mein Verstand begann zu arbeiten. Meine Augen wanderten immer und immer wieder über die Fotografie und suchten nach etwas, das mein Gefühl greifbar machte.

„Tonja, was ist los?"

Marcel war nicht entgangen, dass ich seit geraumer Zeit an diesem Foto festhing. Ich streckte ihm das Bild entgegen.

„Kennst du die beiden darauf? Oder weißt du, wo das ist?"

Marcel griff nach dem Foto und betrachtete es für einen Augenblick. Schließlich schüttelte er den Kopf und gab es mir zurück. Dabei sah ich, dass etwas auf der Rückseite stand. *LG M.*

„LG M.", murmelte ich in die Stille des Raums.

„LG. Liebe Grüße", sagte Marcel.

Ich nickte.

„Und M? Wer ist M?"

Er schaute mich mit fragenden Augen an. „Vielleicht einer der beiden Männer? Ich bin es jedenfalls nicht."

In diesem Moment klärte sich meine diffuse Gedankenwelt. Noch einmal sah ich mir die abgelichteten Personen an, dann blickte ich zu Marcel.

Mit meinem Finger deutete ich auf den jungen Mann links von Luci.

„Ich glaube, ich weiß, wer das ist."

05

Eine knappe Stunde später war ich auf dem Revier und griff mir die Ermittlungsakten zu meinem aktuellen Fall. Abgesehen hatte ich es auf Fotos, die ich von Marius Zimmermanns Eltern erhalten hatte. Ich wurde schnell fündig und breitete sie auf dem Tisch aus. Sie zeigten einen jungen Mann Anfang 20. Seine dunklen Haare bildeten einen Kontrast zu dem breiten Lachen, das mir makellose Zähne entgegenschleuderte. Er hatte leichte Segelohren und auffällige Wangenknochen. Ein hübscher Junge, gerade wegen seiner markanten Gesichtsmerkmale.

Die Fotos, sieben an der Zahl, arrangierte ich ringförmig auf dem Tisch und platzierte jenes aus Lucis Wohnung in der Mitte.

Es war offensichtlich. Ein langwieriges Überlegen, das aus „könnte", „wäre" und „vielleicht" bestand, blieb mir erspart. Die Person auf Lucis Foto war die gleiche Person, wie auf den Fotos meiner Ermittlungsakten. Es war Marius Zimmermann.

Ich lehnte mich in meinem Bürostuhl zurück, legte die Arme in den Nacken und starrte an die Decke.

Langweiliges Weiß versprühte gleichgültige Nüchternheit. Meinen Gedanken ließ ich freien Lauf. Dass sich Marius und Luci kannten, war eine Sache. Dass sich aber beide durch fragwürdige Selbstmorde das Leben genommen haben sollten, eine andere. Je mehr ich darüber nachdachte, desto absurder wurde die Suizid-These. Irgendetwas stimmte hier nicht, und ich wollte unbedingt herausfinden, was es war.

Ein weiteres Mal rief ich Marcel an. Wie vermutet, hatte die Polizei Lucis Smartphone und ihr Notebook beschlagnahmt, um mögliche Gründe für ihren Tod herauszufinden.

„Warum brauchst du ihr Notebook?"

„Ich will ihren Mailverkehr oder ihre Chats und Messanger checken. Vielleicht lässt sich so herausfinden, wie Luci und Marius zueinanderstanden. Das kann wichtig sein."

„Und dazu brauchst du ihre Geräte?"

„Klar, wie soll ich sonst wissen, welche Mail-Programme, Messenger und Social Media Dienste sie benutzt hat? Blöd, dass mir keine Akteneinsicht gewährt wurde. Dann erhalte ich auch keinen Zugriff auf ihre Geräte."

„Den brauchst du auch nicht, Tonja. Ich kann dir Zugang verschaffen."

Marcels Aussage überraschte mich.

„Was? Wie das denn?"

„Na ja, Luci verwendet einen Passwortmanager."

„Sehr löblich. Aber wie bringt uns das jetzt weiter?"

„Für den Fall, dass sie ihr Masterpasswort vergessen würde, hat sie es mir mitgeteilt."

Mit großen Augen starrte ich in die Leere meines Büros. Hatte er tatsächlich den Schlüssel zu Lucis kompletter Online-Kommunikation in der Hand?

„Wenn sie es nicht erst kürzlich geändert hat, haben wir so Zugang zu ihren Mail-Konten, zu Instagram,

TikTok. Und was sie sonst noch nutzte", ergänzte mein Exfreund.

Ich nickte, gleichermaßen erstaunt wie anerkennend, ohne darüber nachzudenken, dass Marcel meine Geste durch das Telefon nicht sehen konnte.

Passwortmanager waren sinnvolle Entwicklungen. Sie ermöglichten die Verwaltung der Zugangsdaten für alle möglichen Online-Portale, die man nutzte. Die Anmeldedaten wurden im Passwortmanager gespeichert. Man selbst benötigte nur noch ein einziges Passwort, das Masterpasswort. Auch ich nutzte ein solches Instrument schon seit mehreren Jahren. Durch die Vielzahl an Zugangsdaten, mit denen ich mich hätte sonst rumplagen müssen, waren diese Zugangsschlüssel eine echte Erleichterung für mich. Passwortmanager der neusten Generation mit Zwei-Wege-Authentifizierung und diversen Sicherheitsschlüsseln machten Ermittlungen zunehmend kompliziert. Dass Marcel Lucis Masterpasswort kannte, vereinfachte die Angelegenheit ungemein.

Ich bat Yaron darum, mir bei der Überprüfung von Lucis Mailverkehr zu helfen. Außerdem wollte ich ihn als Unterstützung dabei haben für den Fall, dass ich doch auf einen verschlüsselten Zugang stoßen würde, den ich alleine mit dem Passwortmanager nicht hätte öffnen können. Als IT-Forensiker konnte er sicherlich mögliche Sperren umgehen. Der erste Zugriff funktionierte jedoch direkt und problemlos. Lucis Masterpasswort gewährte uns Zugang zu all ihren Online-Konten, die sie hinterlegt hatte.

Wir überprüften zunächst, welche Portale und Plattformen Luci nutzte. Und das waren einige. Zu den üblichen Verdächtigen wie Facebook, TikTok, Instagram, Google, Amazon gesellten sich auch eine Vielzahl von Accounts, die weniger bekannt oder verbreitet waren. Zunächst nichts Auffälliges. Luci nutzte auch einige Messenger-Dienste. Darunter befand sich der äußerst selten verwendete Dienst *Element*. Die meisten Menschen verwendeten andere Dienste, weshalb ich es umso interessanter fand, dass Luci einen Account bei *Element* hatte.

„Was hältst du davon?" Ich warf Yaron einen fragenden Blick zu.

„Hm ..." Er machte eine vielsagende Geste. „Verschwörungstheoretiker, Identitäre, Reichsbürger. Wer weiß, was Luci da getrieben hat." Sarkasmus lag in Yarons Stimme. „*Element* ist plattformübergreifend nutzbar. Da ist es egal, ob jemand ein iPhone, ein Android Phone oder sonst etwas hat. Überdies gilt es als sehr sicher und gut verschlüsselt. Sogar die Bundeswehr hatte diesen Dienst in Gebrauch. Und wer, wenn nicht die, haben was zu verbergen." Ein verächtliches Lächeln legte sich auf sein Gesicht.

„Das prüfen wir als Erstes und schauen uns Lucis Chatverläufe an. Denkst du, das klappt?"

„Das System von *Element* ist schwer zu knacken. Wenn Luci die Sicherheitseinstellungen richtig vorgenommen hat, wird das eine harte Nummer."

Ich warf Yaron einen herausfordernden Blick zu. „Aber für jemanden wie dich ist das ja wohl kein Problem."

„Natürlich nicht." Ein beinahe selbstgefälliges Grinsen machte sich in seinem Gesicht breit. „Und dank des Passwortmanagers haben wir ja jetzt Zugriff auf Lucis Account. Ich schaue was sich machen lässt. Gib mir ein paar Minuten Zeit."

Yaron beugte sich über die Hardware und fing an, wie wild Befehle in seine Tastatur zu hämmern. Seine Augen sprangen hektisch über den Monitor.

„Ach, Kaffee, wäre nicht schlecht. Schwarz mit Zucker. Danke". Künstlich zog er das „e" in Danke in die Länge und betonte es übertrieben. Kurz überlegte ich, zu protestieren, entschied mich aber, dagegen. Immerhin tat er mir einen Gefallen.

Als ich nach einiger Zeit zurückkam, lehnte Yaron in seinem Bürostuhl und hatte die Arme im Nacken verschränkt.

„Na, schon Pause?"

„Jetzt, wo der Kaffee da ist, gerne." Ein freches Lachen legte seine makellosen Zähne frei.

„Ganz im Ernst, wie läuft es?"

„Lucis Sicherheitsstufe war niedrig eingestellt und sie hatte keine weiteren Verschlüsselungen der Chatverläufe vorgenommen. Ich konnte noch längst nicht alles sichten, aber der Chatverlauf von *Element* ist überschaubar. Entweder nutzt sie den Messenger erst seit Kurzem oder hat zwischenzeitlich den Verlauf gelöscht. Dennoch glaube ich, da etwas Interessantes gefunden zu haben."

Yaron drückte ein paar Tasten auf der Tastatur und ein Fenster vergrößerte sich fast über die ganze Bildschirmbreite.

Ich fing an, die Nachricht zu lesen.

Luci:	Man, war das öde in diesem Laden. Außer der Kramer bekam man nie jemanden zu Gesicht. Und kalt war es in diesem Loch.
Marius:	Ja, echt ätzend. Hätte nicht gedacht, dass es so langweilig wird
Marius:	Spürst du noch was?
Luci:	Ja, ein wenig. Mir ist manchmal noch ein wenig schwindelig von dieser Injektion. Aber egal.
Marius:	Wird schon. Ich hatte eigentlich gar keine Lust drauf, aber ich brauch das Geld.

Luci:	Geht mir genauso. 25.000 € sind echt ne Menge.
Luci:	Ich flieg in ein paar Wochen erst Mal nach Ibiza. Hab schon ewig keinen Urlaub mehr gemacht.
Marius:	Ich geh erst mal saufen, wenn die Kohle da ist. Scheiß drauf, Malle is nur einmal im Jahr.
Luci:	Geile Idee. Vielleicht schließ ich mich an. Der erste Scheck war heute in der Post.
Marius:	Geil. War noch gar nicht am Briefkasten heute.
Marius:	Yes. Die Kohle is da. Dann lass uns einen drauf machen. Und Chris nehmen wir auch mit. Der sieht aus, als könnte er mal Party gebrauchen. Und ein wenig Sonne.
Luci:	Ja, da hätte ich nichts dagegen.
Marius:	Das dachte ich mir schon.
Luci:	Bitte?
Marius:	Ach, nix.

Mehrfach ging ich den Chatverlauf durch und war erstaunt. Mir kam Luci sorglos vor. Ich wusste, dass sie lebensfroh war. Jedoch hätte ich vermutet, dass sie durch ihre Erfahrung als Rettungsschwimmerin überlegter handeln würde. Sicherlich hatte sie mehrfach erlebt, dass sich manche Personen leichtsinnig in Gefahr brachten und dann durch sie oder andere gerettet werden mussten. War ihre finanzielle Lage so problematisch, dass sie sich auf ein solches Experiment einlassen würde? Aber dann wäre doch Urlaub nicht das Erste, was man machen würde.

Auch Yaron las die Zeilen mehrmals. Er blickte mit ernster Miene auf den Monitor.

„Was meinst du?", wollte ich von ihm wissen.

„25.000 €? Und die werden mittels Schecks ausgezahlt?"

„Sieht aus, als hätten die beiden Versuchskaninchen gespielt." Ich nickte kaum merklich. „Und bei dieser Summe ..."

„... ging es definitiv nicht um ein Mittelchen gegen Durchfall."

06

Für den späten Nachmittag war ich mit meinem Onkel verabredet. Kurz nach halb fünf betrat ich das weitläufige Grundstück, auf dem sich die schicke Jugendstilvilla befand. Der Weg zum Haus war mit mehreren Überwachungskameras gesäumt, ein Sicherheitsdienst patrouillierte regelmäßig auf dem Gelände und im Eingangsbereich war eine Sicherheitsschleuse eingerichtet. Ganz schön viel Aufwand für einen Geschäftsmann, dachte ich jedes Mal, wenn ich Rudolph besuchen wollte. Am Eingang wurde ich von einem unbekannten Wachmann begrüßt, der in schnoddrigem Berliner Dialekt meine Personalien feststellte und mich aufforderte, die Dienstwaffe abzugeben. Dass ich Rudolphs Nichte war, oder von Beruf Polizistin, interessierte den Mann nicht. So wie es auch das restliche Wachpersonal bisher nicht interessiert hatte.

Der Sicherheitsaufwand war aus meiner Sicht reichlich übertrieben. Höchstens für den Bundespräsidenten waren die Vorkehrungen vermutlich noch schärfer. Dennoch konnte ich die Gründe von Rudolph teilweise nachvollziehen. Er war nie ein übertrieben vorsichtiger oder sicherheitsfixierter Mensch. Dann war er geschäftlich in Afrika gewesen und geriet in einen Hinterhalt. Er war für mehrere Wochen die Geisel von Terroristen und wurde in dieser Zeit so schwer verletzt, dass er seither auf einen Rollstuhl angewiesen war. Bereits kurz nachdem er wieder zu Hause gewesen war, erwarb er dieses Anwesen und begann damit, es zur Festung auszubauen.

Ich betrat die Villa und stand in der riesigen Eingangshalle, in die meine Wohnung problemlos dreimal hineingepasst hätte. Gegenüber der Eingangstür befand sich ein kleiner Empfang, an dem eine Dame saß, die konzentriert auf ihren Monitor starrte. Isolde Gauch war seit vielen Jahren Rudolphs Sekretärin. Ihre grauen Haare hatte sie hochgebunden. Sie trug einen dunkelblauen Blazer, unter dem eine einfach geschnittene, aber sehr schicke Bluse zum Vorschein kam. Ihr Outfit war stilvoll und verlieh ihr eine gewisse Strenge, wodurch sie elegant, seriös und gleichzeitig unnahbar wirkte.

Ohne von ihrem Monitor aufzublicken, nahm sie mich in Empfang.

„Bitte nehmen Sie noch einen Moment Platz. Ihr Onkel hat noch Besuch, ist aber in wenigen Augenblicken für Sie da."

Von den drei schweren Sesseln, die rechts neben dem Empfang standen, entschied ich mich für den mittleren und ließ mich in das dunkle Leder sinken. Mein Blick schweifte durch die opulente Halle, die, typisch für den Jugendstil, ein begehbares, florales Gesamtkunstwerk darstellte. Ein filigranes Blütenmosaik im Fußboden, die Treppe mit ihrem geschwungenen Handlauf und das große Gemälde über dem Eingang, das ein Meer weiterer Blüten zeigte. Die Fülle an organischen Formen war überwältigend. Alleine die Halle war ein Meisterwerk für sich und ich entdeckte fast jedes Mal neue Details, sodass die Warterei nie langweilig wurde. So vergingen die Minuten im Bruchteil von Sekunden, bevor Isolde Gauch mich zu meinem Onkel vorließ.

Ich schritt die große Holztreppe nach oben und hielt kurz vor der großen Flügeltür zu Rudolphs Büro inne. Sergej, ein breitschultriger Bursche, der aussah, als hätte er für einen fragwürdigen Nachtclub am Einlass gearbeitet, hatte links der Tür Stellung bezogen. Trotz seines schlägerhaften Erscheinungsbildes machte er angeblich einen ausgezeichneten Job. Der Bodyguard schaute mich mit unbewegter Miene an, dann öffnete er die Tür und ich betrat das Büro. Rudolph kam mir in Begleitung eines Mannes entgegen.

„Ah, Alfonso." Rudolph blickte zu dem Mann, der neben seinem Rollstuhl herging. „Darf ich dir meine Nichte Tonja vorstellen."

Rudolphs Gast streckte mir seine Hand entgegen.

„Mein Name ist Alfonso Mutola. Ich freue mich, Sie endlich kennenzulernen. Ihr Onkel hat mir schon so viel von Ihnen erzählt."

Alfonso sprach beinahe fehlerfreies Deutsch mit leichtem Akzent.

„Die Freude ist ganz meinerseits", gab ich als Antwort, während ich seinen Händedruck erwiderte.

„Ich würde gerne noch bleiben, und mich mit Ihnen und Ihrem Onkel unterhalten, aber leider muss ich schon gehen. Ich habe noch Termine."

Nach kurzer Verabschiedung verließ Alfonso Rudolphs Büro und zog die Tür hinter sich zu.

Ich blickte Rudolph fragend an.

„Alfonso Mutola? Dein langjähriger Konkurrent?"

Ein amüsiertes Lächeln legte sich auf sein Gesicht.

„Ja, wir haben schon vor längerer Zeit erkannt, dass es sinnvoller ist, zusammenzuarbeiten und das Kriegsbeil zu begraben. Seine Unternehmungen werden genauso wie meine durch den wachsenden Einfluss chinesischer Firmen in Afrika erschwert. Außerdem sorgt er sich um die Zukunft seines Landes und um das nach wie vor katastrophale Gesundheitssystem in seiner Heimat Mosambik. Und du kennst ja mein soziales Engagement vor Ort. Mit Alfonso habe ich einen starken Partner gefunden, mit dem ich dort wirklich etwas bewegen kann."

„Na, das klingt doch wunderbar."

„Das ist es auch."

Er breitete die Arme aus und ich beugte mich zu ihm herunter. Nach einer innigen Umarmung musterte er mich, so als wollte er sagen „Mädchen, bist du aber groß geworden." Dabei trafen wir uns regelmäßig einmal in der Woche.

„Wie geht es dir?", fragte ich ihn, während ich vor dem riesigen Schreibtisch Platz nahm, eine filigrane Antiquität mit den Ausmaßen einer Tischtennisplatte. Er nahm mit seinem Rollstuhl dahinter Platz.

Sein Gesichtsausdruck wurde ernst.

„Die Geschäfte laufen gut, aber nicht mehr so, wie noch vor einigen Jahren. Einige Projekte machen Schwierigkeiten und es gibt immer Unwägbarkeiten, mit denen man fertig werden muss."

„Das hört sich ja dramatisch an."

„Ach Liebes, wenn man wie ich große Projekte verfolgt, dann tauchen immer wieder Probleme auf. Du denkst, du hast eines aus der Welt geschafft, doch stattdessen gibt es immer wieder neue."

Sein Gesichtsausdruck wurde wieder weicher und ein leichtes Lächeln legte sich auf sein Gesicht.

„Aber ich will mich nicht beklagen. Durch Rumjammern hätte ich mit meinem Logistikunternehmen in Afrika niemals Fuß fassen können. Und es gibt ja nicht nur Schlechtes auf dieser Welt."

Rudolph betonte diesen letzten Satz ganz besonders.

Mit einer anerkennenden Geste signalisierte ich ihm, die tollen Nachrichten mit mir zu teilen.

„Alfonso und ich haben uns entschieden, gemeinsam das Gesundheitssystem in Mosambik aufzubauen und den Ärmsten Zugang zu ärztlicher Versorgung zu ermöglichen. Wir werden eine großangelegte Impfkampagne starten und 100.000 Menschen impfen lassen. Alfonso und ich klären gerade die Details, weshalb er aktuell in Berlin ist."

Ich staunte nicht schlecht, auch wenn mir dieses Projekt ziemlich surreal vorkam. Zwei Geschäftsmänner, die das Gesundheitssystem in einem der ärmsten Länder der Welt aufbauen wollten. Doch Rudolph schien davon überzeugt zu sein. In seinem sonst sehr sachlichen Tonfall glaubte ich einen Hauch von Zufriedenheit und Eigenlob herauszuhören.

„Ich bin gespannt, Rudolph. Welcher Krankheit wollt ihr mit eurer Impfkampagne den Kampf ansagen?"

Onkel Rudolph wurde mit einem Male sehr ernst. „Unsere Kampagne zielt auf die HIV-Prävention. HIV ist in den südlichen Staaten Afrikas weit verbreitet. Eine Infektion kommt dort aufgrund des schlechten Gesundheitssystems einem Todesurteil gleich. Von der gesellschaftlichen Stigmatisierung ganz zu schweigen."

„Ich hoffe auf einen Erfolg. Es wäre ein starkes Zeichen", war meine anerkennende Reaktion.

„Ja, in der Tat. Der Erfolg würde viele Dinge in Bewegung setzen. Du machst dir keine Vorstellungen davon, was alles möglich wird, wenn das Projekt erst einmal richtig angelaufen ist."

Zwar hatte ich den Eindruck, dass Rudolph nun reichlich übertrieb, aber vielleicht hatte er recht und dieses Projekt würde tatsächlich etwas bewegen und wäre nicht wieder nur purer Aktionismus. Eine Antwort auf diese Frage fand ich jedoch nicht, da Rudolph mich aus meinen Gedanken zurückholte.

„Entschuldige, wo sind eigentlich meine Manieren? Möchtest du etwas trinken."

„Ein Kaffee wäre nicht schlecht".

Über die Rufanlage gab Rudolph Isolde den Auftrag durch und nur einen kurzen Moment später servierte sie uns Kaffee und Gebäck auf einem opulenten Servierwagen. Vermutlich auch eine Antiquität, dachte ich.

Beim Verlassen des Raumes wandte sie sich an Rudolph. „Herr Thömen, bitte denken Sie daran, dass Sie um 19 Uhr mit Herrn Könrig zum Essen verabredet sind."

„Danke, Isolde." Er wandte sich an mich und machte eine entschuldigende Geste. „Es ist immer etwas zu tun."

Ich war überrascht. „Du triffst dich mit meinem Vater?"

„Natürlich, Tonja. Verwundert dich das? Dein Vater ist einer meiner besten Freunde." Rudolph warf mir einen tadelnden Blick zu. „Und du solltest dich auch mit ihm treffen."

„Nachdem, was er uns angetan hat? Vor allem meiner Mutter?" Die Zornesröte stieg mir ins Gesicht. „Nein!", warf ich ihm vehement entgegen.

„Dein Vater ist krank, schwer krank. Er würde sich sehr darüber freuen, mit dir zu sprechen."

„Das ist mir egal." Ich verschränkte die Arme vor der Brust. Vermutlich verhielt ich mich gerade wie ein trotziger Teenager, aber das war mir egal. Mein Blut war kurz vor dem Siedepunkt.

Rudolph lehnte sich so weit über den Schreibtisch, wie es ihm der Rollstuhl erlaubte und sah mich mit ermahnendem Gesichtsausdruck an.

„Tonja, wenn ich sage, dass dein Vater krank ist, spreche ich nicht von einem Schnupfen." Rudolph sah mich streng an, dann milderte sich sein Gesichtsausdruck. „Er wird bald sterben."

07 - Christian

Christians Blick wanderte durch den kleinen, fensterlosen Besprechungsraum. Drei Tische mit je einem Stuhl standen einem etwas größeren Pult gegenüber. Dahinter hing eines dieser neumodischen E-Boards, das Whiteboard, Flipchart, Leinwand und einigen anderen Blödsinn miteinander vereinte, was laut Pädagogen das Lehren und Lernen ungemein erleichtern würde.

Ansonsten war der Raum karg und leer. Eine eigenartige Beklemmung ergriff von Christian Besitz. Der junge Mann fühlte sich durch die Atmosphäre als auch durch das bevorstehende Experiment eingeschüchtert.

Nach kurzem Überlegen wählte er den linken Tisch und ließ sich auf den ungemütlichen Stuhl fallen. Nachdem er sich mit der harten Sitzfläche arrangiert hatte, saß er einfach nur da, blickte zur Decke und wartete darauf, dass irgendetwas passierte. Christian war viel zu früh. Er wollte unbedingt pünktlich sein, immerhin ging es um 25.000 €. Nun aber ärgerte er sich darüber, in diesem Kühlschrank warten zu müssen. Wie ein Verhörraum, es fehlte nur der Spiegel, durch den die Beamten beobachten konnten, wie der Wartende allmählich mürbe wurde. Außerdem begann Christian zu frieren. Während draußen brütende 35 Grad herrschten, fühlte es sich hier unten so kalt an, als hätte Eiskönigin Elsa höchstpersönlich durchgefegt.

Dann öffnete sich die Tür und eine weitere Person trat ein. Ein junger Mann, Anfang 20, mit kurzen, gelockten Haaren und abstehenden Ohren. Drahtig und kraftvoll wirkte er mit seiner athletischen Figur. Der Kerl setzte sich an den Tisch neben Christian und schüttelte sich kurz.

„Mann, kalt hier."

Christian sah das freche Grinsen auf seinem Gesicht und bestätigte mit einem zaghaften Nicken die Feststellung, die er bereits wenige Minuten zuvor getroffen hatte.

„Hi. Bin Marius."

Überrascht starrte Christian auf die Faust, die ihm zur Begrüßung entgegengestreckt wurde. Er war dankbar darüber, dass der Neuankömmling nicht auf dieses lästige Händeschütteln bestand, das seit Corona der Vergangenheit angehörte. Eine elendige Höflichkeitsfloskel, die nach dem Ende der Pandemie nur noch vereinzelt wieder zurückgekehrt war. Zögerlich erwiderte Christian den Gruß. „Christian."

„Wahnsinn, drei Wochen hier. Aber das isses Wert. Ich will für ein paar Monate nach Kalifornien, surfen lernen. Und von dort aus durch die Staaten reisen."

Christian nickte anerkennend.

„Und was hast du so vor mit der Kohle?"

Eins stand fest, schweigsam war Marius nicht. Christian wusste nicht, was er antworten sollte. Er wollte einem Fremden nicht gleich auf die Nase binden, dass sein Leben ohnehin schon am Arsch war und er dringend Geld brauchte.

„Mein Studium abschließen", log er halb. Eigentlich hatte Christian das nicht vor, es aber dennoch als Option irgendwo in seinen Gehirnwindungen gespeichert.

„Oh, cool. Was hast du denn studiert?"

„Ökologie- und Umweltwissenschaften."

„Wow. Hört sich super langweilig an." Marius grinste. „Klar, dass du das bisher nicht durchgezogen hast."

Ein lautes Lachen erfüllte den Raum, als hätte Marius gerade den besten Witz des Universums gemacht. Christian zuckte mit den Schultern. Er hatte keine Lust, die Unterhaltung fortzuführen, auch wenn er Marius sympathisch fand.

Glücklicherweise ging in diesem Moment die Tür erneut auf und eine junge Frau Mitte 20 trat ein. Hübsch war sie, schlanke Figur mit fülligen Rundungen. Dunkles, langes Haar breitete sich auf ihren Schultern aus. Sie hatte eine auffällig große Nase, an der Christians Blick sofort hängen blieb. Er stellte sich vor, dass die junge Frau diese Nase vermutlich als ihr hässlichstes Körperteil wahrnahm und sie deshalb das Gefühl hatte, ihr Gesicht sei entstellt. Dabei fand Christian gerade diesen Kontrast gegenüber ihren zarten Gesichtszügen so faszinierend. Sie war attraktiv, unglaublich attraktiv. Christian stockte kurz der Atem, ein Kribbeln durchfuhr seinen Körper. Er stieß einen tiefen Seufzer aus.

Hinter ihr folgte eine ältere Dame. Sie trug ein schwarzgraues Kostüm. Ihre auffällig grauen Haare und die prägnante Brille verliehen ihr eine Aura des Unnahbaren. Sie hätte Anwältin, Oberstudienrätin oder Chefärztin sein können. Auf jeden Fall strahlte sie Expertise und Professionalität aus.

„Nehmen Sie doch bitte Platz, Frau Ziegler", sagte die Dame und schritt hinter das Pult.

„Frau Ziegler, Herr Nyberg, Herr Zimmermann", eröffnete sie ihren Vortrag, „schön, dass Sie hier sind. Mein Name ist Dr. Judith Kramer. Ich bin die Leiterin dieser Forschungsreihe. Ich werde Ihnen gleich einiges zum Ablauf der Studie erzählen. Das meiste wissen Sie bereits, aber dennoch möchte ich auf ein paar wesentliche Details eingehen."

Judith Kramer startete das E-Board und erläuterte zunächst ein paar Dinge zu den Verhaltensregeln im Gebäude. Sie erklärte, warum keine anderen Personen in diesen drei Wochen hier sein würden. Streng geheime Forschung, war ihr Argument. Außerdem mussten sich die Studienteilnehmenden dazu verpflichten, ihre Smartphones auszuschalten und für die Dauer des Experiments abzugeben.

Christian empfand das als sonderbar, machte sich dann aber keine weiteren Gedanken darüber. Tatsächlich spürte er, wie er sich durch Dr. Kramers Professionalität und durch den Hormonschub, den das Erscheinen der unbekannten Schönheit auslöste, zunehmend entspannte.

Nach weiteren Details zum Ablauf kam Dr. Kramer endlich auf die eigentliche Studie zu sprechen. „Sie wissen, dass Sie an einer Studie zur Erprobung eines experimentellen Impfstoffs teilnehmen. Nach langjähriger Forschung steht der Medizin nun endlich ein Impfstoff gegen das Ebola-Virus zur Verfügung. Nach den vielen Jahren, in der dieses Virus als Auslöser für eine nächste globale Pandemie gehandelt wird, stehen wir nun knapp davor, der Menschheit ein Heilverfahren anzubieten."

Sie startete einen Animationsfilm auf dem E-Board, der den eigentlichen Studienablauf grafisch darstellte.

„Nachdem wir in den nächsten Tagen abschließende Tests und medizinische Untersuchungen durchgeführt haben, erhalten Sie in einem ersten Schritt ein

Präparat injiziert. Die Injektion wird direkt am Hals vorgenommen und eine größere Menge des Wirkstoffs in Ihren Körper eingebracht. Sie kennen das Prinzip von einer klassischen Impfung. Der Maßstab, in dem wir das hier durchführen, ist aber größer. Daher erhalten Sie parallel zum Wirkstoff auch Beruhigungs- und ein leichtes Betäubungsmittel. Sie werden also kaum etwas spüren. Es besteht die Möglichkeit, dass sie sich zunächst benommen fühlen, schläfrig werden oder sogar für einen kurzen Moment das Bewusstsein verlieren."

„Das klingt jetzt nicht gerade beruhigend", meldete sich Marius zu Wort.

„Machen Sie sich keine Sorgen. Es handelt sich um ein lokales Betäubungsmittel. Wir nutzen eine ganz neue Generation von Wirkstoffen und um zu verhindern, dass Sie ein allzu großes Unbehagen empfinden, fahren wir die Strategie mit lokaler Anästhesie."

„Und danach? Wenn wir wieder Herr unserer Sinne sind?"

Die Stimme der jungen Frau erfüllte den Raum und weckte in Christian ein inneres Glühen. Erneut durchfuhr ein Kribbeln seinen Körper.

„Es kann sein, dass sich im Anschluss Schwindel, leichte Kopfschmerzen und ein allgemeines Unwohlsein einstellen. Das wird sich aber nach einigen Tagen wieder legen. Hier müssen Sie ein wenig Geduld haben."

Dr. Kramer schickte das E-Board in den Schlaf und setzte sich hinter das Pult.

„Die Tests, die wir in den nächsten Tagen durchführen, dienen dazu, abschließend zu klären, dass sie körperlich und geistig vollends in der Lage sind, an den Tests teilzunehmen. Wir schließen dadurch beinahe jegliches Risiko für Sie aus."

„Beinahe?"

Skepsis lag in Marius Stimme.

„Sie nehmen an einer medizinischen Studie zur Erprobung eines experimentellen Wirkstoffs teil. Eine Studie, die im Übrigen gut bezahlt wird. Auch wenn wir bestrebt sind, jegliche Komplikationen auszuschließen, kann es dennoch zu unerwarteten Reaktionen oder Symptomen kommen. Aber seien Sie versichert: Sie sind in besten Händen und haben nichts zu befürchten."

In Christian meldete sich ein dumpfes Unbehagen, doch es drang nicht an die Oberfläche. Seine Gedanken kreisten nur noch um diese Schönheit mit der auffälligen Nase. Dr. Kramers weitere Ausführungen bekam er kaum mit.

„Ich beantworte nun gerne weitere Fragen, die Sie sicherlich haben werden. Ein Hinweis noch vorweg." Sie beugte sich über das Pult nach vorne. Ihre Miene verfinsterte sich. „Denken Sie daran, mit niemandem darüber zu sprechen. Die Studie, an der Sie hier teilnehmen, ist streng geheim."

08

Erneut saß ich bei Cornelius, diesmal gemeinsam mit Yaron, um ihm unsere Ergebnisse zu präsentieren. Mir war klar, dass er wütend sein würde. Immerhin hatte ich mich über seine Anweisungen hinweggesetzt. Ein Wutausbruch von Cornelius war so sicher wie das Amen in der Kirche. Um ihn zur Weißglut zu treiben, brauchte es nicht viel.

Der Oberkriminalbeamte sah mich mit durchdringendem Blick an. „Könrig, ich kann mich sehr genau daran erinnern, Ihnen explizite Anweisungen gegeben zu haben." Cornelius fuchtelte wild mit seinen Armen, um seinen Worten Nachdruck zu verleihen. „Mir ist absolut unbegreiflich, warum sie meine Anordnungen immer wieder missachten. Ich hatte Ihnen ausdrücklich gesagt, dass Sie sich auf Ihren aktuellen Fall konzentrieren und nicht irgendwelchen Hirngespinsten hinterherjagen sollen. Aber was machen Sie? Ermitteln auf eigene Faust." Er hob den Zeigefinger. „Und ohne rechtliche Grundlage."

Scharfsinn, Kombinationsgabe und die Fähigkeit, dem eigenen Instinkt zu vertrauen, waren wesentliche

Eigenschaften, die eine professionell ausgebildete Ermittlerin wie mich auszeichneten. Ich hielt Cornelius Moralpredigt daher für mehr als unangemessen. Doch er ließ keine Chance aus, mir seine Geringschätzung an den Kopf zu werfen.

„Ich weiß, was Sie mir gesagt haben. Danke für die Belehrung", antwortete ich und versuchte, meine Wallungen im Zaum zu halten.

Der Choleriker sprang auf und schlug mit der flachen Hand auf den Tisch.

„Dann halten Sie sich zum Teufel nochmal an meine Vorgaben. Ihre Eigensinnigkeit hängt mir zum Hals raus."

„Herr Cornelius, Sie vergreifen sich im Tonfall. Mäßigen Sie Ihre Stimme", mischte sich Yaron ein.

Wie üblich war Yaron gelassen, aber bestimmend. Er hatte ein Talent dafür, durch seine ruhige, aber dominante Art ein Gespräch zu kontrollieren und die vollständige Eskalation zu verhindern. Yaron wusste genau, wann es angebracht war, seinen Sarkasmus außen vorzulassen. Cornelius und ich gerieten für gewöhnlich aneinander. Yaron diente heute nicht zum ersten Mal als Ruhepol und es gelang ihm, dieses Alphatier im Zaum zu halten.

Der Oberkriminalbeamte warf Yaron einen eisigen Blick zu.

„Ist ihnen eigentlich klar, dass Sie zig Regeln gebrochen haben, als sie eigenmächtig die Wohnung der Toten durchsucht haben?", zischte er. „Die Wohnung, die im Übrigen bereits durchsucht wurde, um Hinweise auf ein Gewaltverbrechen zu finden. Vergeblich, wie Sie wissen."

Cornelius stützte sich mit beiden Armen auf seinem Schreibtisch ab und lehnte sich zu uns nach vorne. Seine Miene verfinsterte sich zusehends und er schaute uns aus zusammengekniffenen Augen an.

„Wir haben in den Unterlagen der Toten Hinweise …"

„Und ein weiterer Regelverstoß. Es steht Ihnen nicht zu, ohne Befugnis in irgendwelchen Unterlagen zu wühlen." Mit Nachdruck betonte er jedes einzelne Wort. Sein Kopf wurde knallrot.

„Herr Cornelius, hören Sie uns erst einmal zu. Wir haben Grund zur Annahme, dass hinter dem Tod von Frau Ziegler mehr steckt, als eine tragische Verzweiflungstat." Yaron ließ keinen Zweifel daran, dass wir erst das Büro verlassen würden, bevor wir unsere Ergebnisse vorgetragen hatten.

Der Oberkriminalbeamte atmete tief durch und setzte sich wieder. „Ich höre. Anders scheine ich Sie beide ja nicht wieder loszuwerden." Er begann, seine Schläfen zu massieren.

„Wir wissen, dass Frau Ziegler den Toten, Marius Zimmermann, kannte. Die beiden haben, so legen es die ersten Auswertungen von Chat-Verläufen nahe, als Probanden an einer medizinischen Studie teilgenommen. Das war vor gut einem Jahr. Nun sind beide tot und sollen angeblich Selbstmord begangen haben, innerhalb eines Zeitraums von zwei Wochen. Das ergibt keinen Sinn. Sie sehen sicherlich selbst, dass das nicht nur ein Zufall sein kann."

„Wahnsinn. Ich bin beeindruckt." Cornelius ließ seiner Überheblichkeit freien Lauf. „Vielleicht sollte ich Sie auch mal in meinen Sachen wühlen lassen. Da finden sie dann einen Zusammenhang zu einer Person, die irgendwann mal zur gleichen Zeit in einem Restaurant wie ich zu Mittag gegessen hatte. Diese fremde Person hatte vielleicht Hunger, so wie ich. Oh, nein. Das kann kein Zufall sein."

Ich atmete tief durch und bemühte mich nach Kräften ruhig zu bleiben, doch Cornelius fuhr unbehelligt mit seinen Äußerungen fort.

„Haben Sie mal daran gedacht, dass diese junge Frau vielleicht in diesen Zimmermann verliebt war. Als sie dann die Nachricht von dessen Tod ereilte, setzte auch sie ihrem Leben ein Ende. Oder die beiden haben sich bei dieser Studie kennengelernt und erkannt, dass sie beide diese Todessehnsucht hatten und vereinbart, sich gemeinsam das Leben zu nehmen." Cornelius lehnte sich in seinem Schreibtischstuhl zurück und ließ seinen Blick über die Decke wandern.

Sein Zynismus ging mir auf die Nerven. Doch seine fadenscheinigen Argumente deutete ich als Beweis, dass er selbst erkannte, dass hier nicht von einem Zufall auszugehen war, er aber nicht eingestehen wollte, dass er falsch lag. Eigentlich müsste ihm klar sein, dass hier nicht von einem Zufall auszugehen war. Er selbst hatte jahrelang als Ermittler gearbeitet, bevor er es vorzog, höhere Positionen zu besetzen und sich auf das Hin- und Herschieben von Papier zu konzentrieren. Gerade von einem Oberkriminalbeamten erwartete ich Professionalität und kriminalistischen Spürsinn. Doch das Gegenteil war der Fall. Und dieses Gepolter war seiner Position absolut unwürdig.

„Wir haben eine Tote, die sich ohne erkennbaren Grund das Leben genommen hat und einen Bruder, der die Selbstmordtheorie vehement anzweifelt. Wir haben einen weiteren Toten, der sich mit einem gestohlenen Fahrzeug getötet haben soll, obwohl er überhaupt keine Fahrpraxis besaß. Beide kannten sich und haben an einer ominösen Studie teilgenommen. Glauben Sie wirklich an einen Zufall? Oder erkennen Sie zufälligerweise einen Zusammenhang?" Yaron saß ruhig auf seinem Stuhl und blieb absolut unbeeindruckt. „Ich weiß nicht, wie Sie das beurteilen, Cornelius. Aber ich persönlich glaube nicht an Zufälle."

Der Oberkriminalbeamte stand von seinem Stuhl auf und ging ans Fenster. Er steckte seine Hände in die Hosentaschen und blickte einige Minuten ins Freie. „Wissen Sie beide eigentlich, warum ich Sie nicht auf der Stelle suspendieren lasse?" Er drehte sich um und schaute uns mit einem durchdringenden Blick an. „Der Rattenschwanz, den das nach sich ziehen würde, ist länger, als wenn ich darüber hinwegsehe. Auch wenn Sie heute zum wiederholten Mal über meinen Kopf hinweg gehandelt haben. Das gilt ganz besonders für Sie, Könrig."

Cornelius kam zu seinem Schreibtisch zurück und setzte sich wieder. Mit seiner linken Hand massierte er sich die Nasenflügel. „Bringen Sie mir etwas Brauchbares. Irgendetwas, das ihre halbherzigen Mutmaßungen stützt und eine Ausweitung der Ermittlungen rechtfertigt. Und diese Chatverläufe, die Sie entschlüsselt haben, liegen in einer halben Stunde auf meinem Tisch."

Yaron und ich standen auf und gingen Richtung Tür. Als wir das Büro verlassen wollten, rief Cornelius uns hinterher. „Und vermasseln Sie es nicht. Sie haben nur diese eine Chance."

Innerlich bebte ich. Da mir aber klar war, dass ich nichts erreichen würde, unterließ ich es, weiter zu protestieren. Gerade als wir das Büro verlassen wollten, hörte ich erneut Cornelius Stimme hinter mir. „Einen Moment noch, Könrig."

Ich drehte mich herum und sah ihn mit ernster Miene in meine Richtung blicken. Während Yaron das Büro verließ, nahm ich erneut am Schreibtisch Platz.

Cornelius Gesichtsausdruck war undurchdringlich. Mir war nicht klar, was es noch zu besprechen gab. Ein ungutes Gefühl ergriff von mir Besitz.

„Ich schätze Ihren kriminalistischen Spürsinn, Ihre analytischen Fähigkeiten und Ihren Scharfsinn. Das ist der einzige Grund, warum Sie sich trotz Ihres eigenmächtigen Verhaltens jetzt nicht im Zwangsurlaub befinden." Er löste sich vom Schreibtisch und machte mit den Armen eine entschuldigende Geste. „Auch wenn es mir nicht passt, ich weiß, dass Sie eine gute Ermittlerin sind."

„Oh, ich fühle mich geehrt."

„Sparen Sie sich Ihren Sarkasmus, Könrig. Ich bin davon ausgegangen, dass Sie den Fall Zimmermann schnellstmöglich abschließen. Ich benötige Sie bei den Ermittlungen zum Attentat auf den Journalisten und Autor Claas Urban."

„Das war der, der nachts totgeprügelt wurde, oder?"

„Korrekt. Die Angelegenheit hat höchste Priorität und eine gewisse Brisanz. Wie Sie sicherlich wissen, hat er nicht nur die Polizei in Nordrhein-Westfalen vorgeführt, sondern sich auch in der rechten Szene sehr unbeliebt gemacht. Doch der Fall gerät ins Stocken, die Ermittlungen kommen nicht weiter und die Presse macht Druck. Daher kann ich es nicht gutheißen, dass Sie nun die Ermittlungen in Ihrem aktuellen Fall ausweiten wollen, anstatt diesen endlich abzuschließen."

Ich erinnerte mich an die Nachrichten rund um den Angriff auf Urban. Die Berliner Boulevardpresse war voll davon: „Enthüllungsjournalist ermordet"; „Attentat auf Thriller-Autor von rechts außen?"; „Die Geister, die ich rief: Urban Opfer seines eigenen Erfolgs?"

Die Schlagzeilen waren an Polemik und Zynismus kaum zu überbieten. Bisher hatte ich von Urban noch nichts gelesen. Weder einen seiner investigativen Artikel, noch eines seiner Bücher, in denen er häufig die Ergebnisse seiner Recherchen verarbeitete und gewinnbringend ausschlachtete. Ich kannte ihn nur von kurzen Interviews oder Auftritten in diversen Talkshows. Er wirkte auf mich immer recht abgehoben und eingebildet. Und irgendwie schien er es zu genießen, dass er regelmäßig Drohanrufe und -briefe bekam. Während andere durch so etwas eingeschüchtert wurden, erfuhr Urbans Ego anscheinend einen regelrechten Höhenflug. Ich konnte mir gut vorstellen, dass der Journalist und Autor bei seinen Recherchen durchaus auch auf fragwürdige Methoden zurückgriff, um sich im Anschluss im Erfolg sonnen zu können.

„Ich verstehe", erwiderte ich. „Ich werde einen Beweis erbringen, dass an der Sache mehr dran ist, als es auf den ersten Blick vermuten lässt."

„Gut, das rate ich Ihnen." Cornelius nickte zur Bestätigung.

Für mich schien das Gespräch beendet und ich machte mich bereit, das Büro meines Vorgesetzten zu verlassen.

„Einen Moment noch. Wir sind noch nicht fertig." Seine Stimme klang feindselig.

Ich war überrascht, blieb jedoch stehen. „Was gibt es denn noch zu besprechen?"

„Nachdem Ihr letzter Kollege vor einigen Wochen auf eigenen Wunsch aus dem Polizeidienst ausgeschieden ist, führen Sie Ihre Arbeit alleine aus. Die Polizei ist kein Ort für Einzelgänger, weshalb ich Ihnen einen neuen Kollegen zur Seite stelle."

Ich spürte, wie sich mein Magen zusammenzog. Schlagartig hatte ich ein ungutes Gefühl. Mit dem plötzlichen Auftauchen von Marcel und der unerwarteten Nachricht von Lucis Tod hatte ich in den letzten Tagen genug unliebsame Überraschungen erlebt und keine Lust auf weitere.

„Sie arbeiten ab sofort mit Andreas Schultheiß zusammen."

Ich dachte, ich höre nicht recht, und fühlte mich sofort wie im falschen Film. Schultheiß war mit Abstand der unbeliebteste Ermittler auf dem ganzen Revier. Er galt als feindselig und menschenverachtend.

Auch wir hatten nicht gerade das beste Verhältnis zueinander.

„Das ist nicht Ihr Ernst, Cornelius? Ich gebe zu, ich habe mich über ihren Kopf und über Ihre Anweisungen hinweggesetzt, aber das ist jetzt wirklich kein Grund, mich so zu bestrafen."

„Hören Sie auf mit diesem albernen Gezeter und sehen sie es als sportliche Herausforderung." Der Oberkriminalbeamte schien das auf eine eigenwillige Art zu genießen.

„Schultheiß ist ein chauvinistischer Mistkerl mit reaktionären Ansichten, ein Relikt aus einer Zeit, in der Frauen Ihren Ehemann noch um Erlaubnis bitten mussten, um ein eigenes Bankkonto zu eröffnen."

„Und Sie als moderne, selbstbewusste Frau wissen garantiert mit ihm umzugehen. Ehrlich gesagt, bin ich sogar fest davon überzeugt, dass Sie eine der wenigen Personen sind, die ihn richtig zu nehmen weiß. Immerhin haben Sie auch kein Problem, bei mir auf Konfrontationskurs zu gehen." Ein beinahe teuflisches Grinsen legte sich auf sein Gesicht. „Außerdem leistet er ausgezeichnete Recherche- und Ermittlungsarbeit, die sich mit ihrem kriminalistischen Scharfsinn perfekt ergänzen wird. Sie kommen schon mit ihm klar."

„Das sehe ich nicht ein."

„Schluss jetzt. Sie arbeiten mit Schultheiß zusammen. Oder ich entziehe Ihnen den Fall und Sie finden sich im Zwangsurlaub wieder."

09

Ich verließ das Büro. Mein Blut kochte. Ich wollte nicht glauben, was ich zuvor gehört hatte. Ich erinnerte mich an das Training. Dort lernte ich, in Konfliktsituationen ruhig zu bleiben und einen kühlen Kopf zu bewahren. Doch die unliebsamen Überraschungen nahmen gerade etwas überhand.

Mein ganzer Körper stand nach wie vor unter Strom und ich hätte am liebsten das Büro zusammengebrüllt, als ich zurück an meinen Schreibtisch ging.

Auf dem Weg machte ich einen kurzen Halt in der Kaffeeküche. Wahllos griff ich aus dem Hängeschrank über der kleinen Spüle eine Tasse heraus. Von Blumenmotiven umrahmt prangte in verschnörkelter Schrift der Spruch „Don't worry, be happy" auf dem Gefäß. Wie realitätsfremd, dachte ich kopfschüttelnd. Ich kippte Zucker in die Tasse und ließ anschließend den Vollautomaten seine Arbeit verrichten. Das markerschütternde Pulverisieren der Bohnen drang tief in meinen Körper ein und überdeckte den Zorn für einen kurzen Moment. Nachdem die Ruhe endlich zurückgekehrt war, lehnte ich mich gegen den Tresen der Küchenzeile, sog den Kaffeeduft in mich hinein und nahm einen kräftigen Schluck.

Früher gelang es mir, mit schwierigen Situationen souveräner umzugehen. Ich war ausgeglichener und es schien mich nichts so leicht aus der Bahn zu werfen. Doch seit dem Tod meiner Mutter war das anders. In mir trug ich eine Wut, die nur den kleinsten Auslöser benötigte, um auszubrechen. Woher genau diese Wut kam, war mir nicht klar. War es Enttäuschung, war es Trauer? Ich wusste es nicht und wollte mich auch nicht mit meinen Gefühlen auseinandersetzen. Zu schmerzhaft war der Verlust.

Nach wenigen Minuten setzte ich den Weg zu meinem Arbeitsplatz fort. Am Schreibtisch angekommen, erkannte ich den Wartenden sofort. Seine ungepflegten Haare, den Wildwuchs im Gesicht, die abgetragene Kleidung. Im Grunde wie Inspektor Columbo, nur ohne Trenchcoat und in widerlich. Andreas Schultheiß' Körperfülle verriet mir, dass er neben der Kleidung auch sonst keinen Wert auf sein Auftreten legte. Mich schüttelte es. Die Wut, die sich während des kurzen Stopps in der Kaffeeküche etwas abgemildert hatte, wuchs wieder zu voller Größe heran.

„Ah, kommt die Dame auch endlich. Ich warte nur ungern."

Ich hatte keine Ahnung, warum er direkt auf Konfrontationskurs ging. Vermutlich wollte er genauso gerne mit mir zusammenarbeiten, wie ich mit ihm. Der Versuch, ruhig zu bleiben, gelang mir mehr schlecht als recht.

„Damit das von vorneherein klar ist, Andreas. Ich leite die Ermittlungen. Das ist mein Fall und ich gebe den Ton an."

„Ich gebe den Ton an", äffte er mich nach. Eine weitere unnötige Provokation. „Ich werde dir den Fall schon nicht wegnehmen, du Diva. Kein Grund, dein frustrierendes Sexleben an mir auszulassen."

Verärgert stieß ich die Kaffeetasse auf die Tischplatte. Der Inhalt schwappte heraus und flutete den Schreibtisch mit dampfender Brühe.

„Spar dir deine chauvinistischen Machosprüche. Ich dulde ein solches Verhalten nicht."

„Ist ja gut, eure Hoheit."

Ich blickte ihm fordernd in die Augen. „Du bist einer der ältesten und erfahrensten Ermittler hier auf dem Revier. Weiterhin hält Cornelius eine Menge auf dich. Gott alleine weiß warum. Daher erwarte ich eine gewisse Professionalität von dir. Haben wir uns verstanden?"

Er nickte langsam, ohne eine Miene zu verziehen.

„Montag, 8:30 Uhr geht's los. Und sei pünktlich. Ich warte ebenfalls nicht gerne."

10

Das Wochenende zog sich in die Länge. Die Ereignisse der letzten Tage gingen mir durch den Kopf. Jedoch gelang es mir nicht, einen klaren Gedanken zu fassen. Die innere Anspannung wurde zunehmend zu einem Dauerzustand, aus dem ich keinen Ausweg fand. So hoffte ich, dass mir das Training mit Yaron am Sonntagnachmittag helfen würde, ein wenig von meiner inneren Unruhe abzuschütteln.

Nach einer ewig langen Aufwärmphase gingen wir endlich ins Sparring über. Yaron stand mir gegenüber. Er hatte mir seinen Körper seitlich zugedreht, um weniger Angriffsfläche zu bieten, und bewegte sich leicht hin und her. Seine Hände hielt er vor das Gesicht. Zum einen als Schutz, aber auch, um blitzschnell einen Angriff auszuführen.

„Du sollst also mit Schultheiß zusammenarbeiten." Er platzierte einen kurzen, schnellen Schlag, den ich problemlos abwehren konnte.

„Ich bin so sauer." Mein Konter verlief ins Leere. Ich platzierte einen weiteren Schlag. Doch auch diesmal landete ich keinen Treffer.

„Ein Dream-Team."

Ein blitzschneller Schlag. Yaron wäre fast durch meine Abwehr gebrochen. „Spar dir deine doofen Sprüche." Ich setzte einen schnellen Schlag, für den ich aber die Deckung aufgeben musste. Yaron blockte den Angriff und landete einen schmerzhaften Treffer auf meinem Kinn. Wobei mein Ego gerade mehr schmerzte.

„Konzentrier dich, Tonja. Das war ein Anfängerfehler."

Wir klatschten uns ab und gingen wieder in die Ausgangsstellung.

Ein paar schnelle Schläge von Yaron direkt hintereinander, doch es gelang mir, alle abzublocken. Er drängte mich aber ein gutes Stück nach hinten.

„Kann es sein, dass du nicht wirklich auf Schultheiß wütend bist, sondern auf Cornelius? Schultheiß mag ein Ekelpaket sein. Aber er ist ein guter Polizist. Und ich stimme Cornelius zu. Wenn ihn jemand zu nehmen weiß, dann ja wohl du."

Mit einer Offensive versuchte ich, durch die Verteidigung von ihm zu brechen, aber ein gezielter Tritt gegen meinen Oberschenkel setzte dem Angriff ein abruptes Ende.

„Wie meinst du das, ich sei nicht wütend auf Schultheiß?" Mein Körper war in Wallung und der Trainingsanzug klatschnass.

„Ich kenne dich schon lange genug, Tonja."

Linke, Rechte, Schlag von unten. Ich ließ Yarons Angriff ins Leere laufen.

„Diese Wut trägst du seit dem Tod deiner Mutter in dir."

Darauf angesprochen, spürte ich die Zornesröte in mir aufsteigen. Davon angetrieben startete ich einen neuen Angriff, verhielt mich aber wie ein blutiger Anfänger. Um schnelle Treffer zu erzielen, gab ich meine

Deckung auf. Yaron sah das kommen, blockte meine Schläge, platzierte erneut einen Treffer an meinem Kinn, riss mich damit von den Beinen und da lag ich nun auf der Matte. Überrumpelt und besiegt.

„Keine Emotionen beim Kampf, Tonja", ermahnte er mich. „Du musst einen kühlen Kopf bewahren. Das ist die Grundregel. Sonst passiert genau das."

Durch jahrelanges Training sollte ich in der Lage sein, Emotionen im Kampf zu kontrollieren. Immerhin blickte ich auf eine über 25-jährige Karriere im Kampfsport zurück. Ich war zweifache Juniorenmeisterin und deutsche Vizemeisterin im Tae-Kwon Do und wurde 2007 sogar in den olympischen Kader berufen. Wegen einer Sportverletzung musste ich die Teilnahme an den Olympischen Spielen leider absagen. Zusätzlich war ich ausgebildet in militärischem Krav Maga. Diese Kampfsporterfahrung hätte eine solch stümperhafte Niederlage eigentlich nicht zulassen dürfen. Umso mehr ärgerte ich mich nun.

Ich setze mich an den Rand des Trainingsraums und lehnte mich gegen die Wand. Mein Atem ging schwer. Die Niederlage kratzte an meinem Selbstbewusstsein.

Yaron kam zu mir und reichte mir eine Flasche mit Wasser.

„Dir ist es früher leichter gefallen, im Training fokussiert zu bleiben." Geschmeidig hockte er sich in den Schneidersitz und sah mich prüfend an. „Du gibst deinem Vater die Schuld am Tod deiner Mutter. Seither trägst du Wut in dir. Wut auf deinen Vater, Wut auf deinen Ex-Freund, Wut auf Cornelius, Wut auf Schultheiß. Wut auf wen auch immer."

„Ich habe keine Lust darüber zu sprechen." Mit dem Ärmel wischte ich mir den Schweiß von der Stirn. Dann setzte ich die Flasche an den Mund und nahm einen großen Schluck.

„Und ich habe keine Lust, mitanzusehen, dass du im Training hinter deinen Möglichkeiten bleibst. Du könntest viel schneller sein und problemlos jeden beliebigen Gegner überwältigen. Auch mich, wenn es darauf ankäme. Stattdessen wirst du von deinen Emotionen blockiert."

Ich starrte auf den Boden. Ich fühlte mich erschöpft. Doch Yaron machte mit seinen Ausführungen weiter.

„Ich denke, du solltest deinen Frieden mit der Sache machen. Ich verstehe, dass du verletzt und traurig bist. Aber letztendlich macht das deine Mutter nicht wieder lebendig. Du musst einfach einsehen, dass nicht dein Vater deine Mutter getötet hat. Sie hat sich selbst das Leben genommen, weil sie Depressionen hatte."

„Und warum wurde sie depressiv?" Ich harschte Yaron an, mein Blick haftete aber weiterhin am Boden.

„Tonja, ich verstehe dich. Aber deine Eltern sind erwachsen und für ihr eigenes Leben verantwortlich. Letztendlich hat deine Mutter diese Entscheidung getroffen, nicht dein Vater."

Später am Abend lag ich auf der Couch. Ich hatte mir ein Glas Weißwein eingeschenkt. Kerzenschein tauchte das Wohnzimmer in bernsteinfarbenes Licht und ich ließ meinen Gedanken, von Ambient-Music berieselt, freien Lauf.

Yarons Worte gingen mir nicht aus dem Kopf. Die Nachricht über den baldigen Tod meines Vaters geisterte mir durch die Hirnwindungen. Hatte Yaron womöglich recht? Sollte ich Frieden mit der Vergangenheit schließen und wollte mir das nicht eingestehen? Projizierte ich die ganze Enttäuschung, die sich in mir aufgestaut hatte, auf meinen Vater? Aber wieso sollte ich das tun? Mama war nicht depressiv, sie wurde es erst nach der Scheidung. Und die folgte nun einmal auf die Trennung, die von meinem Vater ausging. Ich hatte allen Grund, wütend auf ihn zu sein. Oder doch nicht?

Allmählich stieg mir der Wein zu Kopf. Dabei hatte ich lediglich ein halbes Glas getrunken. Ich trank gerne Wein, aber üblicherweise nur ein Glas pro Abend, wenn überhaupt. Eine Angewohnheit, die aus Zeiten stammte, als Marcel und ich noch ein Paar waren und wir meine Eltern regelmäßig zum Abendessen besuchten.

Mama hatte immer den Esstisch hübsch angerichtet und gab sich solche Mühe dabei, als wären die wichtigsten Staatschefs der Welt zu Gast. Sie drapierte das Geschirr mit einer Präzision auf einem weißen Tischtuch aus Leinen, wie es andere Leute nicht einmal zum Festessen an den Weihnachtsfeiertagen taten. Sie hatte sichtlich Freude daran. Mein Vater bereitete in der Zwischenzeit das Essen zu. Und er war ein begnadeter Hobbykoch, der die leckersten Gerichte zauberte. Filet Mignon, Boeff Burgignon, Orangenente, Wildgerichte. Einmal schenkten Marcel und ich ihm einen selbstgebastelten Michelin Stern als Auszeichnung für das beste, nie eröffnete, Restaurant in Berlin. Mein Vater lachte vor Begeisterung und seither hing der Stern wie eine Trophäe am Kühlschrank. Wir brachten eine Flasche Wein mit, die Marcel aussuchte und die irgendwie immer perfekt zum Essen passte.

Ein Gefühl von Wehmut überkam mich, bevor sich mein Inneres wieder zusammenzog. Solche Erinnerungen hatte ich erfolgreich verdrängt. Die Enttäuschung, dass ich solche Ereignisse nicht mehr erleben würde, weil meine Familie auseinandergebrochen war, zerrte an mir.

11

Eine unruhige Nacht lag hinter mir, in der es mir nicht gelingen wollte, erholsamen Schlaf zu finden. Irgendwann wälzte ich mich nur noch von links nach rechts.

Gegen fünf Uhr quälte ich mich fluchend aus dem Bett und sprang unter die Dusche. Eiskaltes Wasser zog mir den Brustkorb zusammen, die Atmung stockte. Mein Körper schaltete auf Fluchtmodus, denn Kälte bedeutete Gefahr. Doch ich gab dem Impuls nicht nach und blieb unter dem Eisregen stehen. Ich wurde mit einem Adrenalinkick belohnt, der mich in Sekunden hellwach werden ließ.

Anschließend bereitete ich mir in der Küche einen Kaffee zu. Oder zumindest etwas, das vorgab, Kaffee zu sein. Instantpulver, mit heißem Wasser aufgegossen. Grauenhaft und nur mit einem Schuss Milch und viel Zucker zu ertragen. Dennoch die richtige Wahl für einen beschissenen Morgen wie diesen. Schnell zubereitet und kaum Arbeit machend lieferte er einen ersten Koffeinkick in der Früh. So fühlte ich mich gestärkt und bereit für den neuen Arbeitstag.

Wesentlich früher als üblich betrat ich das Revier. Zu meiner Überraschung saß Andreas bereits an seinem Platz. Unterlagen, Dokumente und lose Papiere nahmen seinen Schreibtisch in Beschlag. Eine Ansammlung von Wasserflaschen, Gläsern und Kaffeetassen vermittelten unordentliche Geschäftigkeit. Er selbst grübelte über seinem Bildschirm.

Noch bevor ich etwas sagen konnte, blickte er von seinem Monitor auf.

„Ah, da bist du ja. Dann können wir ja endlich anfangen."

„Es ist gerade einmal viertel nach sieben. 8.30 Uhr hatten wir vereinbart."

„Von vereinbart kann hier nun wirklich nicht die Rede sein."

Ein kleiner Seitenhieb, den ich gekonnt ignorierte.

„Ich bin bereits seit kurz vor sechs hier ..."

Seine Selbstgefälligkeit war raumfüllend.

„... und habe bereits am Wochenende mit der Recherche begonnen. Während du vermutlich faul auf der Couch gelümmelt hast oder nach anstrengender Shopping-Tour mit deinen Freundinnen Prosecco trinken warst, hatte ich es vorgezogen, bereits mit den Ermittlungen zu beginnen."

Was erlaubt sich dieser Typ eigentlich? Hält er mich für irgendeines dieser Mode-Püppchen, deren größte Sorge es ist, wenn der Lack ihrer French Nails abblättert? Ich strafte ihn mit einem vernichtenden Blick und atmete tief und hörbar durch. Das Interesse, mich auf lächerliche Streitereien einzulassen, hielt sich in Grenzen. Eine kleine Stichelei konnte ich mir jedoch nicht verkneifen.

„Dann zeig mal, was du schon herausgefunden hast, du Superdetektiv."

Gelangweilt schleuderte Andreas eine Mappe in meine Richtung. „Bitte schön."

Kritisch beäugte ich den Hefter. Locker so dick wie mein Daumen. Entweder hatte er einen Haufen nutzloser Dokumente zwischen Karton zusammengepfercht, um Eindruck zu schinden, oder er war wirklich produktiv gewesen. Nach einem Moment des Zögerns griff ich nach der Ansammlung von Papier und blätterte darin herum. Ein Haufen Notizen, weitere Auszüge aus Lucis Chatverläufen, Ausdrucke von Webseiten, Fragmente anderer Ermittlungsakten.

„So wie das bisher aussieht, haben die drei an einer medizinischen Studie teilgenommen. Drei, denn neben Luci und Marius gab es noch eine weitere Person, die vermutlich Christian Nyberg heißt. Außerdem taucht immer wieder der Name Kramer auf. Vermutlich handelt es sich bei dieser Person um eine Ärztin oder sonst jemand vom Personal."

„Medizinische Studien sind nichts Ungewöhnliches. Und sich als Proband zur Verfügung zu stellen, ebenfalls nicht. Viele Leute in prekären Situationen machen das." Lucis gescheiterte Karriere als Journalistin kam mir in den Sinn. „Oder solche, die sich einen Traum erfüllen wollen, aber keine Lust haben, jahrelang zu sparen", ergänzte ich. „Die Frage ist nun: Ab welchem Punkt wird's spannend?"

„Bei der Forschungseinrichtung."

Andreas setzte sich eine Wasserflasche an die Lippen und trank einen Schluck Wasser. Ich hatte den Eindruck, dass er den Moment unnötig in die Länge zog. Mit forderndem Blick sah ich ihn an, um ihm zu signalisieren, dass er fortfahren sollte.

„Die Forschungseinrichtung trug den Namen S.P.T., was für *saúde para todos* steht. Zumindest geben das die Online-Aufzeichnungen der Toten her."

„Eine portugiesische Firma?"

„Wäre möglich. Glaube ich aber nicht. Eher eine Blendgranate, die durch den Firmennamen vom Inhalt ablenken soll. Interessanterweise habe ich weder Infos zur durchgeführten Studie, noch über die Auftraggeber gefunden."

„Die Studie war nicht registriert?"

„Nein."

„Und die Firma? Eintragung ins Handelsregister? Meldung beim Finanzamt?"

Andreas schüttelte den Kopf. „Auch das nicht. Es scheint eine Phantom-Firma zu sein."

Das Durchführen von klinischen Studien war an einen Haufen europäischer und nationaler Regelungen gebunden. Studien mit menschlichen Probanden mussten gemeldet und erfasst werden. Eine Firma, die quasi überhaupt nicht existiert, fliegt unter dem juristischen Radar.

„Und nun wird es erst richtig interessant." Andreas' ungesunde Gesichtshaut verzog sich verschwörerisch.

„Ich bin gespannt."

„Anhand des Zeitraums der Studie und den Positionsdaten der Toten konnte ich den Ort bestimmen, wo die medizinischen Studien wahrscheinlich durchgeführt wurden. Das Gebäude galt als leerstehend und ist vor einigen Monaten abgebrannt. Mit allen Infos, Dokumenten und dem ganzen Equipment. Damit wäre diese Forschungseinrichtung sang- und klanglos vom Erdboden verschwunden ..."

„Aber ...?"

„An dem Tag des Brandes herrschte ein Unwetter mit starken Winden. Dieser erzeugte einen Funkenflug, der einen Brand in einem der Nachbargebäude auslöste. Der Besitzer des Gebäudes nahm sich einen Anwalt und verklagte den Gebäudebesitzer auf Schadensersatz."

„Erfolglos, wie ich vermute."

„Nicht ganz. Das Verfahren wurde recht schnell eingestellt, da keine Verantwortlichen ausfindig zu machen waren und das Gebäude offiziell als nicht genutzt galt. Das ist interessant, weil die Einrichtung in einem Gebiet liegt, in dem viele, auch leerstehende, Lagerhallen sind. Weiterhin gibt es einen Anbieter für Lagerräume, in dem Privatpersonen ihre liebgewonnen, ungenutzten Habseligkeiten bunkern, von denen sie sich nicht trennen können."

„Das heißt, die Einrichtung befand sich in einem Gebiet ohne nennenswerten Personenverkehr."

„Korrekt. Niemand weiß etwas oder hat etwas beobachtet. Die meisten Leute, die in dieses Gebiet kommen, tun das nur, weil sie etwas einlagern oder abholen müssen. Die sind nach wenigen Minuten wieder verschwunden." Andreas' Miene verfinsterte sich. „Das ist kein Zufall. Da wollte jemand unbeobachtet sein. Dafür spricht auch, dass die Anwältin des Klägers einen Vergleich mit einer Firma für Vermögensverwaltung abschloss, die einen Großteil der Schadenssumme beglichen hatte."

Ich massierte mir nachdenklich die Schläfen. Vor wenigen Tagen sollte ich nur den Tod der Schwester meines Ex-Freunds untersuchen. Jetzt hatte ich es mit einer dubiosen Forschungseinrichtung zu tun. „Also, was immer S.P.T. da getrieben hat, die hatten ganz offensichtlich kein Interesse an einer behördlichen Arzneimittelzulassung."

„Korrekt, die wollten etwas vertuschen", erwiderte Andreas.

„Wissen wir, wer der Rechtsbeistand des Klägers war?"

„Ja, Patricia Grahl. Hat ihre Kanzlei in der Dorotheenstraße in der Nähe vom Bahnhof Friedrichstraße."

„Gut. Ich werde der Anwältin mal einen Besuch abstatten. Du führst deine Recherchen fort und machst dich auf die Suche nach dem dritten Studienteilnehmer, diesem Christian Nyberg."

„Mach mal halblang, Prinzessin. Wir fahren da gemeinsam hin."

„Nein. Du setzt deine Arbeit hier fort."

„Weißt du Tonja, es ist eine Sache, wenn du dich als Leiterin der Ermittlungen aufspielen willst. Dennoch müssen wir notgedrungen zusammenarbeiten. Und ich lasse mir von dir keine Befehle erteilen. Wir sind ein Team." Er betonte das Wort „Team" auf eine abschätzige Art und Weise. „Und statten dieser Anwältin gemeinsam einen Besuch ab."

Die Feindseligkeit, die in ihm erwachte, ließ auch mich in den Angriffsmodus übergehen. Doch bevor ich ihm etwas entgegnen konnte, hörte ich eine Stimme hinter mir.

„Wie ich sehe, verstehen Sie beide sich ja blendend."

Ich drehte mich in Richtung Tür. Richard Cornelius hatte den Raum betreten. Seine Körperspannung verlieh ihm eine gewisse Strenge. Er sah aus wie ein Vater, der den sich gerade aufbauenden Streit seiner Kinder um ein paar Legosteine mitbekam und einschritt, um die völlige Eskalation zu verhindern. Entsprechend fühlte ich mich tatsächlich ertappt und spürte einen kurzen Moment der Scham, bevor der Unmut wieder übernahm.

„Ich erwarte von Ihnen beiden Professionalität. Sie arbeiten gemeinsam an diesem Fall und reißen sich gefälligst zusammen. Alle beide. Wenn der Fall abgeschlossen ist, bekommen sie neue Kollegen zugeteilt, mit denen sie besser harmonieren. Aber für den Moment sind sie ein Team." Er wandte sich an Andreas. „Für Sie bedeutet das, dass Sie Ihr Alphatiergehabe unterlassen."

Auch wenn ich es verabscheute, für einen Moment fühlte ich mich durch Cornelius bestätigt. Andreas quittierte meinen triumphierenden Gesichtsausdruck mit einem vernichtenden Blick.

„Und für Sie, Tonja, bedeutet das, dass Sie beide ein Team sind. Sie werden die Ermittlungen gemeinsam führen. Als heroische Einzelkämpferin sind Sie für den Polizeidienst nicht geeignet."

Nun war Andreas derjenige mit dem triumphierenden Gesichtsausdruck und ich warf ihm einen vernichtenden Blick zu.

12

Auf der Fahrt zu Patricia Grahl sprachen wir kein Wort. Die Stimmung im Fahrzeug war noch eisiger als das Wasser, das am Morgen auf meine Haut regnete. Ich blickte aus dem Seitenfenster, während Andreas den Wagen durch Berlin in Richtung Dorotheenstraße lenkte.

Konturlose Menschen auf dem Bürgersteig zogen an uns vorüber, während die Gebäude in ihrer Monotonie mehr oder weniger dieselben blieben. Die Hauptstadt war anonym, oberflächlich und kalt. Eine perfekte Stadt für illegale Experimente. Und für Menschen wie Cornelius oder Schultheiß – ich nahm einen tiefen Atemzug – und letztlich sogar für mich.

Yarons Worte gingen mir durch den Kopf und ließen mir keine Ruhe. War ich wirklich so geblendet von meiner eigenen Wut? Vielleicht passte ich ja perfekt in diesen Zoo der Ignoranz, der sich Berlin nannte. Wobei ich mich auch an Zeiten erinnern konnte, in der mir die Stadt eine andere Seite zeigte: warm, herzlich, voller Liebe. Aber womöglich war dies die größere Täuschung.

Wir erreichten das Ziel und ich löste mich von der verdrehten Gedankenwelt, die mich befallen hatte.

Grahl hatte ihr Büro in einem dieser neumodischen, protzigen Betonklötze, die im Zuge der Wendejahre rund um die Friedrichstraße wie Pilze aus dem Boden schossen. Große Fensterflächen duellierten sich mit poliertem Granit. Hippe Läden im Erdgeschoss, die Smoothies, Coffee to go, Bio-Backwaren und Fastfood aus der Fusionsküche verkauften, bildeten einen lebendigen Kontrast zu den schmerzhaft seelenlosen Stockwerken darüber, die den abstoßenden Charme der 1990er Jahre verkörperten.

Die Kanzlei befand sich in der sechsten Etage. Andreas und ich verließen den Fahrstuhl und wurden von einer warmen, freundlichen Atmosphäre empfangen. Ganz offensichtlich hatte hier ein Experte für Raumgestaltung, von denen es in Berlin mehr als genug gab, ganze Arbeit geleistet und exquisites Interieur zu einem abgedrehten Preis an die Frau gebracht.

Lediglich die Kanzlei befand sich in der sechsten Etage, sodass wir beim Verlassen des Fahrstuhls direkt den Empfang vor uns hatten.

Eine junge Frau mit übertrieben blondierten Haaren und strengem Gesicht warf uns ein genervtes „Ja, bitte?" entgegen.

Sie war Laufkundschaft offenbar nicht gewohnt. Vermutlich hatte die Anwältin vor allem zahlungskräftige Klientel, die sich üblicherweise nur mit einem Termin und nach vorhergehender Vereinbarung hier blicken ließ. Sofern dies überhaupt erforderlich war und man sich nicht gleich in einem Nobelrestaurant oder im Golfclub traf.

Ich zeigte meinen Dienstausweis vor.

„Tonja Könrig. Kriminalpolizei. Das ist mein Kollege Andreas Schultheiß. Wir möchten mit Frau Grahl sprechen."

Sie musterte uns, so als könnte sie durch unsere Kleidung hindurchsehen.

„In welcher Sache möchten Sie mit Frau Grahl sprechen?"

„Wir ermitteln in einem Kriminalfall."

„Ja, das dachte ich mir schon, wenn sie von der Kriminalpolizei sind", war ihre kratzbürstige Antwort. Dabei hielt sie die Hände vor den Körper, um ein „Ich bin nicht blöd" zu signalisieren.

„Hören Sie, wir möchten mit Frau Grahl sprechen. Wenn wir mit Ihnen hätten reden wollen, hätten wir nach Ihnen gefragt", warf ihr Andreas an den Kopf. „Ach, und es macht nichts, wenn es schnell geht", ergänzte er.

Ich drehte mich zu meinem Kollegen und bedachte ihn mit einem tadelnden Blick.

Die Blondhaarige erhob sich missmutig von ihrem Stuhl.

„Warten Sie hier", schleuderte sie uns frostig entgegen, dann marschierte sie zu einem der Büros im hinteren Bereich der Kanzlei. Begleitet wurde sie vom Klackern ihrer hohen Absätze, die das Parkett malträtierten.

„Was sollte das?", fragte ich meinen Kollegen mit leiser, aber gereizter Stimme.

Andreas zuckte mit den Schultern. „Diese Zicke hätte uns hier nur aufgehalten und mit sinnfreien Fragen die Zeit gestohlen."

Ich presste meine Lippen zusammen. So sehr ich es verabscheute, mit Andreas zusammenzuarbeiten, musste ich dennoch zugeben, dass er recht hatte. Die junge Frau hätte uns noch minutenlang am Empfang festgehalten.

Ein lauter werdendes Klackern kündigte ihre Rückkehr an.

„Folgen Sie mir bitte."

Ihre Worte waren an Feindseligkeit kaum zu überbieten.

Wir wurden in ein Büro begleitet, das die Größe eines Handballfeldes hatte. Ein überdimensionierter Schreibtisch thronte in der Mitte des Raumes, hinter dem die Anwältin fast etwas verloren wirkte. Sie führte gerade ein Telefonat, signalisierte uns aber, dass wir uns setzen sollten.

„Sorry, Patrick, just a second please." Die Juristin unterbrach das Gespräch und legte eine Hand auf die Hörmuschel.

„Melanie, bevor sie wieder gehen, bieten Sie den beiden doch etwas zu trinken an. Danke." Dann widmete sie sich wieder ihrem Telefonat und wechselte zurück ins Englische.

Während ich verzichtete, bestellte Andreas einen Latte Macchiato mit extra viel Milchschaum. Die Assistentin verdrehte die Augen und verließ das Büro. Es war offensichtlich, dass Andreas es genoss, ihr zusätzliche Arbeit zu bereiten.

Während wir warteten, ließ ich meinen Blick durch das riesige Büro wandern. Hinter dem Schreibtisch stand ein gigantisches Regal mit Literatur zu juristischen Themen, Gesetzestexten sowie gebundenen Fachzeitschriften. Keines der Bücher sah gebraucht und abgegriffen aus. Das Regal hatte einzig den Zweck, Mandanten und Klienten einzuschüchtern und sie mit juristischer Kompetenz zu erschlagen. Links erstreckte sich ein riesiges Panoramafenster, das einen Blick auf den Bahnhof Friedrichstraße und die dahinter liegende Spree ermöglichte. An den übrigen Wänden hingen riesige Gemälde, auf denen knalliges Rot, warmes Orange und leuchtendes Gelb in einer diffusen Melange zu explodieren schien. Das Büro schindete Eindruck. Und ließ erahnen, welche Honorare die Anwältin in Rechnung stellte.

Als Patricia Grahl ihr Telefonat beendete, brachte Melanie fast zeitgleich den Kaffee und stellte ihn vor meinem Kollegen ab. Als sie sich gerade daran machen wollte, zu gehen, rief Andreas ihr hinterher: „Entschuldigung, würden Sie mir noch Zucker bringen?"

Melanie marschierte erneut davon. Aus dem Klackern ihrer hochhackigen Schuhe war ihre Verärgerung deutlich herauszuhören.

Eigentlich hätte ich mich über das Verhalten von Andreas ärgern müssen, aber innerlich musste ich zu meiner eigenen Schande gestehen, dass mich die Szene amüsierte. Und da war ich offenbar nicht die einzige. Auch auf dem Gesicht der Anwältin machte sich ein süffisantes Lächeln bereit. Jedoch ging sie nicht näher darauf ein.

„Entschuldigen Sie, dass Sie warten mussten. Melanie meinte, sie seien von der Polizei. Was kann ich für Sie tun?"

„Danke Frau Grahl, dass Sie sich die Zeit nehmen. Ich bin Tonja Könrig, das ist mein Kollege Andreas Schultheiß."

Die Tür ging auf und Melanie brachte den Zucker.

„Bitte schön", heischte sie ihn an. Sie hätte ihm den Zuckerstreuer wohl am liebsten an den Kopf geworfen. Andreas nickte kurz zur Bestätigung und die Assistentin verließ wieder das Büro.

„Entschuldigen Sie meine Assistentin. Sie kann bisweilen etwas kratzbürstig sein, aber sie ist ein wahres Organisationstalent. Ohne Sie wäre ich hilflos." Sie breitete entschuldigend die Arme aus. „Aber bitte, erzählen Sie mir doch, wie ich Ihnen helfen kann."

„Wir ermitteln in einem Tötungsdelikt, das in Zusammenhang mit einem Mandat steht, das sie übernommen haben. Es geht um eine Firma, die eine Lagerhalle in Marienfelde unterhielt. Die Lagerhalle wurde durch den Brand eines Nachbargebäudes beschädigt.

Der Besitzer machte Forderungen geltend. Sie haben die Firma in dieser Sache vertreten."

„Lassen Sie mich kurz nachdenken ..."

Grahls Augen wanderten ziellos durch den Raum. Dann tippte sie einige Buchstaben in den Computer, der auf ihrem riesigen Schreibtisch ein wenig verloren wirkte.

„Hm, ja, ich erinnere mich. Die Lagerhalle im Süden von Berlin, fast am Stadtrand gelegen."

Sie lehnte sich zurück, faltete ihre Hände und positionierte sie bedeutungsschwanger an ihrem Kinn.

„Das war ein merkwürdiger Fall. Zunächst war überhaupt nicht klar, wem das Gebäude, von dem der Brand ursprünglich ausging, gehörte. Die Polizei war der Meinung, dass es keinen Besitzer gab, und das Gebäude seit geraumer Zeit leer stand, obwohl die Ermittlungen zur Brandursache etwas anderes nahelegten. Das Gebäude wurde genutzt, vermutlich illegal." In ihrem Bürostuhl drehte sie sich zum Panoramafenster und blickte nachdenklich auf das herbstliche Berlin. „Man vermutete ein Drogenlabor, oder ähnliches. Das Interessante an diesem Fall war, dass sich wie aus dem Nichts eine in Amsterdam ansässige Vermögensverwaltung meldete, die sich bereit erklärte, eine Entschädigung an die Firma meines Mandanten zu zahlen. Voraussetzung war, dass die anwaltlichen Ermittlungen eingestellt würden und man auf weitere Forderungen verzichtete." Mit nach vorne gestreckten Händen und einem Schulterzucken unterstrich sie ihre Aussage. „Die Firma begründete dies mit einem Kaufinteresse des Grundstücks und wollte Verzögerungen durch einen langen Rechtsstreit vermeiden. Mein Mandant hatte letztlich diesem Angebot zugestimmt und seither ist der Fall beendet."

„Sie haben also tatsächlich diesen Vergleich angenommen?"

„Natürlich, wieso hätte ich das nicht sollen?"

„Kam Ihnen das nicht befremdlich vor?"

„Doch, aber das Angebot war juristisch vollkommen korrekt. Daran gab es keinen Zweifel, weshalb ich meinem Mandanten dazu riet, sich darauf einzulassen."

„Ich bin keine Juristin, dennoch hätten sie die Ermittlungsbehörden über diese Entwicklung in Kenntnis setzen sollen."

Grahl richtete sich in ihrem Bürostuhl auf und räusperte sich.

„Ich verlange 500 € die Stunde. Meine Mandanten erwarten dafür umfassende Beratung und die Vertretung ihrer Interessen. Das ist meine Aufgabe, die ich sehr gewissenhaft erfülle." Mit ihren Augen schleuderte sie uns eine subtile Geringschätzung entgegen. „Meine Aufgabe ist es hingegen nicht, die Arbeit der Polizei zu erledigen. Dafür sind Sie zuständig. Daher habe ich die Ermittlungsbehörden auch über diesen Sachverhalt informiert. Meiner Kenntnis nach wurden die Ermittlungen allerdings eingestellt, da die Behörden chronisch überlastet sind und man sich lieber auf die großen Fische konzentrieren wollte, als sich um ein derart unbedeutendes Drogenlabor zu kümmern."

Sie genoss es förmlich, sich mit Ihrer juristischen Expertise über die Polizeiarbeit zu stellen. Ich war erstaunt, wie schnell sich ihr Gemütszustand von kooperativ zu überheblich wandelte. Als hätte man einen Schalter umgelegt.

„Vielen Dank für den Vortrag, Frau Grahl. Ich würde Sie bitten, uns eine Kopie ihrer Akten auszuhändigen."

„Selbstverständlich. Ich bin zwar prinzipiell zur Verschwiegenheit verpflichtet, dennoch möchte ich Sie gern unterstützen. Ich bin davon überzeugt, meinem Mandanten damit nicht zu schaden."

Sie griff zum Hörer und gab Melanie den Auftrag, ihr die entsprechende Akte zu bringen.

Nach einigen Minuten öffnete sich die Tür und das aggressive Klackern ertönte erneut. Sie legte die Akte auf den Schreibtisch. Verärgert stellte sie fest, dass Andreas seinen Kaffee nicht angerührt hatte. Und es auch nicht mehr tun würde. Missmutig ging sie aus dem Büro.

Wenige Minuten später verließen wir das Büro von Patricia Grahl und machten uns auf den Weg zum Fahrstuhl. Andreas drückte den Knopf, um den Fahrstuhl holen. Dann drehte er sich noch einmal zu Melanie und bedankte sich mit gespielter Ironie für den Kaffee.

Auf dem Weg zurück zum Auto klingelte mein Telefon. Ich kramte es aus der Jackentasche und nahm das Gespräch an, ohne auf das Display zuschauen.

„Könrig?"

„Hallo, Liebes. Bitte leg nicht auf."

Diese Stimme. Ein Beben erfasste meinen Körper. Ich spürte Wut in mir aufwallen. Mein Vater. Ich konnte und wollte nicht glauben, dass er mich anrief.

„Was soll das? Lass mich in Ruhe. Ich will mich nicht mit dir unterhalten."

„Tonja, bitte ..."

Doch ich beendete das Gespräch abrupt. Mein Atem ging heftig, die Gesichtsmuskulatur war angespannt. Andreas schaute mich fragend an.

13 - Christian

„Darum bin ich hier. Wirklich Bock darauf habe ich keinen." Mit einem tiefen Zug saugte Christian klebriges Nikotin in seine Lungen. Das Gift half ihm umgehend, sich zu entspannen und die Nervosität flachte etwas ab. Der Blick ging ins Leere. Gedankenfetzen wanderten durch seinen Verstand, die er alle bei Seite schob und Platz für weitere Fetzen machte. Doch Christian wollte sich nicht darauf einlassen. Er versuchte, sich auf die große Zahl zu konzentrieren. 25.000 €. So viel Geld.

Luci zog an ihrer Zigarette und bedachte ihn mit einem nachdenklichen Blick.

Er hatte ihr tatsächlich gerade seine halbe Lebensgeschichte anvertraut. Alles ab dem Moment, wo es bergab ging. Der unerwartete Tod seiner Eltern. Wie er dadurch den Halt verlor und zum Ausgleich mit fast jeder Person in die Kiste stieg. Dass er es irgendwann nicht mehr aushielt, in einer Nacht- und Nebelaktion seine Heimat verließ und nach Berlin kam. Dass er das Studium abgebrochen hatte, weil er es nie geschafft hatte, hier Fuß zu fassen. Dann die ersten Kontakte mit Drogen. Und ständig fehlte das Geld. Er hatte Schulden bei üblen Schlägertypen. Christian war ein Verlierer, das wusste er. Doch gerade mit Luci darüber zu reden, schenkte ihm ein seit langem nicht mehr erlebtes Gefühl von Geborgenheit. Es war verrückt, denn er kannte sie kaum, doch in ihrer Nähe bekam er weiche Knie und seine Gefühle fuhren Achterbahn.

Christian hatte noch nie jemandem seine Geschichte erzählt. Wem sollte er auch? Es hätte ohnehin niemanden interessiert. So wie sich generell niemand für ihn interessierte. Und nun hatte er sich mit einem Schlag in diese Schönheit verknallt. Ausgerechnet hier, an diesem befremdlichen Ort, während einer klinischen Studie. Er fühlte sich von ihr angezogen wie kleine Kinder von Süßigkeiten. Darum war es ihm auch egal, dass er gerade mental komplett blankzog.

„Heftig", war Lucis schockierte Antwort. „Das mit dem Geld verstehe ich, mir geht es nicht anders. Aber das mit den Drogen ist noch einmal eine andere Hausnummer."

Sie nahm einen tiefen Zug, legte den Kopf in den Nacken und ließ den Rauch kontrolliert und kraftvoll aus ihren Lungen entweichen. Sie spitzte ihre Lippen dabei.

Oh, diese Lippen. Was hätte Christian dafür gegeben, diesen wunderschönen Mund küssen zu dürfen. Er wirkte verloren neben dieser atemberaubenden Schönheit, die sogar beim Rauchen verdammt sexy aussah. Er fühlte sich wie ein Teenager, der das erste Mal erlebte, was Liebe überhaupt ist. Bevor sie seinen Verstand komplett verdrehte, fuhr er mit seiner Lebensbeichte fort.

„Ich hatte es zwar letztes Jahr geschafft, von den Drogen wegzukommen. Aber ich habe noch immer Schulden bei diversen Leuten. Und damit meine ich nicht die Caritas. Ich hatte mir Geld geliehen, um mir den nächsten Rausch leisten zu können. Jetzt sitze ich auf den Schulden."

Christian nahm einen weiteren Zug. Es tat gut, dass alles auszusprechen. Er fühlte sich befreiter und klarer. Luci rückte direkt neben ihn und legte einen Arm über seine Schulter.

„Das ist jetzt vorbei. In ein paar Tagen sind wir hier raus. Dann bezahlst du deine Schulden und lässt dieses Leben hinter dir. Und wir gehen ordentlich feiern und machen einen drauf."

Lucis hoffnungsvolle Worte erfüllten Christians Körper mit einer unbekannten Wärme. Ihre Berührung elektrisierte ihn. Seit langem schöpfte er das erste Mal Hoffnung. Sein Mund formte ein zaghaftes Lächeln.

„Hey, da seid ihr ja."

Die beiden drehten ihren Kopf nach Links. Marius war zu ihnen in den kleinen Garten getreten, der hinter dem Gebäude des Forschungslabors lag. Wobei Garten einer Übertreibung gleich kam. Ein von der Hitze verbrannter Rasen wurde durch einen fast zwei Meter hohen Bretterzaun eingerahmt. Zwei wild wuchernde Holunderbüsche standen mitleiderregend in einer Ecke des Innenhofs. Auf der anderen Seite starteten Brombeerhecken einen Invasionsversuch. Alles in allem ein eher trauriges Ensemble, aber die einzige Möglichkeit, etwas Tageslicht zu erhalten, denn die drei durften die Einrichtung während der Studie nicht verlassen.

„Ja, wir wollten mal raus."

Luci streckte ihm das Zigarettenpäckchen entgegen.

Marius zögerte kurz, griff sich dann aber einen Glimmstängel.

„Ich rauche eigentlich nicht. Aber hey, bei dem Zeug, das wir hier bekommen, wird mich eine Kippe nicht umbringen."

Joviales Lachen klingelte in Christians Ohren. Und auch er konnte sich ein Schmunzeln nicht verkneifen. Er kramte sein Feuerzeug aus der Hosentasche und entzündete Marius' Zigarette. Der nahm ein paar heftige Züge, war urplötzlich eingehüllt in beißendem Dunst und begann zu Husten. Klassischer Anfängerfehler, dachte Christian. Er begann zu lachen. Nachdem Marius seinen Hustenanfall überwunden und seine Lungen wieder im Griff hatte, musste auch er lachen. Er ließ sich von der gelösten Stimmung anstecken.

„Hey, lasst uns ein Selfie machen."

Noch bevor Christian reagieren konnte, hatte Marius bereits eine alte Digitalkamera aus der Hosentasche gekramt. Ein Relikt aus einer Zeit, in der die Kameras von Smartphones noch nicht so weit entwickelt waren. Er gab Anweisung, wie sie sich aufstellen sollten. Luci musste auf jeden Fall in die Mitte.

Die drei rückten zusammen, damit sie alle problemlos auf das Bild passten.

Christian nutze die Chance und legte einen Arm um Lucis Schultern. Für ihn war es in diesem Moment das Mutigste, was er je getan hatte. Und in seinem Augenwinkel sah er, wie sie ihn kurz anblickte, mit einem sanften Lächeln auf ihren wunderschönen Lippen und sich dann wieder dem Selfie widmete.

Es dauerte eine gefühlte Ewigkeit, bis Marius die richtige Position hatte. Er stellte sich wahnsinnig ungeschickt mit der alten Kamera an.

Christian war ohnehin verwundert, dass es noch jemand gab, der sowas besaß. Aber hey, lass dir Zeit, dachte er, denn er genoss es, Luci in seinem Arm zu halten.

Einige Augenblicke später hatte es Marius endlich geschafft und die drei betrachteten zufrieden das Ergebnis auf dem Display.

„Wisst ihr was? Wir machen eine Vereinbarung. In einem Jahr kommen wir wieder zusammen und schauen, ob wir unsere Träume verwirklicht haben."

Christian wollte gar nicht so weit in die Zukunft blicken. Er dachte lediglich an das Ende der Studie und seinen Wunsch nach einem besseren Leben. Doch Marius' breites, forderndes Grinsen veranlasste ihn dazu, dieser Idee zuzustimmen. Auch Luci willigte mit einem Nicken ein und die drei waren sich einig.

Sie standen noch eine ganze Weile zusammen, genossen den lauen Sommerabend und die Ruhe, die in diesem Gewerbegebiet herrschte. Grillen zirpten und man konnte in der Ferne das Brummen der Bundesstraße hören.

Christian sog die Luft in sich ein. Diese skurrile Idylle, mit Luci an seiner Seite und Marius als Gute-Laune-Faktor: er wollte, dass dieser Moment niemals endete. Er ignorierte das Gefühl, dass diese heile Welt nur von kurzer Dauer sein würde.

14

Nach unserer Rückkehr zum Revier zog ich mich zunächst zurück. Der Anruf meines Vaters hatte mich gleichermaßen verärgert wie aufgewühlt. Um die wirren Gedanken zu sortieren, benötigte ich ein paar Minuten der Ruhe. Mit Andreas vereinbarte ich, dass ich die Unterlagen der Anwältin studierte, während er Nachforschungen nach Christian Nyberg anstellte. Erstaunlicherweise konnten wir uns ohne nennenswerten Schlagabtausch darauf verständigen. Es kam mir ganz gelegen, dass Andreas nicht in meiner unmittelbaren Nähe war. Jedoch beschäftigte ich mich überhaupt nicht mit den Akten der Anwältin. Meine Gedanken kreisten einzig um den Anruf meines Vaters. Ich ertappte mich dabei, dass ich mir selbst die Frage stellte, warum er angerufen hatte. Wollte er mir von seiner Krankheit berichten? Hatte er gedacht, dass meine Wut nach all den Jahren verraucht wäre und ich ihm nun wohlgesonnen gegenüberstand? Und hätte mir das eigentlich nicht alles egal sein müssen?

Ich hatte keine Ahnung, wie viel Zeit vergangen war. Unerwartet stand Andreas im Türrahmen und riss mich aus meiner Gedankenwelt. Er sah erschöpft und angestrengt aus. Sein ungepflegtes Äußeres fiel mir nun noch stärker auf, als am Vormittag. Ich hatte keine Ahnung, warum er sich so gehen ließ. Ein Schauer lief mir über den Rücken, als mir die fettigen Haare ins Auge fielen. Mir wäre es unangenehm, wenn ich so rumlaufen würde.

Mit einer ausladenden Bewegung pfefferte er einen Stapel Dokumente auf den Tisch, die schwungvoll in meine Richtung glitten. „Hier, der dritte Studienteilnehmer."

Er machte eine triumphierende Geste, so als hätte er gerade einen fulminanten Sieg errungen.

„Christian Nyberg, 27, in Wangen geboren und dort in der Nähe in einem kleinen Kaff aufgewachsen. Ist mit 21 nach Berlin gekommen. War an der Technischen Universität, hat das Studium aber vor drei Jahren abgebrochen. Seither hielt er sich mit Gelegenheits- und Aushilfsjobs über Wasser." Er holte tief Luft. „Kam auch mit Drogen in Kontakt." Andreas machte einen abschätzigen Gesichtsausdruck. „Der Junge ist ein verdammter Junkie. Würde mich nicht wundern, wenn der sich auch an die ein oder andere Schwuchtel verkauft hat."

„Andreas, was soll das?" Ich warf ihm einen tadelnden Blick zu.

„Nun, das sind eben die Fakten. Kann ich was für seinen Lebensstil?"

„Nein, aber auf deine Ausdrucksweise kannst du achten. Es gibt keinen Grund, respektlos zu sein. Und dass sich Nyberg prostituiert hat, ist pure Spekulation deinerseits." Die herablassende Art meines Kollegen widerte mich an.

Ein gleichgültiger Ausdruck legte sich auf sein Gesicht. „Ach, Tonja. Du bist die einzige Person, die sich an meiner Ausdrucksweise stört."

„Nein!", gab ich entschieden zurück. „Ich bin lediglich die einzige Person, die sich traut, dir das ins Gesicht zu sagen."

Das saß. Sein Blick verfinsterte sich. Ich erwartete einen fiesen Kommentar, doch er fuhr nach kurzem Zögern mit seinen Ausführungen fort. „Nyberg wohnte bis April in der Nähe vom Mehringdamm. Seither ist er verschwunden."

„Verschwunden?"

„Ja. Er ist aus dieser Wohnung ausgezogen und seither nirgendwo gemeldet. Weder in Berlin, noch sonst irgendwo. Auch nicht in einem anderen Land der EU."

Mein Verstand arbeitete. Warum könnte Christian Nyberg verschwunden sein? Die Studienteilnahme und seine Vorgeschichte legten Geldsorgen nahe. Vielleicht war er durch die Drogenvergangenheit auch in die falschen Kreise geraten und mit zwielichtigen Personen in Kontakt gekommen.

„Gibt es Familie, Freunde, Bekannte?"

„Die Eltern sind bei einem Autounfall gestorben, kurz vor seinem neunzehnten Geburtstag. Ich vermute mal, dass er deshalb die ländliche Idylle des Allgäus gegen die Großstadt getauscht hat."

„Und sonst?"

„Er hat eine Großmutter in Augsburg. 86 Jahre, dement. Lebt in einem Altersheim. Ich habe mit der Leitung der Einrichtung telefoniert. Die Frau hat schon seit Jahren keinen Besuch mehr empfangen. Ich halte es für unwahrscheinlich, dass sich Nyberg bei ihr aufhält. Das würde nicht zuletzt dem Pflegepersonal auffallen."

Das sah ich genauso. Würde die Großmutter noch in ihrer alten Wohnung leben, wäre es für Nyberg eine Möglichkeit unterzutauchen. Im Altersheim war das unwahrscheinlich. Weiterhin nahm ich an, dass die

Großmutter ihren Enkel nicht erkannt und ihn für einen Fremden gehalten hätte.

Ich schloss meine Augen und massierte mir die Schläfen. Ein anderer Gedanke nahm allmählich Gestalt an. Es war nicht auszuschließen, dass Christian Nyberg längst tot war, man aber seine Leiche bisher nicht gefunden hatte.

Dieser Fall wurde immer verrückter. Es gab zwei Tote, die gemeinsam an einer unbekannten klinischen Studie teilnahmen. Außerdem ein abgebranntes Forschungslabor, über das es fast keine Informationen gab. Die Sache stank gewaltig zum Himmel. Und mir wollte nicht einleuchten, wie das alles zusammenhing. Und als hätte das nicht schon ausgereicht, gab es noch einen verschwundenen, dritten Probanden. Obwohl ...

„Was, wenn Nyberg gar nicht verschwunden ist, sondern ..." Ich hielt einen kurzen Moment inne. „... untergetaucht ist?"

In Andreas Augen konnte ich lesen, dass er denselben Gedankengang hatte.

„Gut möglich. Vielleicht versteckt er sich vor irgendwelchen Drogendealern oder Schlägern." Andreas unterstrich seine Ausführungen mit einem dezenten Kopfnicken.

„Das werden wir herausfinden", erwiderte ich. „Doch zunächst konzentrieren wir uns auf diese Forschungseinrichtung und diesen merkwürdigen Fall. Was ist mit dieser Firma in den Niederlanden?"

„Die Waters Medical Holding, war seit 2018 in Amsterdam gemeldet. Vorher gab es keine Eintragungen zu diesem Unternehmen. Als Firmenzweck wurde Finanzverwaltung angegeben. Woher das Kapital kam, ist nicht klar. Kurz nachdem diese Holding die Außenstände der Forschungseinrichtung abgelöst hatte, verlegte sie ihren Firmensitz nach Hongkong."

„Nach Hongkong?" Ich ließ den Blick ziellos durch das Büro wandern, während ich meinen nächsten Gedanken sortierte.

„Im Grunde sieht das nach einer Strohfirma aus, um Geldwäsche zu betreiben. Keine vernünftige Firmenhistorie, Firmensitzwechsel nach Asien, eine ausländische Rechtsform."

„Gibt es einen Geschäftsführer, Vorstandsvorsitzenden oder CEO?" Ich blickte fragend zu Andreas.

Er zuckte mit den Schultern. „Es ist nichts bekannt, was recht ungewöhnlich ist."

„Das ist es, da gebe ich dir recht." Ich wippte in meinem Bürostuhl und versuchte, mir einen Reim darauf zu machen. „Dieser Sache gehen wir nach."

„Ich habe bereits eine Anfrage an Interpol gesendet. Die wissen aber genauso viel, wie wir."

„Vielleicht bringt uns die Obduktion von Lucis Leiche weiter." Ich warf einen kurzen Blick auf die Uhr. „Die findet in einer halben Stunde statt. Ich habe mit dem Gerichtsmediziner vereinbart, dass ich der Obduktion beiwohnen darf. Immerhin kannte ich Luci."

Andreas sah mich mit einem undurchdringlichen Blick an. Er wusste genauso gut wie ich, dass es eigentlich nicht gestattet war, bei der Obduktion einer Angehörigen teilzunehmen. Daher erwartete ich einen Kommentar oder ähnliches. Doch er sagte nichts. Ein knappes Nicken, dann verließ er das Büro.

Wenige Sekunden später war ich mit meinen Gedanken bereits wieder bei Lucis bevorstehender Obduktion. Ein sonderbares Unbehagen regte sich in mir. Obwohl ich es mir nicht so recht erklären konnte, fühlte ich mich dennoch dazu verpflichtet, dabei zu sein. Wir hatten uns seit Jahren nicht gesehen. Und ich wollte nicht so richtig glauben, dass Luci tot sein soll. Wahrscheinlich nahm ich deshalb an der Obduktion teil. Um Gewissheit zu haben.

15

Meine Schritte hallten vom grauen Linoleumboden durch den Flur und wurden umgehend von der pastellgrünen Wand geschluckt. Alles wirkte trist und leblos. Gefühlt war die Rechtsmedizin immer in einem abgelegenen, unattraktiven Gebäudeteil oder im Keller untergebracht, so als wollte man den Tod selbst in unserem Beruf möglichst weit wegschieben.

Der Gang zu Lucis Obduktion brachte mir schlagartig ins Gedächtnis, wie vergänglich die Dinge waren. Die Gedanken kreisten um meinen Vater, um die Nachricht, dass er bald sterben würde. Und um seinen Anruf vom Vormittag. Rudolphs Worte über meinen Vater hallten mir im Kopf nach. So richtig hatte ich mich noch gar nicht damit beschäftigt. Und vermutlich wollte ich das auch nicht. Mein Vater war an dem Tag für mich gestorben, als sich meine Mutter das Leben genommen hatte. Schließlich war er für ihre Depressionen verantwortlich. Hätte er sich doch nur nicht von ihr getrennt ...

Wut stieg in mir auf, gefolgt von Traurigkeit. Ging es mir etwa doch nahe, dass mein Vater sterben könnte?

Aber nein. Ich war mir sicher, dass diese Gefühle allein mit dem Tod von Luci zusammenhingen.

Über die Jahre hatten wir uns immer mehr angefreundet. Wir waren beinahe beste Freundinnen. Dann ging die Beziehung mit Marcel in die Brüche und auch wir verloren den Kontakt zueinander. Der Gedanke, sie gleich als leblosen Körper auf dem Seziertisch liegen zu sehen, bereitete mir Magenkrämpfe und die Wut von zuvor wandelte sich in Nervosität.

In der Gerichtsmedizin angekommen, stieg mir eine fiese Mischung aus Sterilität und Chlorreiniger in die Nase. Empfangen wurde ich von einem gut gelaunten Sunnyboy, der hier so deplatziert wirkte, wie der Weihnachtsmann in einer Beachbar.

Tobias Antholz war alles andere als das, was man sich unter einem typischen Gerichtsmediziner vorstellte. Kein Einzelgänger, nicht verschroben oder von unendlicher Melancholie geplagt. Er hatte fast immer ein Lächeln im Gesicht und schien seine Freizeit am liebsten auf dem Surfboard zu verbringen. Ein Mädchenschwarm, der sich seiner Wirkung auf die Ladys gar nicht so recht bewusst war. Leicht gelockte Haare, rahmten sein Gesicht, aus denen lebhafte, blaue Augen strahlten. Der spärliche Bartwuchs ließ ihn fast wie ein Teenager wirken.

Mit gerade einmal 30 Jahren war er erstaunlich jung für einen renommierten Pathologen. Soweit ich wusste, hatte er sein Medizinstudium und die Ausbildung zum Gerichtsmediziner in Rekordtempo absolviert. Tobias arbeitete bereits seit fast drei Jahren hier. Sein Gespür und die Expertise hatten ihm schnell einen herausragenden Ruf eingebracht. Nicht selten wurde er von Kollegen in anderen Bundesländern angefordert, die bei Ihren Ermittlungen nicht weiterkamen. Er bestach mit unglaublichem Scharfsinn, was mir sehr imponierte.

Nach einer kurzen Begrüßung bereitete ich mich auf die Obduktion vor und hüllte mich in Kunststoff ein. Eine Schürze, Einweghandschuhe, Mundschutz und ich war gewappnet für die bevorstehende Untersuchung. Kurz darauf standen wir am Seziertisch. Ein Laken verhüllte den Leichnam. Tobias wusste, dass ich die Tote kannte und wartete geduldig auf ein Zeichen von mir. Ich benötigte diesen Moment, bevor es losgehen konnte.

Wie auch im Training üblich, versuchte ich zur, Ruhe zu kommen und meine Mitte zu finden. Nur allmählich fühlte ich mich dem Bevorstehenden gewachsen. Doch es gab jetzt kein Zurück mehr. Also atmete ich ein letztes Mal tief ein und signalisierte dem Pathologen, dass ich bereit war.

Ein kurzer Schockmoment schnürte mir die Kehle zu, als Tobias das Tuch entfernte. Das Gesicht der Leiche war aufgequollen, die Haut grau und fleckig. Unter dem Tuch hatte sich der Dunst von Verwesung gesammelt, der nun aggressiv in der Luft hing. Ich unterdrückte den Brechreiz, den der Geruch und der abstoßende Anblick in mir auslösten. Trotz des aufgedunsenen Körpers erkannte ich sie sofort und hatte Gewissheit. Vor mir auf dem Seziertisch lagen Lucis sterbliche Überreste.

„Laut den bisherigen Ermittlungsakten spricht alles für Suizid. Wir schauen, ob sich das widerlegen lässt. Ich habe bereits eine Blutprobe ans Labor geschickt. Die Ergebnisse erwarte ich in einigen Tagen. Die sind dort gerade etwas unterbesetzt." Tobias stützte sich vom Tisch ab und schaute mich fragend an.

„Du möchtest wissen, warum ich glaube, dass Luci sich nicht getötet hat. Habe ich recht?"

Er nickte.

„Ich kannte Luci lange genug. Mein Gefühl sagt mir, dass es kein Selbstmord war."

„Das ist aber sehr vage. So kenne ich dich gar nicht." Ein mitleidiges Lächeln huschte über sein Gesicht. „Weißt du, Tonja, es gibt so viele Menschen da draußen, die glücklich wirken, lachen und angeblich so lebensfroh sind. Aber innerlich todtraurig. Für Familie und Freunde ist es ein größerer Schock, wenn sie dann tot sind. Denk an Robin Williams. Oder an den Sänger von Linkin Park."

Ich verdrehte die Augen. Auf einen solchen Vortrag hatte ich keine Lust. Die Anspannung war auch so schon nicht zu ertragen. Auch wenn Tobias recht hatte.

„Vielen Dank für die Lehrstunde, darauf kann ich verzichten."

„Schon gut, lass uns anfangen. Bist du bereit?"

Mit einem flüchtigen Nicken signalisierte ich, dass es losgehen konnte.

Tobias führte zunächst einige Standarduntersuchungen durch. Er untersuchte den Körper auf Gewalteinwirkung, überprüfte, ob ein sexueller Missbrauch vorlag oder ob es sonstige Anzeichen gab, die meine Vermutung rechtfertigten.

Aber er fand nichts.

Im Anschluss öffnete er Lucis Rumpf und untersuchte die Organe. Meine Eingeweide zogen sich zusammen, als Tobias das Skalpell unterhalb des Brustbeines ansetzte und mit beinahe mechanischer Präzision einen Schnitt durchführte. Ein Gefühl des Ekels überkam mich, als ich die Organe sah. Verwesungsgeruch waberte durch den Raum. Ich schüttelte mich. Dies war nicht die erste Obduktion, an der ich teilnahm, aber es war jedes Mal aufs Neue eine Herausforderung. Heute ganz besonders.

Nachdem die Untersuchung der Organe im Bauchraum keine Auffälligkeiten ergeben hatte, griff Tobias zu einem Instrument, das im Vergleich zum filigranen Skalpell wirkte, als würde er damit zur Schlachtbank gehen. Es erinnerte an eine Geflügelschere. Unter bestialischem Knirschen zerschnitt er den Brustkorb, entnahm einen Lungenflügel und konnte zügig feststellen, dass die Lunge voller Wasser war. Selbst nach Einsetzen der Verwesung ließ sich das recht leicht feststellen, erklärte Tobias. Vor allem, da die Verwesung noch nicht weit fortgeschritten sei, versicherte er mir. Der Fäulnisgeruch in der Luft ließ mich dies anzweifeln. Dennoch stand nun eindeutig fest, dass Luci ertrunken war. Sofern die Untersuchung der Blutprobe keine Auffälligkeiten ergab, kamen wir hier also nicht weiter. Dennoch zweifelte ich den Selbstmord nach wie vor an, auch wenn die Beweise zunehmend eine andere Sprache zu sprechen schienen. Nach etwa einer Stunde hatte Tobias die Untersuchung abgeschlossen und wollte bereits die Obduktion beenden, als er unerwartet innehielt.

Lucis Kopf war nach links gedreht. Die Haare lagen über ihrer linken Schulter und gaben den Hals auf der rechten Seite frei. Der Gerichtsmediziner beugte sich nach unten und beäugte kritisch ihren Hals. Dann griff er nach einer kleinen Lampe und leuchtete auf eine Stelle, die nicht von Haaren bedeckt war.

„Was ist los?", fragte ich.

„Hm ... Hilf mir mal, die Tote zur Seite zu drehen, damit ich besser sehen kann."

Nachdem wir das getan hatten, beugte sich Tobias erneut hinunter und inspizierte Lucis Hals genauer.

„Was ist los?", fragte ich erneut, diesmal jedoch energischer.

Er deutete auf eine äußerst unscheinbare Narbe, direkt neben den Halswirbeln, die man auf der grauen, fleckigen Haut ohne weiteres übersehen konnte.

„Was ist damit?"

„Mich irritiert diese Narbe. Medizinisch gibt es keinen Grund für einen Eingriff an dieser Stelle. Für eine Operation an den Halswirbeln ist die sie zu klein. Außerdem verlaufen hier keine wichtigen Blutgefäße und auch sonst macht ein Eingriff an dieser Stelle keinen Sinn. Die Narbe ist aber auf künstlichem Weg entstanden. Präzise, rund, perfekt verheilt." Kritisch beäugte er die fragwürdige Stelle. „Und so unscheinbar, dass ich sie beinahe übersehen hätte."

Ich betrachtete seine forschenden Augen, mit denen er gleichermaßen fasziniert wie Rat suchend auf die Narbe blickte.

„Was genau bedeutet das?"

„Ich habe mir im Vorfeld die Krankengeschichte der Toten angesehen. Es gab eine Knieoperation, Zahnersatz und einen Leistenbruch in der Kindheit. Der Blinddarm wurde entfernt und bei einem Sturz zog sie sich eine leichte Gehirnerschütterung zu. Nichts davon rechtfertigt diese Narbe."

Tobias löste seinen Blick von Lucis Leiche. Er ging zu einem Tisch aus Edelstahl, streifte die Einweghandschuhe ab und griff sich die Röntgenbilder, die vor der Obduktion von der Leiche gemacht wurden. Bei der Ermittlung einer Todesursache war dies Standard. Ich vermutete, dass es sich um Lucis Aufnahmen handelte.

Nachdem Tobias die Bilder vor einen schwarzen Kasten geheftet hatte, betätigte er einen Schalter. Umgehend verschwand die Finsternis. Grässliches Neonlicht flutete den Raum und durchdrang die schwarzweiß marmorierten Röntgenbilder von Lucis Hals.

Tobias positionierte sich davor und verschränkte die Arme vor der Brust. Mit seiner linken Hand strich er über sein Kinn und massierte den zarten Bartflaum. Er kniff leicht die Augen zusammen und schien komplett in seiner Gedankenwelt abzutauchen.

Ich stellte mich neben ihn, betrachtete die Aufnahmen und konnte zunächst nichts Ungewöhnliches erkennen. Doch dann fiel mir etwas auf, das ich so noch nie auf einem Röntgenbild gesehen hatte. Über dem Hals und dem unteren Bereich des Schädels lag ein eigenartiger Schatten. Als ich genauer hinsah, erkannte ich, dass er aus vielen kleinen Punkten bestand, die höchstens die Größe von Sandkörnern besaßen. Am Hals gab es eine Stelle, an der es eine Konzentration dieser Auffälligkeit gab. Je größer der Abstand zwischen den Punkten lag, desto schwächer war der Schatten.

Nachdem Tobias nochmals einen Blick auf Lucis Leiche geworfen hatte, streckte er seine langen, feingliedrigen Zeigefinger gegen die Aufnahme und deutete auf eine Stelle am Hals. „Dort befindet sich die Narbe."

Es war die Stelle, an der der Schatten am stärksten war und die Punkte am dichtesten zusammen lagen.

Seine Miene verfinsterte sich. Etwas stimmte nicht. Und dieses Gefühl schien sich gerade zu bewahrheiten.

„Was ist das?"

Er schüttelte leicht den Kopf. „Ich habe keine Ahnung. Ich dachte zunächst, es sei ein Fehler des Röntgengeräts und die Bilder seien nicht korrekt entwickelt."

„Und was hast du nun vor?"

„Ich schneide die Narbe auf. Schauen wir, ob wir so mehr erfahren."

16 - Christian

D arum musste ich auch niemandem erzählen, wo ich mich in diesen drei Wochen herumtreibe. Weil es einfach keinen gibt, der sich dafür interessiert." Christian starrte an die Decke. „Meine Oma gibt es noch. Aber die ist dement und erkennt mich schon seit Ewigkeiten nicht mehr. Und ich habe sie seit bestimmt drei Jahren nicht mehr besucht." Die Worte kamen ihm ohne jeglichen Widerstand über die Lippen. Seinen Arm hatte er um Luci gelegt. „Ich bin ein ganz miserabler Enkel. Eigentlich sollte ich mich um sie kümmern. Aber was hätte ich ihr denn bieten können?"

„Sei nicht so hart zu dir. Du hast eine Menge durchgemacht. Niemand hat das Recht, dich für deinen Leidensweg zu verurteilen."

„Du sagst das so einfach."

Lucis Kopf ruhte auf Christians Brust. Sie hatte ihre Beine um seine gewickelt. Er genoss ihre Wärme und die Geborgenheit, die sie ihm spendete. Von all den Dingen, die er seit dem Tod seiner Eltern am meisten vermisste, war es das Gefühl von Heimat.

Und Heimat war für Christian nichts, was er mit einem Ort verband, sondern ein Gefühl von Verbundenheit, dass er nicht in Worte fassen konnte. Luci gab ihm dieses Gefühl nach einer schmerzhaft langen Ewigkeit zurück. Das erste Mal seit vielen Jahren schöpfte er Hoffnung und blickte zuversichtlicher in die Zukunft. Auch wenn er es nach wie vor grotesk fand, ausgerechnet an diesem unwirtlichen Ort eine Frau wie Luci kennenzulernen. Das Leben machte manchmal eigenartige Pläne. Ein zufriedenes Grinsen legte sich auf seine Lippen.

„Nun erzähl mir noch ein wenig von dir. Eigentlich weiß ich von dir nichts, außer dass du Journalistin und ehrenamtliche Rettungsschwimmerin bist. Und bildhübsch."

Auf der Brust konnte Christian spüren, wie Lucis Kiefer und Wangenknochen ein Lächeln formten. Das Kompliment hatte seine Wirkung nicht verfehlt. Der zufriedene Gesichtsausdruck verstärkte sich.

„Ich habe einen Bruder, der wohnt auch in Berlin. Er ist mein Ein und Alles. Wenn es so etwas wie Geschwisterliebe gibt, dann zwischen uns beiden."

Wie es wohl ist, einen Bruder oder eine Schwester zu haben? Christian stieß einen Seufzer aus.

„Und was hast du ihm erzählt, wo du dich in diesen drei Wochen aufhältst?"

„Ach, gar nicht so viel. Ich habe gesagt, ich bin wegen einer Reportage unterwegs und da muss alles streng geheim ablaufen. Daher sei ich auch nicht erreichbar in diesem Zeitraum."

„Und hat er das geglaubt? Oder wurde er nicht skeptisch, als du ihn angeschwindelt hast?"

Luci richtete sich auf und sah Christian in die Augen. Mit einem Mal fühlte er sich unbehaglich. Auf Lucis Gesicht hatte sich ein ernster Ausdruck gelegt. „Wirklich gelogen habe ich nicht."

„Wie meinst du das?"

„Mit einem anderen Kollegen arbeite ich aktuell an einem Artikel über klinische Studien. Und da hat es sich für mich angeboten, selbst an einer teilzunehmen. Das lohnt sich dann gleich doppelt. Ich kann den Artikel verkaufen und bekomme noch das Geld für die Studienteilnahme."

Ein Gefühl der Irritation ergriff Christian. Ihre Beweggründe konnte er zwar nachvollziehen, aber hätte es da nicht eine harmlosere Studie sein können?

„Warum hast du gerade diese Studie gewählt und keine, die weniger langwierig ist? Und nicht so hohe Ansprüche an Verschwiegenheit stellt?"

„Ach, es hat sich halt einfach angeboten." Luci legte ihren Kopf zurück auf Christians Brust.

Ein Zweifel meldete sich, irgendwo in seinem Unterbewusstsein. Er konnte es nicht erklären, aber er hatte das Gefühl, dass Luci ihm an diesem Punkt nicht alles erzählte. Was ihn stutzig werden ließ, denn immerhin hatte er ihr seine ganze Lebensgeschichte gebeichtet. Doch noch bevor er diesem Gefühl auf den Grund gehen konnte, wanderte Lucis Hand langsam in seine Hose. Christians ausgehungerter Körper reagierte prompt auf ihre Berührung und die zuvor gehegte Skepsis verlor schlagartig an Bedeutung.

17

Tobias arrangierte die zuvor nicht benötigten Teile des Operationsbestecks neu und fügte weitere hinzu: Skalpelle, Pinzetten, Zangen, kleine Schälchen. Alles aus leblosem Edelstahl. Die Hingabe, mit der Tobias eine neue Ordnung schuf, kam mir äußerst übertrieben vor. Die Ordnung war fragil und würde sofort zusammenbrechen, sobald er das erste Stück dem Sammelsurium entnahm. Jedoch vermied ich jegliche Kritik daran und betrachtete neugierig die Instrumente. Einige sahen äußerst filigran aus, andere robust und roh. Die Tätigkeit eines Gerichtsmediziners bestand zur Hälfte aus der Grobheit eines Metzgers und zur anderen aus der Präzision eines Chirurgen.

Nachdem Tobias seine Arbeit mit dem medizinischen Besteck beendet hatte, befestigte er eine Lampe am Operationstisch und richtete den Leuchtkopf auf Lucis Hals. Ihre Haut schimmerte in stumpfem Graublau. Nur mit etwas Mühe erkannte ich die kleine Narbe. Wahrscheinlich hätte ich ihr selbst keine Beachtung geschenkt.

Tobias ging zurück zu einem Schrank neben dem Tisch, auf dem er zuvor nach Lucis Röntgenbildern gegriffen hatte. Das metallische Kreischen zerschnitt für einen Moment die Stille, als Tobias eine der Schubladen öffnete. Da wurde mir erst die fremdartig beklemmende Stille bewusst, die hier in der Pathologie herrschte.

Kein Vergleich zur friedvollen Ruhe eines herrlichen Wintertags, an dem frisch gefallener Schnee sämtliche Geräusche in sich aufsog. Die Stille hier war gnadenlos und aggressiv. Ein befremdlicher Kontrast zu meinem Arbeitsplatz mit dem vertrauten Hintergrundrauschen aus Gesprächsfetzen, klingelnden Telefonen, Schritten und dem erbarmungslosen Rattern des Kaffeevollautomaten.

Mittlerweile hatte sich Tobias eine Stirnlupe über den Kopf gezogen. Ein weißer, breiter Riemen grub sich in das lockige Haar. Vor den Augen schwebten nun zwei schwarze, längliche Objektive, die über einen Metallbügel am Riemen befestigt waren. Auf einen Schlag sah der Sunnyboy aus wie ein verrückter Nerd, der vor lauter wissenschaftlichem Tatendrang das reale Leben vergessen hatte. Während ich noch verwundert darüber nachdachte, wie ein so simples Instrument wie diese Stirnlupe einen Menschen so verändern konnte, zog Tobias neue Latexhandschuhe an, die ihn für die bevorstehende Untersuchung wappneten.

Beinahe liebevoll griff er nach einem Skalpell. In die andere Hand nahm er eine Zange. Mit viel Feingefühl führte er einen etwa zwei Zentimeter langen Schnitt durch und klemmte das Gewebe mit der Zange ein, sodass sich die Wunde nicht wieder zusammenzog. Mit etwas Watte tupfte er die kraftlos auslaufende Gewebsflüssigkeit ab und vergrößerte anschließend die Öffnung.

Dann griff Tobias nach einer Pinzette, die er immer wieder zwischen der Wunde in Lucis Hals und einem Tupfer hin und herführte. Kommentarlos betrachtete ich das Schauspiel und versuchte mir einen Reim darauf zu machen, was es mit der Anomalie auf dem Röntgenbild auf sich hatte. Gespannt ließ ich meinen Blick zum Tupfer gleiten. Kleine schwarze Punkte sammelten sich darauf, kaum größer als ein Sandkorn. Diese unscheinbaren Krümel mussten für den Schatten verantwortlich sein. Aber was zum Teufel war das?

Kurz darauf legte Tobias das Skalpell vorsichtig zurück zum restlichen Operationsbesteck. Er zog die Handschuhe aus und befreite seinen Kopf von der Stirnlupe. Mit den Händen wuschelte er durch die lockigen Haare, so als wollte er den Druck der Riemen loswerden.

Den Tupfer mit den Krümeln beförderte er vorsichtig zu einem Tisch. Tobias platzierte einige der schwarzen Punkte auf ein Glasblättchen und schob das Ganze unter ein Mikroskop. Es dauerte eine Weile, um die richtige Einstellung zu finden. Tobias legte die Stirn in Falten und bewegte den Kopf immer wieder vor und zurück, kniff die Augen zusammen, justierte erneut an der Schärfe und wählte ein anderes Objektiv. Plötzlich lehnte er sich zurück und rieb sich die Augen. „Was ...". Nochmals sah er hinein.

„Was ist los?", fragte ich ratlos.

Er setzte an, doch dann schüttelte er nur den Kopf. Die Neugier in seinem Blick verwandelte sich in pure Ungläubigkeit. Die Faszination wich Entsetzen. Was immer er da gerade entdeckt hatte, musste ganz offenbar verstörend sein.

Wortlos entfernte er sich vom Mikroskop und gab mir mit einer Handbewegung zu verstehen, dass ich selbst schauen sollte.

Nach einem Moment des Zögerns positionierte ich mich vor dem Mikroskop und warf einen gespannten Blick durch die Linse. Es dauerte einen Moment, doch dann begriff ich, was Tobias gesehen hatte. Mit offenem Mund und weit aufgerissenen Augen stand ich da. Ich suchte Blickkontakt zu meinem Kollegen, dem der Unglaube noch immer im Gesicht stand. Wir sprachen kein Wort.

Ich wendete mich erneut dem Mikroskop zu, um mich davon zu überzeugen, dass ich nicht gerade einer Täuschung zum Opfer gefallen war. Doch es gab kein Zweifel. Das, was ich sah, war real.

18

Trotz seines vollen Terminkalenders schaffte es Onkel Rudolph immer wieder, sich Zeit für mich zu nehmen. Manchmal hatte ich fast den Eindruck, er wollte für mich einfach die Familie sein, die ich nicht mehr hatte. Vielleicht gab ihm die Vertrautheit zwischen uns aber auch eine gewisse Stabilität, die ihm in seinem Tun als Unternehmer fehlte. Noch während er schwerverletzt im Krankenhaus gelegen hatte, veranlasste er die strengen Sicherheitsmaßnahmen in seiner Firma. Rudolph schien eine gewisse Paranoia entwickelt zu haben und wirkte auf eine unbestimmte Weise immer nervös. Was auch der Grund war, dass er fast keinen Schritt mehr ohne Sergej unternahm. Ich hatte aber immer das Gefühl, dass seine Nervosität ein wenig von ihm abfiel, wenn wir gemeinsam Zeit miteinander verbrachten. Auch mir taten unsere regelmäßigen Treffen gut und so hoffte ich, ein wenig Zerstreuung nach der erschreckenden Entdeckung in der Gerichtsmedizin zu finden. Gerade jetzt war mir Ablenkung ganz recht und ich freute mich darauf, den späten Nachmittag mit Rudolph zu verbringen.

Wir trafen uns in einem schicken Café in Berlin-Mitte, unweit des Brandenburger Tors, das regelmäßig von Politikprominenz, Diplomaten und Geschäftsleuten besucht wurde. Zusätzlich strömten die Touristen in Scharen herein, da das Lokal kurz nach seiner Eröffnung in zig Reiseführern als Geheimtipp der Hauptstadt angepriesen wurde. Super geheim, wenn man in unzähligen Büchern darüber lesen konnte.

Rudolph schob sich ein Stück Apfelkuchen in den Mund, den er sich zum Kaffee bestellt hatte. Seinem Gesichtsausdruck nach zu urteilen, schmeckte er genauso unverschämt lecker, wie er aussah. Ein genüssliches Grinsen legte sich auf seine Lippen. Zufrieden nahm er einen Schluck Kaffee, lehnte sich entspannt zurück und schaute mich erwartungsvoll an.

„Erzähl mal, Tonja, wie läuft es auf der Arbeit?"

Im Grunde hatte ich keine Lust über die Arbeit zu sprechen. Daher hoffte ich, das Thema kurz und knapp abhandeln zu können.

„Ich arbeite gerade an einem Fall, der mir Kopfzerbrechen bereitet. Die Ermittlungen gehen nur schleppend voran. Es ist ein einziges Puzzle-Spiel. Und ich habe nicht das Gefühl, wirklich vorwärtszukommen."

„Du möchtest mir nicht erzählen, worum genau es geht?"

„Du weißt, dass ich das nicht kann."

Unbeeindruckt von meinem tadelnden Gesichtsausdruck schob sich Rudolph genussvoll ein weiteres Stück Kuchen in den Mund.

„Ich kann dir über die Ermittlungen nichts erzählen. Höchstens so viel, dass ich gerade einen Todesfall untersuche, in dem alle Indizien für Selbstmord sprechen. Ich selbst bin aber davon überzeugt, dass es nicht so ist."

Während sein Kiefer mit dem Apfelkuchen beschäftigt war, sah er mich mit einem neugierigen Blick an.

„Hinzu kommt, dass ich aktuell mit einem schwierigen Kollegen zusammenarbeite." Bei dem Gedanken an Andreas atmete ich schwer aus. Hastig spießte ich ein Stück Linzertorte, die noch unangetastet vor mir stand, auf die Gabel und steckte es in den Mund, um Rudolph zu signalisieren, dass ich mich aktuell nicht weiter damit beschäftigen wollte.

Während ich kaute, ließ ich den Blick durch das Lokal schweifen. Die Einrichtung war auf das Wesentliche reduziert. Als Kontrast hingen an den nackten Betonwänden zahlreiche Porträts von Unbekannten, die angeblich eigens von einem Starfotografen für dieses Café angefertigt wurden. Zu sehen waren sprechende, diskutierende, schreiende, brüllende Menschen, die ihre stumme Meinung mitteilten. Nicht umsonst trug das Lokal den Namen Vox Populi, die Stimme des Volkes. Gerade Politiker sollten so daran erinnert werden, wer der wahre Inhaber der Staatsgewalt war. Rudolph kam gern in dieses Café. Er mochte die minimalistische Stimmung, in der die Fotos ganz besonders zur Geltung kämen, wie er gern betonte.

Das ganze Lokal pulsierte. Fast alle Plätze waren belegt. Sergej hatte sich ebenfalls unter das Publikum gemischt. Unbeteiligt saß er mit einer Zeitung am Nebentisch, sodass niemand der anderen Gäste ihn für Rudolphs Bodyguard halten würde. Ein Heer von Personal schlängelte sich zwischen Tischen und Stühlen durch die Räumlichkeiten, brachte Getränke, servierte Kuchen, kassierte ab. Eine Wolke aus Stimmen, klapperndem Geschirr und Smartphone-Gedudel waberte im Raum und war gerade so laut, um es nicht als unangenehm einzustufen.

„Kollegen kann man sich nicht immer aussuchen. Mitarbeiter und Kunden dagegen schon", gab mir Rudolph zu verstehen. „Darum habe ich meine eigene

Firma gegründet und kann mir aussuchen, mit wem ich zusammenarbeiten möchte."

Ein freches Grinsen legte sich auf sein Gesicht und ich war dankbar, für die Chance, das Gespräch in eine andere Richtung zu lenken.

„Wie mit Alfonso Mutola, deinem Geschäftsfreund?"

„Ja." Rudolph blickte zufrieden ins Leere und nickte. „Tatsächlich verdanke ich ihm sehr viel. Ohne Alfonso hätte ich niemals so gute Geschäftsbeziehung zu den Ländern im Süden Afrikas aufbauen können. Ohne ihn wäre mein ganzes Engagement für die HIV- und Aids-Prävention und die ganzen Hilfsprojekte vor Ort nicht möglich gewesen. Dank seiner Hilfe haben wir überhaupt die Möglichkeit, die Impfkampagne auf die Beine zu stellen."

Anerkennend nickte ich und trank einen Schluck Kaffee.

„Erzähl mir mehr von diesem Projekt."

„Nun, es handelt sich um die erste Impfkampagne dieser Art, die die Bekämpfung von HIV und AIDS zum Ziel hat."

„Mir war nicht bewusst, dass es hierfür mittlerweile einen Impfstoff gibt."

„Es ist auch das erste Mal, seit dem HIV und Aids in den 1980ern auf der Bildfläche erschienen war, dass der Menschheit ein Impfstoff zur Verfügung steht. Die Kampagne startet in Mosambik, in der Heimat von Alfonso, in der es eine sehr hohe Infektionsrate gibt."

Mein Onkel trug seine Worte mit einer beinahe wissenschaftlichen Nüchternheit vor. Dennoch konnte ich die Zufriedenheit in seinen Augen lesen. Sein Bericht machte mich neugierig.

„Warum wird der Impfstoff nicht bei uns eingesetzt? Und warum habe ich davon noch nichts in den Nachrichten gelesen?"

„Das ist ganz einfach. Das mediale Interesse am HI-Virus ist im Westen sehr gering. In den 1980ern und noch im folgenden Jahrzehnt war das ein riesiges Thema. Leute starben binnen kürzester Zeit. Von einer ominösen Schwulenseuche wurde berichtet. Alle hatten plötzlich Panik, sich zu infizieren, sobald man mit einem vermeintlichen Positiven im Raum war." Er schob sich ein weiteres Stück Kuchen in den Mund, bevor er mit seinen Ausführungen weitermachte. „Großangelegte Aufklärungskampagnen trugen dazu bei, dass sich die Stimmung änderte. Über die Jahre wurde die Behandlung immer weiter verbessert. Medikamente ermöglichen Infizierten heute ein Leben ohne nennenswerte Einschränkungen. Mit der sogenannten Präexpositionsprophylaxe hat man mittlerweile eine wirksame Methode entwickelt, um die Ausbreitung zu verlangsamen oder gar zu verhindern." Mit den Händen unterstrich er seine Worte. „Die Infektionsraten liegen seit Jahren auf konstant niedrigem Niveau. HIV stellt heute keine Bedrohung mehr dar, zumindest nicht in den reichen Ländern. Durch moderne Medikation wird die Krankheit heute als chronisch angesehen, aber nicht mehr als tödlich."

Rudolph nippte an seiner Tasse, dann verfinsterte sich sein Blick. „Ehrlich gesagt, haben die Industrienationen in ihrer Arroganz einfach das Interesse für das Thema verloren."

Ein Hauch von Verbitterung lag in seiner Stimme. Vermutlich hatte er sogar recht mit seiner Behauptung. Ich ertappte mich gerade selbst dabei, dass ich über Afrika so gut wie nichts wusste. Auch musste ich mir eingestehen, dass ich mir nie die Mühe gemacht hatte, mehr über diesen riesigen Kontinent zu erfahren. Die Mehrheit der Länder war mir namentlich bekannt, ich hätte bei vielen aber nicht sagen können, wo genau sie lagen. Afrika bedeutete für mich immer

Hungersnot, Dürrekatastrophen, Bürgerkrieg und Putschversuche. Weiterhin Ausbeutung, Kinderarbeit und Sklavenhandel. Vielleicht war es richtig, eine solche Kampagne dort durchzuführen, wo die Not viel größer war, als in Europa oder Nordamerika. Aber das erklärte noch nicht, warum nicht bei uns gegen das HI-Virus geimpft wurde.

„Ich hätte vermutet, dass ein solcher Impfstoff bei uns eingesetzt wird. Der kostet doch sicher eine Menge Geld. Warum findet er in Deutschland keinen Einsatz?"

Meine Muskeln formten einen kritischen Gesichtsausdruck. Rudolph lehnte sich zurück und verschränkte die Arme. Sein Blick wanderte über die Decke des Cafés, so als müsste er überlegen, was genau er sagen wollte.

„Der Impfstoff ist mehrfach geprüft, getestet und kontrolliert. Zumindest auf dem Papier und im Computer. Für eine Arzneimittelzulassung in Europa gibt es schlicht keine validierbaren Ergebnisse, dass der Impfstoff wirkt. Eine Zulassung setzt voraus, dass die Wirksamkeit am Menschen erprobt wird. Nun wird aber kein Unternehmen einen Menschen vorsätzlich mit dem HI-Virus infizieren, um die Wirksamkeit seines Impfstoffs zu überprüfen."

„Und in Afrika kann man das so ohne weiteres machen?"

Ich spürte Unbehagen in mir aufsteigen. Ich war irritiert über das, was ich da hörte. Doch Rudolph machte bereits eine beschwichtigende Geste.

„Ethische Standards sind etwas Wunderbares. Doch die muss man sich leisten können. Wir in Deutschland können das. Und den Menschen auch die Wahlfreiheit an die Hand geben, sich für oder gegen eine Impfung zu entscheiden. In Mosambik sieht das anders aus. Das Land zählt zu den ärmsten der Welt. Das Gesundheitssystem ist desaströs. Die Hälfte der Bevölkerung hat nicht einmal Zugang zu sauberem Trinkwasser. Mosambik gilt seit Jahren als zahlungsunfähig. Fast 15 % der Erwachsenen sind mit dem HI-Virus infiziert, was dort einem Todesurteil gleichkommt. Die Dunkelziffer ist wahrscheinlich noch höher."

Onkel Rudolph stützte sich mit den Armen auf den Tisch und beugte sich ein Stück zu mir rüber. „Hinzu kommt, dass viele Menschen mehr auf Medizinmänner und Schamanen als auf Ärzte vertrauen. Es herrscht eine gefährliche Skepsis gegenüber der modernen Medizin in weiten Teilen der Bevölkerung. Schließlich existiert dort noch der Mythos, dass infizierte Männer das Virus loswerden, wenn sie mit einer Jungfrau schlafen." Kurz lachte er bitter auf und schüttelte den Kopf. „Darum ist die Zahl an Vergewaltigungen extrem hoch. Und das betrifft nicht nur junge Frauen, sondern bereits kleine Mädchen."

Rudolph sah mich aus ernsten Augen an. „Darum haben wir keine andere Wahl, als den Menschen vor Ort diese Entscheidung abzunehmen."

Was war verstörender? Der Bericht über die katastrophalen Zustände oder seine ungeheuerliche Enthüllung? Ich fand keine Antwort darauf. Das Entsetzen musste sich in meinem Gesichtsausdruck widergespiegelt haben, denn Rudolph machte mit seinen Ausführungen weiter.

„Ich sehe, du hast Bedenken. Das kann ich verstehen. Zunächst habe ich selbst mit mir gehadert. Aber wenn eine Situation so verfahren ist wie dort, dann bekommt Ethik einen ganz anderen Stellenwert."

Seine Stirn legte sich in Falten und offenbarte, wie wichtig ihm diese Sache war. Leise und bestimmt redete er weiter.

„Im Übrigen sind medizinische Simulationsprogramme mittlerweile so gut, dass sie die Wirksamkeit eines Impfstoffes mit einer Präzision von annähernd

95 % vorhersagen können. Ohne dass überhaupt nur ein Tropfen davon hergestellt wurde. Und die Simulationen für den Impfstoff sind mehr als vielversprechend."

Dass Rudolph etwas gegen die Zustände in Mosambik unternehmen wollte, leuchtete mir ein. Er berichtete mehr als einmal vom Elend vor Ort, das er während der vielen Geschäftsreisen gesehen hatte, und das bei uns nur noch selten für eine Schlagzeile reichte. Aber rechtfertigte das ein aus meiner Sicht ethisch verwerfliches Handeln? Das Gesagte löste Beklemmung in mir aus. Wie würde ich darüber denken, wenn ich nicht gerade wegen eines illegalen Forschungsexperiments ermitteln würde? Ich fand auf die Frage keine Antwort. Rudolphs Offenbarung ließ mich mit einer tonnenschweren Hilflosigkeit zurück.

19

Abends ließ ich entspannte Chill-Out Musik durch das Wohnzimmer wabern. Kerzenschein hüllte den Raum in warmes Licht. Schatten tanzten an den Wänden. Ich schenkte mir ein Glas Weißwein ein und wickelte mich in eine Patchwork-Decke. Sie bestand aus unzähligen gehäkelten und gestickten Quadraten in den unterschiedlichsten Farben. Ich liebte diese Decke. Mama hatte sie gemeinsam mit einer Tante und einer Freundin angefertigt. Arbeit von Wochen steckte darin. Das Projekt eines langen und dunklen Winters. Vor vielen Jahren wurde sie mir zum Geburtstag geschenkt. Machte ich es mir an grauen Herbsttagen oder in dunklen Winternächten unter dieser Decke gemütlich, spürte ich eine sonderbare Geborgenheit. So als würde mich meine Mutter persönlich darin einhüllen.

Jetzt versuchte ich, mich zu entspannen und die Ereignisse des Tages von mir abzuschütteln. Was mir kaum gelang. Ich starrte auf das Weinglas und verlor mich in dessen Inhalt. Im Kerzenschein hatte der Wein einen goldenen Glanz angenommen, der mich in seinen Bann zog. Auch wenn ich noch immer schockiert über Rudolphs Pläne war, so kreisten die Gedanken vor allem um Lucis Autopsie.

Vor meinem geistigen Auge blitzten immer wieder diese dunklen Krümel auf dem Stück Zellulose auf. Dann Tobias' ungläubiger Blick, gleichermaßen fasziniert wie entsetzt. Als ich selbst durch das Mikroskop geschaut hatte, hatte ich zunächst nicht verstanden, was ich da sah. Doch mit einem Mal begriff ich es. Die Krümel entpuppten sich als Mikrochips. So klein, dass sie mit Auge nicht zu erkennen waren.

Mir war nicht bekannt, dass es Chips gab, die so winzig waren. Dass man so etwas überhaupt bauen konnte, überstieg meine Vorstellungskraft. Diese Entdeckung hatte etwas Erschreckendes. Und sie führte zu einer Vielzahl von Fragen, die ich unbedingt beantworten musste. Warum waren diese Dinger in Lucis Körper? Was war ihre Funktion? Hatten die etwas mit dieser illegalen Studie zu tun? Wusste Luci davon? Wer trägt diese Chips noch in sich?

Jede weitere Frage brachte mich ein Stück näher an eine Panikattacke. Auf einmal hatte ich das Gefühl, jegliche Kontrolle über mein Leben zu verlieren. Niemals hätte ich es für möglich gehalten, dass etwas derart Kleines so bedrohliche Gefühle in mir auslösen konnte.

Nur langsam schaffte ich es, mich zu beruhigen. Aber nachdem ich die Kontrolle über meine Atmung zurückerlangt hatte, ebbte das Gefühlschaos ab und ich konnte wieder einen klaren Gedanken fassen.

Tobias berichtete später von sogenannten Bio-Chips, die sich manche Menschen implantieren ließen, um verloren gegangene Sinneswahrnehmungen wiederzuerlangen. Blinde konnten wieder sehen, Hörgeschädigte wieder hören. Menschen mit geschädigtem Geschmackssinn waren wieder in der Lage

Pizza, Kaffee und Schokolade zu genießen. Sogar die Schwere von Krankheiten wie Tourette und Epilepsie konnte durch diese Technik gelindert werden. Er gab aber auch zu verstehen, dass er selbst noch nie so kleine Chips gesehen hatte. Üblicherweise waren Bio-Chips problemlos mit dem Auge zu erkennen.

Tobias konnte sich nicht erklären, weshalb sich in Lucis Gewebe eine so große Anzahl davon befand, dass sie in der Lage waren, auf Röntgenfotos einen rätselhaften Schatten zu erzeugen. Möglicherweise hatte Yaron als IT-Forensiker eine Idee, was es mit diesen Chips auf sich hatte, weshalb ich vorschlug, ihm die Entdeckung zu zeigen.

Ungläubig lauschte Yaron unserem Bericht. Mit jedem Wort wurde sein Gesichtsausdruck ernster. Er betrachtete das Röntgenbild mit dem Schatten. Anschließend hielt er das Glasröhrchen gegen das Deckenlicht, in dem Tobias die sichergestellten Chips aufbewahrte. Außenstehende hätten den Inhalt vermutlich für einen Hauch feinen, schwarzen Sand gehalten. Zusätzlich hatte er einige Aufnahmen der vergrößerten Chips angefertigt. Yarons Miene verhärtete sich zusehends. Nervös betrachtete er immer wieder die Beweisstücke.

Diesmal hatte er keinen seiner lockeren Sprüche auf den Lippen. Auch sonst sagte er für eine quälend lange Ewigkeit nichts, was mich zunehmend beunruhigte. Beklemmung erfasste mich. Offenbar war auch er ratlos.

Nach einigen Minuten legte er die Gegenstände auf den Tisch und sah abwechselnd zu Tobias und mir. „Es gibt Nanochips, die kleiner als Ameisen sind. Solche Chips verwendet man, um das Verhalten von Insekten zu erforschen oder die Ausbreitung von Samen und Pollen im Wind nachzustellen. Ich kann mir vorstellen, dass es sich hierbei", Yaron deutete auf das

Glasröhrchen, „um etwas Ähnliches handelt. Jedoch ist es mir ein Rätsel, warum sich diese Chips in menschlichem Gewebe befinden."

„Das geht uns genauso", gab ich zu verstehen.

„Wie viele von diesen Dingern sind eurer Meinung nach im Gewebe der Toten?"

„Mehrere Hundert, vielleicht Tausende", erwiderte Tobias. „Die Leiche ist voll davon."

Yaron riss ungläubig die Augen auf. Er griff erneut zum Röntgenfoto und hielt es gegen eine kleine Tischleuchte, die grelles Licht verteilte. Er drehte das Bild nach links, dann wieder nach rechts, rollte es leicht, bewegte den Kopf hin und her und variierte den Abstand zum Licht. Es wirkte wie ein befremdlicher Balztanz zwischen Yaron und dem Röntgenfoto. So als würden sich zwei ungleiche Exemplare einer exotischen Vogelart beschnuppern, befühlen und umeinander werben. Dann richtete er sich auf und legte die Aufnahme wieder auf den Tisch. Der Paarungstanz hatte ein Ende gefunden.

„Vielleicht ist es möglich, die Chips auszulesen. Aber das wird eine schwierige und langwierige Aufgabe, wenn es denn überhaupt klappt und diese Dinger nicht durchs Röntgen bereits gegrillt wurden."

Yaron wandte sich an Tobias. „Ich brauche definitiv mehr davon. So viel wie möglich."

„Ich werde es versuchen, aber das hat natürlich seine Grenzen. Ich will nicht, dass die Tote aussieht, als wäre sie von einem Rottweiler zerfleischt worden."

Yaron nickte. „So viele wie möglich", wiederholte er.

„Was ist mit Marius Zimmermann? Unter Umständen finden wir auch bei ihm diese Chips."

Die beiden blickten zu mir und bestätigten mit zögerlichem Nicken meine Vermutung.

„Was ein eindeutiges Indiz wäre, dass es einen Zusammenhang zwischen dieser Forschungseinrichtung und den Chips gibt", gab Yaron zu verstehen.

„Sobald ich die Untersuchungen an der Toten abgeschlossen habe, werde ich mir Zimmermanns Fall noch einmal anschauen und den Obduktionsbericht durchgehen", sicherte mir Tobias zu, während er die Beweisstücke zusammensammelte.

Während ich zusammengekauert unter der wunderbaren Decke meiner Mutter lag und die Erinnerungen an den Tag durch den Verstand geistern ließ, hegte ich noch immer die Hoffnung, etwas Entspannung zu finden. Ich trank einen Schluck Wein und bildete mir ein, Birne und Ananas herauszuschmecken. Aber vielleicht war es nur die Müdigkeit, die mich befiel. Nur kurz nach dem ich das Weinglas auf dem Boden abgestellt hatte, fiel ich in einen unruhigen Schlaf.

20

Ein Alptraum riss mich aus dem Schlaf. Der Atem ging heftig, Hitze stieg in mir auf. Dann begriff ich, dass ich noch immer auf dem Sofa im Wohnzimmer lag und beruhigte mich wieder. Zwei Kerzen waren mittlerweile erloschen, eine weitere führte nach wie vor einen unerbittlichen Kampf gegen die Dunkelheit, die in allen Ecken des Zimmers lauerte.

Ein Blick auf das Smartphone verriet mir, dass es kurz nach vier Uhr am Morgen war. An Schlaf war nicht mehr zu denken. Und ich hatte keine Lust mehr, nochmals in einen gruseligen Traum wegzudämmern, in dem ich von Nanochips gesteuerten Zombies verfolgt wurde.

Einige Zeit blieb ich auf der Couch liegen und hing Gedanken nach, die ziellos zwischen dem aktuellen Fall, dem gestörten Verhältnis zu meinem Vater sowie Yarons Aussagen zu der in mir schwelenden Wut umherwanderten.

Die Unruhe im Kopf brachte mich schließlich dazu, von der Couch aufzuspringen und mich unter die Dusche zu stellen. Erneut prasselte der Eisregen auf mich herab und fegte das Gedankenchaos hinweg. Eine wohltuende Ruhe machte sich in meinem Verstand breit.

Bereits gegen sechs Uhr erreichte ich das Revier, stellte das Auto auf dem Parkplatz ab und war gerade dabei das Gebäude zu betreten. Für einen Augenblick hielt ich inne. Plötzlich richteten sich die feinen Härchen auf meinem Arm auf und ich spürte ein sonderbares Kribbeln im Nacken. Auf einmal hatte ich das Gefühl, beobachtet zu werden. Langsam drehte ich mich, ließ die Augen suchend durch die Umgebung wandern. Doch es war nichts Ungewöhnliches zu sehen. Vorsichtig lief ich über den Parkplatz, ging zurück zur Straße, sah mich weiter um.

Plötzlich nahm ich eine Bewegung im Augenwinkel wahr. Ziellos suchte ich die Stelle zwischen den parkenden Autos ab, aber es war nichts zu erkennen. Unvermittelt blieb ich stehen und lauschte in die morgendliche Dunkelheit. Bis auf ein wenig Laub, das durch eine leichte Brise aufgewirbelt wurde, war alles ruhig. Das Kribbeln ebbte langsam ab. Ich hätte schwören können, dass dort jemand war. Auch wenn ich niemanden gesehen hatte. Merkwürdig.

Nach dieser seltsamen Begebenheit sorgte ich zunächst für einen Koffeinschub. Gestärkt durch eine Tasse Kaffee, setzte ich mich an die Unterlagen der Rechtsanwältin. Sonderlich viel war es nicht. Einige handschriftliche Dokumente, Briefwechsel mit dem Mandanten, die Gerichtsakte, sowie einige Anfragen beim Handelsregister.

Ein Name tauchte wiederholt in den Unterlagen auf. Kenan Eroğlu. Er stand in irgendeiner Beziehung zu dieser Einrichtung, jedoch schien er kein Studienteilnehmer zu sein. Er wurde auf mehreren Dokumenten als Ansprechpartner genannt und hatte einigen

Schriftverkehr im Namen von S.P.T. unterschrieben. Möglicherweise war er der Geschäftsführer oder anderweitig in leitender Funktion tätig. Auf jeden Fall sollten wir mit dieser Person sprechen. Eine Suchanfrage spuckte mir nach dem Bruchteil einer Sekunde eine knappe Liste mit Treffern aus.

Ich fand Informationen über einen türkischen Fußballspieler sowie über den Besitzer einer kleinen IT-Firma in Bremerhaven. Ein weiterer Treffer führte mich zu den Social Media Profilen eines Teenagers aus Izmir, der sich vor allem im Fitnessstudio und vor schnellen Autos präsentierte. Weitere Treffer waren ähnlich unergiebig. Doch ein Suchergebnis nannte Kenan Eroğlu als Mitarbeiter einer kleinen Firma im Gesundheitssektor, die ihren Firmensitz sogar in Berlin hatte. Volltreffer. Das muss unser Mann sein.

Nachdem Andreas gegen sieben Uhr ebenfalls am Arbeitsplatz erschienen war, besprachen wir kurz die weitere Vorgehensweise. Es war klar, dass wir dieser kleinen Firma einen Besuch abstatten sollten, um Kenan Eroğlu einmal auf den Zahn zu fühlen.

Eine knappe Stunde später wurden wir von einer Frau empfangen, die schätzungsweise Mitte 40 war, aber durch ihren altmodischen Kleidungsstil und das stark ergraute Haar mindestens 10 Jahre älter aussah. Tiefe Furchen zogen sich durch ihr Gesicht. Auf Kenan Eroğlu angesprochen, erwiderte sie, dass dieser seit einigen Tagen verschwunden sei. Niemand wisse, wo er abgeblieben ist. Man könne ihn nicht erreichen. Seither sei hier die Hölle los, so ihre Worte. Das erklärte auch ihr gestresstes Auftreten.

Wir sahen uns ein wenig in Eroğlus Büro um. Seine Kollegin, die sich als Lilja Schmitz vorstellte, folgte uns und ließ uns nicht aus den Augen. Es war offensichtlich, dass unser Besuch ihr nicht gelegen kam.

Die Hütte brannte, und sie musste sich zu allem Überfluss noch um ein paar Polizeibeamte kümmern.

„Frau Schmitz, haben Sie eine Ahnung, wo Herr Eroğlu sein könnte?"

„Nein. Natürlich nicht. Wüsste ich das, wäre hier nicht der Teufel los." Sie fuchtelte wild mit ihren Armen. Ihre Stimme klang hysterisch.

„Was wissen Sie über die Firma, bei der Ihr Kollege vorher gearbeitet hat?", hakte ich nach.

„Irgendwas mit medizinischer Forschung. So genau habe ich da nicht nachgefragt."

„Warum nicht?" Andreas blickte sie ungläubig an. „Sie arbeiten seit geraumer Zeit zusammen. Sie haben sich doch bestimmt einmal ausgetauscht und über Karriere, Familie und Freizeit gesprochen. Wie das unter Kollegen so üblich ist."

Mir kam in den Sinn, dass ich über meinen Kollegen auch nichts wusste, außer dass er ein rüpelhafter Prolet war.

„Was wollen Sie von mir hören? Welches Auto er fährt, ob er sein Steak medium oder durchgebraten mag, wo er seinen letzten Urlaub verbracht hatte?", antwortete sie unter hektischem Gestikulieren.

Die Frau ging auf dem Zahnfleisch und ich vermutete, dass sie kurz vor einem Burnout stand. Und unser Auftreten hatte sie noch ein Stück näher dorthin geführt.

„Ja, das wäre wichtig. Angaben darüber, welche Unterwäsche er trägt, würden uns ebenfalls weiterhelfen", gab Andreas unbeeindruckt von sich.

Lilja Schmitz blickte ihn mit zusammengekniffenen Augen an. Ihre Mimik verriet, dass sie ihm am liebsten das Gesicht zerkratzt hätte. Bevor es dazu kam, erschien eine junge Frau in der Bürotür.

„Lilja, kannst du kurz kommen. Nur eine Minute."

Frau Schmitz blickte zu ihrer Kollegin, dann zu uns.

„Ich bin gleich zurück. Warten Sie hier", giftete sie uns an, bevor sie das Büro verließ. Noch bevor ich reagieren konnte, machte sich Andreas an einem Aktenschrank zu schaffen, wühlte zwischen Dokumenten, zog ein paar Unterlagen heraus und ließ sie wieder zurückgleiten. Dann griff er nach einer Registermappe und blätterte die Unterlagen durch.

„Was zum Teufel machst du da?", flüsterte ich in einem bestimmenden Tonfall.

„Meinen Job", war seine trockene Antwort.

„Das ist gegen die Vorschriften. Dazu haben wir kein Recht, keinen richterlichen Beschluss."

„Und das von dir."

Seine Antwort überraschte mich.

Er blickte kurz auf und schaute kritisch zu mir. Dann widmete er sich wieder den Unterlagen.

„Du gerätst doch auch ständig mit Cornelius aneinander, weil du dich nicht an seine Anweisungen hältst. Dann nimmst du an der Obduktion einer Freundin teil, obwohl das nicht gestattet ist. Also erspar mir Vorträge darüber, was erlaubt ist, und was nicht."

Ich fühlte mich überrumpelt durch Andreas' Aussage und benötigte einen Moment, um darauf zu reagieren. In dem Moment, als ich ihm antworten wollte, stand Frau Schmitz wieder in der Tür.

„Entschuldigung, was machen Sie da?" Sie blickte fragend zu Andreas.

„Frau Schmitz, Herr Kenan Eroğlu ist seit einigen Tagen verschwunden. Wir ermitteln in einem Kriminalfall und Ihr Kollege könnte ein wichtiger Zeuge sein. Da wir um seine Sicherheit besorgt sind und Gefahr in Verzug ist, haben wir das Recht, jedes erdenkliche Mittel anzuwenden, um seine Sicherheit zu garantieren."

Einen Moment lang war ich irritiert und gleichermaßen erstaunt, wie eloquent sich Andreas ausdrücken konnte. Dann wendete ich mich Frau Schmitz zu.

„Mein Kollege hat recht, wir müssen für die Sicherheit von Herrn Eroğlu sorgen." Ich nickte, um meine Aussage zu bekräftigen. Mehr für mich als für Frau Schmitz. Es ärgerte mich, dass ich lügen musste, um unseren Fall durch Andreas' unkorrektes Verhalten nicht zu gefährden. „Doch wie es aussieht, finden wir hier keine Hinweise." Ich warf ihm einen eindringlichen Blick zu und er legte die Unterlagen zurück. „Vielen Dank, Frau Schmitz, dass Sie sich die Zeit genommen haben. Bitte informieren Sie uns, wenn ihnen noch etwas einfällt, das wichtig sein könnte. Oder wenn sich Ihr Kollege wieder meldet."

Wenige Augenblicke später hatten wir die Firma verlassen und stiegen in den Wagen ein.

„Was sollte das, Andreas? Du gefährdest die Ermittlungen durch solche Aktionen. Mach so etwas nie wieder", gab ich ihm energisch zu verstehen.

„Wenn du dich in Zukunft an Cornelius Anweisungen hältst und aufhörst, auf eigene Faust zu ermitteln, überlege ich es mir vielleicht", kam als prompte Antwort.

„Das ist doch etwas anderes. Ich wollte einem alten Bekannten helfen. Außerdem kannte ich Luci persönlich."

„Ach, das macht es besser?" Seine Miene verfinsterte sich. „Ich sehe das so, Tonja. Wenn du ein solches Verhalten an den Tag legst, dann aus rein egoistischen Motiven, weil du deinen Freunden und Bekannten helfen und dir ein ruhiges Gewissen verschaffen willst." Mit seinen Händen verlieh er seinen Worten Nachdruck. „Hingegen mache ich mein Handeln nicht abhängig von persönlichen Interessen, sondern handle einzig der Sache wegen und um die Ermittlungen nach vorne zu bringen. So gesehen, sind meine Motive reiner als deine."

Wieder einmal wurde ich wütend. Andreas schaffte es immer wieder, dass mir die Galle hochkam. Dennoch halten seine Worte in mir nach. Hatte er womöglich recht? War ich tatsächlich eine Egoistin, die die Regeln so auslegte, wie sie es gerade brauchte? Ich presste die Lippen zusammen und bedachte Andreas mit einem wütenden Blick, bevor ich die Fahndung nach Eroğlu einleitete.

21

Der Tag endete, ohne neue Erkenntnisse. Der Verbleib von Christian Nyberg war weiterhin unklar. Ebenso brachte die Fahndung nach Kenan Eroğlu keine Erfolge, was in den wenigen Stunden nicht zu erwarten war. Zwar konnten wir dessen Anschrift ermitteln, hatten aber lediglich die Möglichkeit, uns davon zu überzeugen, dass er nicht zu Hause war. Ein Durchsuchungsbeschluss lag nicht vor und es hatte mich viel Energie, Geduld und Überzeugungsarbeit gekostet, Andreas davon abzuhalten, eine weitere unerlaubte Ermittlungsaktion zu starten und eigenmächtig die Wohnung des Gesuchten zu durchforsten.

Mit der ominösen Forschungseinrichtung kamen wir nicht einen Schritt weiter. Die Firma S.P.T blieb eine Phantomfirma. Aufgrund des portugiesischen Namens vermutete ich sie in Portugal. Oder in Brasilien. In keinem der beiden Länder waren diese oder eine ähnliche Einrichtung bekannt. Vermutlich hatte Andreas recht, als er S.P.T als Blendgranate bezeichnete.

Die abgebrannte Forschungseinrichtung selbst galt offiziell als leerstehendes Gebäude. Zusätzlich bewahrheitete sich die Aussage von Patricia Grahl, dass der Fall von den Behörden geschlossen wurde, da man dort ein unbedeutendes Drogenlabor vermutete. Andreas und ich ließen uns die Ermittlungsakten zukommen, ohne irgendwelche nützlichen Hinweise zu erhalten. Dass die Ermittlungen eingestellt wurden, war entsetzlich genug, viel schlimmer aber war, dass sie entblößten, wie überlastet und personell unterbesetzt die Behörden und die Gerichte waren. Der O-Ton war, dass man sich lieber auf die großen Fische konzentrieren wollte.

Die Dokumente und unsere Erkenntnisse lagen mittlerweile Cornelius vor, der sich in den letzten Tagen nicht um den Fortgang der Ermittlungen geschert hatte und auch sein dramatisch angekündigtes 24-Stunden-Ultimatum bei einer Ankündigung beließ.

Während meine Gedanken um den Fall kreisten, betrachtete ich den Wein, den ich mir zuvor eingegossen hatte. Er glänzte mit zart goldener Farbe im Glas. Feine Fruchtaromen entfalteten sich, wenn man seinen Gaumen bemühte und nicht einfach nur Wein schmecken wollte. Eine feine Säure umschmeichelte die Zunge. Ein angenehmer Weißburgunder aus der Pfalz, der zu meinen Lieblingsweinen zählte und aus der Region kam, aus der es auch Marcel in die Hauptstadt verschlagen hatte. Er kam ursprünglich aus einem kleinen Winzerdorf an der Deutschen Weinstraße. Die Region ist bekannt für ihr beinah mediterranes Klima. Als wir noch ein Paar waren, besuchten wir dort häufig seine Familie und Freunde. Ich genoss die sanft hügelige Landschaft, die sich im Frühjahr durch Kirsch- und Mandelblüten in zartem Rosa und Weiß, im Sommer in kräftigem Grün, und im Herbst in einer Explosion an knalligen Farbtönen präsentierte. Der

Winter zeigte sich in nie enden wollendem Grau. Wein war in Marcels Heimat allgegenwärtig. Durch die Leidenschaft dafür und seinen Lokalpatriotismus, den er immer und ausschließlich bei diesem Getränk an den Tag legte, schaffte er es, auch mich dafür zu begeistern. Ich musste schmunzeln, als mir seine Worte in den Ohren klingelten: „Nein, also ein Wein aus Baden oder von der Mosel kommt mir nicht ins Glas."

Dabei machte er immer ein künstlich entsetztes Gesicht und eine übertrieben abwehrende Geste, was im Gegensatz zu seiner sonst sehr ruhigen und eher introvertierten Art stand. Natürlich trank er auch Wein aus anderen Regionen, solange es ein guter Tropfen war.

Als mir klar wurde, dass ich alten, lange vergessenen Erinnerungen nachhing, zuckte ich zusammen. Die letzten Jahre hatte ich selten an die schöne Zeit vor Mamas Tod gedacht. Doch in den letzten Tagen meldete sich eine Erinnerung nach der anderen zurück. Und es tat gut, eine Zeit aufleben zulassen, in der die Welt noch in Ordnung war. Marcel und ich als Paar, das Pläne für die Zukunft schmiedete und meine Eltern, die gemeinsam Teil meines Lebens waren.

Wehmut ergriff Besitz von mir und ich stieß einen schwermütigen Seufzer aus. Um nicht zu sehr in die Vergangenheit abzugleiten, richtete ich meine Aufmerksamkeit wieder auf das Weinglas. Ich nahm einen weiteren Schluck und bildete mir ein, dass er intensiver, gleichzeitig aber auch leichter schmeckte. Ich schloss die Augen und genoss die fruchtigen Aromen. Das tägliche Glas am Abend war eines der letzten Überreste aus der Zeit mit Marcel und aus irgendeinem Grund wollte ich diese Gewohnheit nicht ablegen.

Lust, darüber nachzudenken, hatte ich jedoch keine. Daher setzte ich mich an den Schreibtisch, startete den Computer und begann, ziellos durch einige Nachrichtenportale zu surfen.

Ich überflog die eingängigen Schlagzeilen: Klimaziele bis 2035 nicht erreichbar. Terroranschlag in Sydney fordert zehn Todesopfer. Spannungen zwischen China und den USA spitzen sich weiter zu.

Die ewig gleichen Katastrophenmeldungen, nur dass sich Namen und Orte änderten.

Dagegen war das Interview mit meinem Onkel auf einer Branchenseite für Logistik und Transport ein wahrer Stimmungsaufheller.

Er erläuterte, dass sein Unternehmen Logistikpartner bei einer groß angelegten Impfkampagne in Mosambik sein werde. Zwar nannte er keine konkreten Details hierzu, erklärte aber, dass er sich auf diese Zusammenarbeit freue, da Mosambik eines der Länder mit der höchsten HIV-Prävalenz und einer sehr hohen Sterblichkeitsrate sei. Rudolph betonte, wie sehr ihm Hilfe, Aufklärung und Prävention bei HIV am Herzen lag.

Obwohl ich bereits davon wusste, empfand ich beim Lesen dasselbe Unbehagen, das ich hatte, als er mir davon berichtete. Nach wie vor wusste ich nicht, was ich davon halten sollte. Ich verstand die Argumente meines Onkels, dass sich arme Länder keine Ethik leisten konnten. Dennoch war ich der Meinung, dass die Menschen die Wahl haben mussten, sich für oder gegen eine Medikation zu entscheiden. In den Kommentarspalten suchte ich nach einer Aussage, die mir half, mit diesem Unbehagen umzugehen. Während viele den Schritt lobten, sahen andere darin eine bevormundende Aktion des Westens. Religiöse Spinner sahen in der hohen HIV-Prävalenz die Strafe Gottes für den angeblich zügellosen Lebenswandel der Einheimischen. Wieder andere hatten nichts Besseres zu tun, als sich über die Behinderung Rudolphs lustig zu machen. Geschmacklos, wie ich fand. Ein weiterer User mit dem originellen Namen Echsenmensch-86 hatte geschrieben, dass Bill Gates und George Soros sicherlich nur Bio-Kampfstoffe testen würden und dies Teil der Forschung sei.

Trotz des verschwörungstheoretischen Unfugs von Echsenmensch-86 erregte das Wort Forschung meine Aufmerksamkeit. Der Verstand geriet in Bewegung und ich verließ das Nachrichtenportal. Bei Google suchte ich Hinweise zur Forschungseinrichtung, zum Brand in dem Industriegebiet im Süden von Berlin, zu dem Rechtsstreit, den Patricia Grahl führte. Die Ergebnisliste zeigte einige Artikel, in denen es um einen Brand ging. Es waren jedoch zu viele, sodass ich meine Suche auf Marienfelde und Lichtenrade sowie auf das Frühjahr des aktuellen Jahres eingrenzte.

Die Anzahl der Treffer war jetzt überschaubar. Einige Artikel beschrieben den Brand, die Löscharbeiten und das Übergreifen der Flammen auf ein Nachbargebäude, andere die schwierigen Löschmaßnahmen während des Unwetters. In wieder anderen Artikeln wurde von einem leerstehenden Gebäude berichtet und Mutmaßungen über die Brandursache angestellt. Insgesamt fanden sich keine interessanten Artikel. Aber einer erregte dann doch meine Aufmerksamkeit.

„Vermeintliches Drogenlabor abgebrannt – Behörden stellen Ermittlungen ein."

Überwiegend wurde über das berichtet, was wir durch unsere bisherigen Ermittlungen bereits herausgefunden hatten und wozu sich die Anwältin geäußert hatte. Ich hatte eigentlich keine Lust mehr, die letzten Zeilen zu lesen und wollte das Fenster gerade schließen, als ich den Namen des Verfassers las. Ungläubig überflog ich den Artikel ein weiteres Mal. Konnte das ein Zufall sein? Wohl kaum, dachte ich, während meine Augen auf den Namen des Autors starrten.

22

Schlagartig erfüllte ein lautes Tosen meinen Verstand. Noch ein Puzzleteil, das an die korrekte Stelle gelegt werden wollte. Doch es gelang mir nicht, diese Information mit all den anderen Indizien unter einen Hut zu bringen.

Ich schüttelte den Kopf, so als könnte ich dadurch alles an seinen rechten Platz rütteln. Dann richtete ich meinen Blick erneut auf den Monitor und begann endlich zu glauben, was dort stand. Claas Urban hatte diesen Artikel geschrieben. Ausgerechnet der totgeprügelte Journalist. Hinzu kam, dass er den Artikel nur wenige Tage vor seinem Tod veröffentlicht hatte. Noch so eine Entwicklung, die unmöglich ein Zufall sein konnte. Was um alles in der Welt ging hier vor?

Ich druckte den Artikel aus und speicherte mir die Internetseite in den Favoriten. Dann führte ich die Suche im Web fort, in der Hoffnung, weiteres Material zu finden. Aber selbst Urban hatte lediglich einen weiteren Beitrag geschrieben, in dem er, mit Vertretern der zuständigen Behörden, ein Interview führte. Deren Äußerungen waren so nichtssagend wie graue

Wandfarbe. Urbans Berichte stießen offensichtlich auf wenig bis gar keine Resonanz. Die Leserschaft fand andere Themen spannender und recht schnell verschwand das Thema in der medialen Versenkung.

Dennoch beschäftigte mich der Artikel. Warum hatte Urban ein Interesse daran? Er war für seinen Enthüllungsjournalismus bekannt und bei Politikern, Wirtschaftsbossen und Funktionären von Verbänden gefürchtet. Nicht selten zogen seine Recherchen Ermittlungen nach sich oder zwangen wichtige Persönlichkeiten zum Rücktritt. Dass sich Urban nun für dieses vermeintlich unbedeutende Gebäude interessierte, machte mich stutzig. Kann es sein, dass er mehr herausgefunden hatte, als er in seinen Artikeln preisgab? Ist Urban mit seiner Recherche den Betreibern der Forschungseinrichtung womöglich auf die Schliche gekommen und musste deshalb sterben?

Am nächsten Morgen traf ich Andreas an seinem Schreibtisch an, wo er mit einer Mischung aus halbherzigem Interesse und müder Lustlosigkeit auf den Bildschirm sah. Er führte seine Arbeit eher mechanisch aus, anstatt mit gesundem Ermittlergeist. Andreas war definitiv kein Ermittler aus Leidenschaft, selbst wenn er schon einige sehr gute Ergebnisse bei seinen Nachforschungen erzielen konnte. Das musste ich wohl oder übel zugeben. Obwohl mir bei seinem Anblick absolut nicht einleuchten wollte, woher er das Talent nahm. Sein Auftreten passte schlicht nicht zu dem eines Polizisten, der den Staat und dessen Gewaltmonopol repräsentierte. Sein Hemd war ein verwaschenes Relikt aus dem letzten Jahrzehnt, der Bart ein graubrauner Wildwuchs mit der Widerspenstigkeit von Brombeerhecken. Eine Blase aus kaltem Rauch umhüllte ihn und vervollständigte das abstoßende Gesamtbild. Ein Schauer lief mir über den Rücken.

Natürlich hätte ich nicht so oberflächlich sein sollen. Dennoch gelang es mir nicht, Andreas' Auftreten von seiner Arbeit als Polizist zu trennen. Für mich gehörte es dazu, sich als Staatsdiener auch um sein Aussehen zu kümmern. Ihm schien das vollkommen egal zu sein. Andreas war in dieser Hinsicht vollkommen schmerzfrei.

Nach einer kurzen, nüchternen Begrüßung setzte ich ihn über meine Entdeckung in Bilde. „Ich habe gestern Abend einen Artikel im Internet gefunden, der über die Forschungseinrichtung berichtete."

„Interessant." Ein sarkastischer Unterton lag in seiner Stimme, während er weiterhin auf den Monitor starrte. „Irgendwas rausgefunden?"

„Vielleicht."

Um Andreas' Aufmerksamkeit zu gewinnen, führte ich die Ausführungen nicht fort, sondern wartete darauf, bis er sich vom Monitor loslöste. Ich musterte ihn mit einem strengen Blick und verschränkte die Arme vor der Brust. Für einen Moment kam ich mir wie eine spießige Mutter vor, die ihren Sohn dazu ermahnte, sich um seine Hausaufgaben zu kümmern, anstatt um das alberne Videospiel.

Als Andreas endlich kapierte, dass ich auf ihn wartete, drehte er sich auf seinem Bürostuhl in meine Richtung, legte demonstrativ die Hände in den Nacken und setzte einen erwartungsvollen Gesichtsausdruck auf. „Was bedeutet vielleicht?"

Ich hielt ihm den Ausdruck von Urbans Artikel entgegen. Behäbig nahm er ihn entgegen.

„Dieser Artikel beschreibt in etwa das, was uns diese Anwältin erzählt hatte. Der Verfasser prangert an, dass die Behörden die Ermittlungen eingestellt haben."

„Das ist jetzt aber nicht die große Entdeckung, die dir gelungen ist, oder?"

„Der Artikel wurde von Claas Urban verfasst."

Andreas Augen weiteten sich und auf einmal machte sich echtes Interesse in seinem Gesichtsausdruck breit. „Der Claas Urban, der vor kurzem zu Tode geprügelt wurde? Der Claas Urban, dessen Fall du eigentlich hättest übernehmen sollen? Und deswegen unser Vorgesetzter sauer auf dich ist, da du die Ermittlungen in diesem Fall intensiviert hattest, anstatt dich um den Tod des Journalisten zu kümmern?"

Ich nickte.

Andreas blickte an die Decke. „Das Ganze könnte nun wirklich ein Zufall sein. Aber ich glaube nicht an Zufälle."

Ach, sieh an. Offenbar haben wir etwas gemeinsam.

„Dennoch sollten wir dem nachgehen und einen Zusammenhang herstellen." Andreas' Gesicht verzog sich zu einer schiefen Fratze. „Nur denke ich, dass wir es uns sparen können, deswegen bei Cornelius einzumarschieren, um Akteneinsicht im Fall Urban zu beantragen. Der ist mittlerweile so betriebsblind, seitdem er nur noch Aktenberge von links nach rechts schiebt."

Andreas hatte recht. Beim Oberkriminalbeamten würden wir vermutlich erneut auf taube Ohren stoßen. Wahrscheinlich reichte ihm diese Verkettung noch immer nicht aus, um einen deutlichen Zusammenhang zu sehen. Andreas Beschreibung war wirklich treffend. Cornelius war betriebsblind geworden.

Doch mir kam in diesem Moment ein Gedanke. Ich ärgerte mich, denn das hätte mir schon vor Stunden auffallen müssen. Eigentlich sogar gleich gestern, nachdem ich den Artikel gelesen hatte.

„Ich weiß, wie Urbans Artikel und unser Fall zusammenhängen."

Andreas sah mich mit fordernden Augen an. Sein Gesichtsausdruck verriet eine Mischung aus Skepsis und Neugierde.

„Jetzt bin ich gespannt", gab er von sich.

„Luci war Journalistin. Zwar keine sonderlich erfolgreiche. Sie durchlief ein Volontariat nach dem andern, dennoch hatte sie Kontakt zu anderen, etablierten Kollegen. Einer davon könnte Claas Urban gewesen sein."

Andreas' Stirn legte sich in Falten. Es dauerte eine gefühlte Ewigkeit, bevor er etwas erwiderte. „Angenommen, Luci hatte während ihrer Studienteilnahme herausgefunden, dass es da nicht mit rechten Dingen zugeht."

Ich führte seinen Gedanken fort: „Sie informiert Urban, der eine fette Story wittert. Die beiden beginnen mit der Recherche ..."

„... und die Urheber der Experimente bekommen davon Wind. Deshalb räumen sie beide aus dem Weg." Andreas nickte beinahe unmerklich, so als müsste er seine Worte bestätigen.

„Dann stellt sich die Frage, warum Marius Zimmermann ebenfalls sterben musste?"

„Ich vermute, dass die Täter auf Nummer sicher gehen wollten", gab Andreas unbeeindruckt von sich. „Eine andere Frage finde ich da wesentlich interessanter. Was ist mit Christian Nyberg? Wenn diese These stimmt, müssen wir aktuell davon ausgehen, dass auch er tot ist. Seine Leiche wurde bisher nicht gefunden."

23

Ob Luci und Urban zusammengearbeitet hatten, sollte sich über ihre Online-Kommunikation problemlos herausfinden lassen. Daher informierte ich Yaron und bat ihn, dies zu überprüfen. Seine verhaltene Antwort war, dass ich mich gedulden solle, da er sich zunächst um diese Nanochips kümmern wollte.

Während ich darüber nachdachte, wie ich schneller einen Beleg für die Zusammenarbeit von Luci und Claas Urban erhalten könnte, tauchte Andreas auf.

„Hier. Einige Infos zu Kenan Eroğlu."

Lapidar ließ er die Unterlagen über die Tischplatte gleiten, anstatt den Arm auszustrecken und mir die Papiere in die Hände zu drücken. Ich wusste nicht, ob er versuchte, lässig zu wirken oder dieses Verhalten lediglich ein Zeichen seiner Geringschätzung war. Daher quittierte ich die Handlung mit einem abschätzigen Blick und ergriff den Stapel Papiere. Während ich die Dokumente überflog, wurde ich parallel von Andreas eingeweiht.

„Kenan Eroğlu, 42. Stammt aus einer gut bürgerlichen Familie. Der Vater führte ein florierendes

Einzelhandelsunternehmen, die Mutter war Zahnärztin. Eroğlu selbst hat Biochemie und Bioinformatik studiert und das Studium mit guten Bewertungen abgeschlossen. Er selbst ist nicht verheiratet und hat keine Kinder."

„Soweit nichts Besonderes."

„Allerdings ist Eroğlu kein netter Kerl, wie die spießige Fassade den Anschein vermitteln mag."

Da mir Andreas alle Infos ohnehin mitteilte, musste ich mir nicht die Mühe machen, parallel alles selbst zu lesen. Ich legte den Stapel beiseite und signalisierte, dass er fortfahren sollte.

„Als Kind und Jugendlicher war Eroğlu mehrfach in therapeutischer Behandlung, da er einen Hang zur Tierquälerei hatte."

Ich blickte Andreas erstaunt an. „Beispiele?"

„Er hatte mit einer Nagelschusspistole, wie von Handwerkern verwendet wird, die Nachbarkatze getötet. Einen streunenden Hund attackierte er mit einem Messer und er vergiftete den Hamster einer Mitschülerin."

Ein Sadist durch und durch.

„Außerdem fiel er auch in der Schule öfter durch aggressives Verhalten auf. Einmal hat er bei einer Schulhofschlägerei einen anderen Schüler so schwer verletzt, dass dieser ins Krankenhaus musste. Eroğlu erhielt daraufhin einen Schulverweis."

„Gibt es auch Infos zu Kenan Eroğlu, die nicht aus seiner Kindheit stammen?"

„In der Tat, die gibt es. Obwohl er sein Studium mit guten Leistungen abgeschlossen hatte, geriet er während seiner Studienzeit immer wieder mit der Universität in Konflikt, da er mehrfach ethische Richtlinien der Forschung missachtete. Sein Hang zur Tierquälerei brachte ihn mehrfach in Schwierigkeit. Zu erwähnen ist außerdem, dass Eroğlu auch der Justiz nicht unbekannt und wegen Gewalt- und Drogendelikten vorbestraft ist." Andreas ließ sich auf einen Stuhl fallen, der vor dem Schreibtisch stand.

Intelligente, gut ausgebildete Menschen mit einem Hang zur Gewalt sind nicht zu unterschätzen. Kenan Eroğlu war definitiv kein einfältiger Schläger, sondern durch seine sadistische Neigung gepaart mit seiner fachlichen Expertise vielleicht genau der Richtige, um ein illegales Forschungslabor zu leiten.

„Also, wenn du mich fragst, ist Eroğlu ein Mann fürs Grobe, aber mit Nadelstreifenanzug", gab Andreas zu verstehen.

Mit einem zögerlichen Nicken stimmte ich ihm zu. Ich schnappte mir wieder den Stapel und blätterte zwischen den Papieren. „Gibt es Hinweise, wie Eroğlu in die Dienste der S.P.T. gelangt ist?"

„Nein. Aber ich bin mir sicher, dass es da kein klassisches Bewerbungsverfahren gab."

Diese Vermutung hatte ich auch, doch nun interessierte mich, ob Andreas seine Behauptung stützen konnte. „Wie kommst du zu dieser Überzeugung?"

Andreas griff nach einem Stück Papier, das sich nicht unter dem Stapel befand, den ich gerade in der Hand hielt.

„Eroğlu hat mehrere Zahlungen erhalten. In der Summe etwa 500.000 €. Alle wurden auf ein Konto in Luxemburg transferiert, das auf seinen Namen lief. Eroğlu selbst war in den letzten zwei Jahren mehrfach dort. Vermutlich hat er sich mit Bargeld eingedeckt, um keinen Verdacht durch auffällige Transaktionen zu erwecken. Und nun rate mal, wer diese Summen überwiesen hat?" Mit forderndem Gesichtsausdruck sah er mich an.

„Diese dubiose Vermögensverwaltung, die auch den Schaden bezahlte, der durch den Brand entstanden war?"

Andreas bestätigte mit einem subtilen Nicken meine Vermutung. Damit hatten wir nun einen Grund, einen Durchsuchungsbefehl sowohl für Eroğlus Wohnung als auch für seinen Arbeitsplatz anzufordern. Der Gedanke daran, deswegen wieder einmal bei Cornelius vorstellig zu werden, führte zu abrupten Bauchkrämpfen. Ich hatte keine Lust, mich erneut mit ihm anzulegen. Da kam mir ein weiterer Gedanke und ich sah Andreas kritisch an.

„Woher hast du eigentlich diese Auflistung mit den Transaktionen?"

„Aus seinem Büro", gab er zu verstehen, als wäre es das Selbstverständlichste der Welt.

Der Moment, als Lilja Schmitz das Büro kurz verlassen hatte. Da hatte Andreas dieses Dokument vermutlich eingesteckt.

„Das ist jetzt nicht wahr, oder? Du gefährdest die Ermittlungen. Wir hatten bis eben einen Grund, einen Durchsuchungsbeschluss zu beantragen. Das können wir jetzt vergessen."

„Na, dann sei doch froh darüber. Ich kann mir gut vorstellen, dass du nicht scharf auf eine erneute Schlammschlacht mit Cornelius warst."

Während ich mich über Andreas' Verhalten ärgerte, klingelte mein Smartphone. Genervt kramte ich es aus der Tasche, ohne auf das Display zu schauen.

Als mir eine entsetzlich vertraute Stimme im Ohr lag, verstärkte sich der Schmerz in der Magengegend. Ich begann zu zittern. Mein Vater war am Telefon.

„Liebes, bitte, hör mir zu. Ich muss mit dir reden, es ist ..."

„Kapier es endlich. Lass mich in Ruhe. Ich möchte nicht mit dir reden."

So unvermittelt, wie es mich aus meiner Gedankenwelt herausgerissen hatte, beendete ich das Gespräch. Ich stand kurz davor, die Beherrschung zu verlieren.

24 - Christian

Christian saß auf einem Untersuchungsstuhl, den er sonst nur vom Zahnarzt kannte. Obwohl er angenehm in die weichen Polster einsank, stand Christian unter Strom. Die bevorstehende Prozedur sorgte für genügend Anspannung. Selbst, als Dr. Kramer ihn dazu aufforderte, konnte er sich nicht entspannen. Er lag da, eingehüllt in eine Blase aus Licht, die an den Rändern in Dunkelheit ausfranste. Wände und Zimmerdecke konnte er nur grob erkennen. Christian hätte nicht einmal sagen können, ob sie gestrichen waren oder nur aus nacktem Beton bestanden. Obwohl direkt auf ihn gerichtet, blendete ihn das Licht nicht. Es fiel ihm schwer, einen bestimmten Punkt im Raum zu fixieren. Der Lichtkegel schickte seine Orientierung in die Pause und Christians Verstand ging auf Wanderschaft. Er ließ die vergangenen Tage Revue passieren.

Vor einer Woche hatten Luci, Marius und er sich in dem eisigen Besprechungsraum kennengelernt. Seither durchliefen sie einige medizinische Tests. Routineuntersuchungen, wie man ihnen versicherte.

Christian hatte nicht den Eindruck, dass irgendwelche abstrusen und sonderbaren Dinge untersucht wurden. Vitalfunktionen, Belastungs-EKG, Blut- und Urinprobe, all das Zeug, das vermutlich zu einem normalen Gesundheits-Check dazugehörte. Dr. Kramer attestierte Christian einen guten Gesundheitszustand, auch wenn sein Blutdruck ein wenig zu niedrig sei und ihm etwa drei Kilogramm zu seinem Idealgewicht fehlen würden. Eine Aussage, die in unseren Breiten wohl die allerwenigsten zu hören bekamen, dachte er sich. Aber Dr. Kramer hatte recht. Er war nicht hager, hatte aber gleichzeitig kaum Muskeln und nur wenig Körperfett. Das war nichts im Gegensatz zu damals. Auf dem Höhepunkt seiner Drogenkarriere wog er zwölf Kilo weniger. Daher war er auf einem guten Weg, wie er fand. Außerdem schien Luci das nicht zu stören. Sie zeigte ein aufrichtiges Interesse an ihm, was für ihn ungewohnt war. Ungewohnt, weil er dieses Gefühl, auf andere anziehend zu wirken, nicht kannte. Er erinnerte sich an seine erste und einzige Beziehung, die er vor einigen Jahren hatte. Stephanie hieß sie, eine Studentin aus Salt Lake City, die zum Studieren in Berlin war. Nach einem halben Jahr machte sie mit ihm Schluss. Christian erinnerte sich an das Gefühl der Leere, nachdem Stephanie nicht mehr Teil seines Lebens gewesen war. Dabei war er nicht einmal richtig in sie verliebt gewesen. Aber das Gefühl der Ablehnung, das war real. Es fühlte sich furchtbar an und führte dazu, dass er sich minderwertig vorkam.

Christian atmete schwer. Als sich Dr. Kramer vergewisserte, ob alles in Ordnung sei, antwortete er knapp, dass es ihm gut ginge. Luci tauchte wieder in seinen Gedanken auf. Am liebsten würde er den Rest seines Lebens mit ihr verbringen, auch wenn ihn das Gefühl beschlich, dass sie ihm etwas verheimlichte.

Schnell schob er diesen Zweifel beiseite. Vielleicht bildete er sich das auch nur ein. Oder sie benötigte einfach etwas Zeit, um vollends auch zu ihm Vertrauen aufzubauen.

„Herr Nyberg, ich wäre so weit. Sind sie bereit?"

Die Stimme von Dr. Kramer riss ihn aus seinen Gedanken und dem Bemühen, Lucis Verhalten keine übertriebene Aufmerksamkeit beizumessen. Dafür wurde die Stimme in seinem Inneren umso lauter, dass er hier einen Fehler machte.

Aber er hatte keine Wahl. Immerhin ging es um 25.000 €. Mit dem Geld wäre er auf der Stelle schuldenfrei und hätte sogar noch etwas übrig.

Das war ein mächtiges Argument. Eine Waffe, die er immer in Stellung brachte, wenn die Zweifel in den Tiefen seiner Eingeweide nach Aufmerksamkeit riefen. Zweifel, die er spürte, seitdem er hier war, aber nicht zuließ, da er nur diesen Ausweg sah.

Mit einem fast unmerklichen Nicken signalisierte er der Ärztin, dass es losgehen konnte. Ein letztes Mal wurde er darüber aufgeklärt, dass er das Präparat gemeinsam mit einem Betäubungsmittel verabreicht bekäme. Dass er höchstens für einen kurzen Moment leichte Schmerzen spüren würde und es möglich war, dass er für ein paar Minuten das Bewusstsein verlieren könnte.

Christians Herz schlug kräftiger, er wurde unruhig. Schlagartig stand sein ganzer Körper unter Strom. Es war so weit. Am liebsten wäre er aufgesprungen und davongelaufen. Er fühlte das Zucken in den Beinen, den Impuls, dem er nur nachgeben müsste. Dann würde er sich aus diesem Stuhl erheben, zur Tür heraus laufen und diesen beklemmenden Ort hinter sich lassen.

Doch bevor er diesen Gedanken zu Ende führen konnte, spürte er eine metallische Kühle an seinem

Hals, gefolgt von einer Woge aus Schmerz, die erst durch seinen Kopf ging und dann durch den restlichen Körper rollte. Schlagartig riss Christian Augen und Kiefer auf, sein Körper krampfte. Panik erfasste ihn, aber so schnell wie der Schmerz gekommen war, ebbte er wieder ab. Sein Körper entspannte sich augenblicklich und Christian dämmerte weg in eine warme, weiche Dunkelheit.

25

Yaron hatte erste Erkenntnisse zu den Nanochips gesammelt und am Nachmittag eine Besprechung angesetzt. Er trommelte das gesamte Team zusammen. Nachdem ich mich in der Büroküche mit einem Kaffee versorgt hatte, traf ich als Erste ein. Was mir recht war, denn so hatte ich noch einige Minuten für mich.

Das Besprechungszimmer versprühte den unaufgeregten Charme eines beliebigen Seminarraums, wie es sie millionenfach auf der Welt gab; zweckmäßig, monoton, austauschbar. Ich wählte einen Tisch an der Fensterfront, die sich gegenüber der Tür auf voller Breite erstreckte. Düsteres Herbstgrau flutete den Raum. Die aggressive Deckenbeleuchtung stemmte sich dagegen und schien die einzig wirksame Waffe dagegen zu sein. Das abstoßende Kunstlicht hier drinnen und die trübe Atmosphäre vor den Fenstern erweckten in mir die Sehnsucht nach Kerzenschein, Kaminfeuer und Frühlingssonne. Die Erinnerung an den Urlaub damals auf Amrum erwachte vor meinem geistigen Auge erneut zum Leben. Ich sah Marcel und

Luci, die am Strand herumalberten und sich gegenseitig Streiche spielten, so als wären sie kleine Kinder. Ich spürte die Sonne, die mein Gesicht wärmte und dem frischen Seewind die Stirn bot. Tausend kleine Lichtdiamanten funkelten auf den Prielen, die die abgeflossene Flut zurückgelassen hatte. Die Luft schmeckte nach salziger Frische. Unbeschwertheit und Leichtigkeit durchströmten meinen Körper. Als kurz darauf Mama starb, verdunkelte sich der Himmel. Der Wind wurde rauer, das Meer wild. Die Erinnerungen vermischten sich mit meiner tiefsitzenden Trauer.

Auf einmal waren Marcel und Luci verschwunden. Der Wind drückte haushohe Wellen an Land und wusch den ganzen Zauber einfach weg. Eine Stimme rief meinen Namen, sanft und dennoch mit Nachdruck, sodass sie das Pfeifen des Windes durchdringen konnte. Eine vertraute Stimme, in der Traurigkeit lag. Als ich mich umdrehte, blickte ich in die sehnsüchtigen Augen meines Vaters. Er sagte nichts, bewegte sich nicht. Stand einfach nur da und sah mich an. Nicht anklagend, nicht flehend, nicht fordernd. Einfach nur mit sehnsuchtserfülltem Blick. Mein Herz pochte heftig. Eine Welle der Traurigkeit erfasste mich, zerrte an mir. Der Brustkorb schnürte sich zusammen. Plötzlich fühlte ich mich im Zwiespalt zwischen Wut und Zuneigung. Als dürfte ich nicht beides empfinden und müsste mich für ein Gefühl entscheiden. Ein Riss schien durch mich hindurchzugehen. Mit aller Kraft versuchte ich die beiden Hälften zusammenzuhalten. Gleichzeitig schien mir die Welt zu entgleiten, in der ich mich eingerichtet hatte.

Zittrig streckte ich die Hand nach meinem Vater aus. Doch er verschwand geräuschlos und unwiederbringlich. Wie Rauch, der sich mit frischer Luft mischte, bis er sich vollkommen aufgelöst hatte. Eisige Tränen liefen mir über das Gesicht und ich hörte erneut meinen Namen, der aus einer anderen Richtung kam und nur erstickt und stumpf zu mir durchdrang.

„Tonja?" Eine Hand legte sich auf meine Schulter.

Andreas stand neben mir und hatte mich zurück in die Realität geholt. Es dauerte einen Moment, bis ich begriff, wo ich war. Dann wischte ich mir die Tränen aus dem Gesicht.

Mein Kollege sah mich mit kritischem Blick an. Seine Gesichtszüge waren unbeeindruckt und er wirkte nicht wirklich interessiert an meinem Gemütszustand. So, wie ich es von ihm erwartet hätte. Und dennoch bildete ich mir in meiner emotionalen Verwirrtheit ein, einen Hauch von Sorge in seinen Augen wahrzunehmen.

„Alles in Ordnung?" Er verzog keine Miene, während er mich das fragte.

Ein unsicheres Nicken war meine hilflose Antwort. Dabei war überhaupt nichts in Ordnung, schon seit langer Zeit nicht mehr.

26

Bevor die Anderen eintrafen, ging ich zur Toilette. Im Spiegel sah ich eine Frau, die in den letzten Tagen um Jahre gealtert war. Wäre es eine Fremde gewesen, hätte ich diese Person auf Ende vierzig geschätzt, aber niemals auf 35.

Ich spritzte mir kaltes Wasser ins Gesicht und versuchte, mich auf das Wesentliche zu konzentrieren. Die Ermittlungen waren gerade schwierig genug, einen emotionalen Zusammenbruch konnte ich mir nicht leisten.

Allerdings gab ich mir das Versprechen, nach Abschluss der Ermittlungen eine Auszeit zu nehmen. Ein trauriges Lächeln legte sich auf mein Gesicht. Als wüsste mein Unterbewusstsein jetzt schon, dass es eines dieser Versprechen war, denen niemals Taten folgen würden. Nachdem ich das Gesicht getrocknet hatte, ging ich zurück in den Besprechungsraum.

Dort warteten bereits Yaron und Tobias. Kurz nach mir kam auch Cornelius dazu. Einen Moment lang herrschte Unruhe im Zimmer, bis sich jeder für einen der Sitzplätze entschieden und Schreibzeug vor sich ausgebreitet hatte. Dann verstummte das Gerede und lediglich das Surren des Beamers und Regen, der gegen die Fensterscheiben prasselte, waren zu hören.

Tobias schaltete das grelle Deckenlicht aus. Nur der Schein des Beamers erhellte den Raum. Winzige Staubpartikel tanzten im Lichtkegel. Tobias warf das Foto des vergrößerten Chips an die Wand.

„Das ist ein Nanochip, den ich aus dem Gewebe der Toten Luci Ziegler entnommen habe. Dieser Chip befand sich im Bereich des Halses in einer der unteren Hautschichten. Wie Sie sehen, ist er sehr klein."

„Was bedeutet sehr klein?", wollte Cornelius wissen.

„Etwa ein zehntel Millimeter lang", kam prompt die Antwort.

„Es gibt Mikrochips, die so klein sind?"

„Ja. Das ist im Grunde auch nichts Besonderes. Chips dieser Größe werden vielfältig eingesetzt. Beispielsweise in der Forschung, wo sie genutzt werden, um das Verhalten von Insekten zu studieren."

„Sie sagen, Sie haben diesen Chip aus dem Gewebe der Toten entnommen. Wie kommt er dahin? Und vor allem: Wie konnten Sie ein so kleines Objekt aufspüren." Skepsis stand Cornelius ins Gesicht geschrieben.

In knappen Worten berichtete Tobias von der kaum sichtbaren Narbe am Hals, die sein Interesse geweckt hatte. Den Anwesenden zeigte er den Schatten auf dem Röntgenbild und erläuterte, welche Schlüsse er daraus gezogen hatte, woraufhin er das Gewebe der Toten aufgeschnitten hatte.

„Es ist mir gelungen, etwa 100 dieser Nanochips zu entnehmen. Alle an der Stelle, in der sie wahrscheinlich auch in den Körper eingetreten sind." Tobias griff nach einem Laserpointer und richtete ihn auf das Röntgenbild. Ein roter Punkt tanzte auf Höhe der Narbe.

„Leider war es mir nicht möglich, weitere Chips zu entnehmen. Dazu hätte ich die Tote unnötig entstellen müssen. Jedoch gehe ich davon aus, dass sich über 1.000 davon im Gewebe befinden."

Nach dieser Ankündigung war die Beklemmung im Raum spürbar. Auch Cornelius rutschte nervös auf dem Stuhl hin und her. „Warum so viele? Und welche Funktion haben diese Dinger?", wollte er wissen.

„Dazu kann Ihnen Herr Kaminski mehr sagen." Mit einem knappen Nicken übergab Tobias an Yaron und setzte sich auf einen der leeren Stühle.

Nur zögerlich erhob sich mein Trainingspartner und bester Freund von seinem Platz. Er wirkte angespannt und nervös. Keine lockeren Sprüche, kein Sarkasmus, kein Feixen. Schwerfällig schleppte er sich nach vorne. Was war hier los? Es dauerte eine gefühlte Ewigkeit, bis er vor der Leinwand ankam. Im Raum herrschte eine spannungsgeladene Stille. Alle Blicke folgten Yaron. Er atmete schwer aus. So, als müsste er einem geliebten Menschen eine schmerzhafte und unaussprechliche Wahrheit mitteilen. Was immer wir gleich zu hören bekommen würden, es schien ihn zu belasten.

„So etwas habe ich noch nie gesehen. Was immer es ist, das ist irgendeine Hightech-Entwicklung, wie man sie sonst nur in Science-Fiction-Filmen findet."

Offensichtlich begriff Yaron selbst nicht so ganz, worüber er uns gerade aufklären sollte. Er schien beunruhigt.

Cornelius wurde ungeduldig: „Geht es auch etwas genauer, Kaminski?"

Alle Blicke richteten sich strafend auf den Oberkriminalbeamten, der eine entschuldigende Geste machte. Dann fuhr Yaron mit seinen Ausführungen fort.

„Diese Technologie scheint ein Hybrid aus Nanochips und Nanobots zu sein. Nanochips haben die Aufgabe, Informationen bereitzustellen, zu verarbeiten oder zu speichern. Nanobots wiederum sind, einfach erklärt, kleine Maschinen, die einem fest definiertem Programm folgen. Solche Bots werden beispielsweise in der Medizin eingesetzt, um Körperwerte von Patienten ohne invasiven Eingriff zu liefern, gegen Gefäßerkrankungen vorzugehen oder um Schlaganfälle und Herzinfarkte zu verhindern. Die Technologie, mit der wir es hier zu tun haben, ist offensichtlich in der Lage, beides zu können. Diese Dinger folgen einem bestimmten Programm, können aber auch Informationen verarbeiten und abrufen."

„Was ist der Sinn dahinter? Warum sollte eine solche, neuartige Technologie in Menschen zu finden sein?" Cornelius wurde fordernder.

„Seit Jahren werden immer kleinere Chips entwickelt. Und im Zuge dessen auch Nanochip-Verbände, also eine große Anzahl dieser Chips, die untereinander kommunizieren und gemeinschaftlich interagieren. Da diese Chips nur die Größe von Staubkörnern haben, spricht man bei diesen Nanochip-Verbänden von Smart Dust, intelligenter Staub." Yaron ließ ein Bild an die Wand projizieren, das die Vergrößerung eines menschlichen Haares zeigte, umgeben von diesen Chips.

„Sie sehen, dass eine einzelne Einheit gerade so dick wie das Haar selbst ist. Die Überlegung hinter Smart Dust ist, die Körperwerte kranker Personen durchgehend und in Echtzeit überwachen zu können. Die Chips dienen vor allem dem Sammeln von Daten. Während das Konzept bei Menschen nach meiner Kenntnis nach wie vor hypothetisch ist, wird es in der Massentierhaltung bereits seit Jahren angewandt."

„Warum benötigt man davon so viele? Würden nicht wenige Chips ausreichen, um die Daten zu sammeln?" Andreas legte einen kritischen Tonfall an den Tag.

„Ich gehe nicht davon aus, dass es in diesem Fall um das bloße Sammeln von Daten geht. Die Chips haben eine andere Funktion, sind aber allein zu klein, um irgendeinen Einfluss auf den Wirt zu haben. Mir scheint, als würden sie wie ein Schwarm funktionieren und nur gemeinsam ihre Aufgabe erfüllen können."

Cornelius sprang von seinem Stuhl auf und war sichtlich ungehalten. „Meine Güte, Kaminski. Hören Sie auf mit diesem Eiertanz. Was in aller Welt ist diese Aufgabe?" Mit einer ausladenden Bewegung signalisierte er Yaron, endlich zum Punkt zu kommen.

Tatsächlich konnte ich den Unmut von Cornelius nachvollziehen. Auch ich wollte endlich wissen, womit wir es zu tun hatten. Die Stimmung im Raum war zum Zerreißen gespannt. Yaron starrte auf einen unbestimmten Punkt im Raum, dann atmete er schwer aus und straffte seine Schultern. Offenbar hatte er eine beunruhigende Mitteilung zu verkünden.

„Ich gehe davon aus, dass diese Chips in der Lage sind, ihren Wirt mental zu beeinflussen und zu kontrollieren. Daher vermute ich, dass Frau Ziegler durch diese Technologie zum Suizid gezwungen wurde."

27

Eine bedrohliche Stille erfüllte den Raum. Yarons Vermutung schlug ein wie eine Bombe. Mit schockiertem Gesichtsausdruck starrten ihn alle Anwesenden an. Dann kam allmählich Unruhe auf. Jeder begann, nach links und rechts zu blicken.

Cornelius fand als erster seine Sprache wieder. „Warum sollte jemand so etwas tun?"

„Man merkt, dass Sie seit Jahren nur noch in Ihrem Büro hocken, Cornelius. Die Frage ist doch nicht warum, sondern wer?", erwiderte Andreas.

„Ja", pflichtete ich meinem Kollegen bei. „Die Frage ist, wer eine solche Technologie entwickeln und einsetzen könnte. Interessenten gibt es genug. Militär, Geheimdienste. Machthaber totalitärer Regime."

„Mafia, geldgeile Technologiekonzerne, Terroristen", ergänzte Andreas die Liste.

„Aber wer ist in der Lage, eine solche Technologie zu entwickeln?" Tobias blickte fragend zu Yaron, der unwissend den Kopf schüttelt.

„Ehrlich gesagt, habe ich keine Ahnung. Diese Technologie ist für mich nicht einfach die logische

Konsequenz aus der bisherigen Entwicklung." Yaron rang nach Worten. „Das hier ist gefühlt Jahre voraus. Menschen mittels Chips im Körper zu überwachen, ist keine Kunst mehr. Diese Chips aber zu nutzen, um ihre Handlungen zu steuern, ist etwas vollkommen anderes."

„In Filmen sind für solche Dinge immer die Amis verantwortlich. Fragen wir doch bei denen mal nach." Andreas lehnte sich nach hinten und verschränkte die Arme vor der Brust.

„Mit dem Unterschied, dass das hier kein schlechter Science-Fiction-Film ist", entgegnete ich ihm. Mein Blick wanderte zu Tobias. „Wie sind diese Chips in Lucis Körper gelangt?"

„Ich vermute, mit einer Impfpistole, die per Druck-luft das Präparat ins Gewebe einbringt. Die finden ge-legentlich noch in der Tierhaltung Anwendung. Früher wurden Sie auch in der Humanmedizin genutzt. Im Vergleich zu normalen Spritzen gelten diese Impfpis-tolen aber als verhältnismäßig unhygienisch. Daher werden sie seit einigen Jahrzehnten, spätestens, seit-dem die Pocken ausgerottet wurden, nicht mehr am Menschen eingesetzt."

Während die anderen weiter darüber diskutierten, manifestierte sich vor meinem inneren Auge das Bild einer solchen Impfpistole. In Spionagefilmen bekamen Agenten damit immer irgendwelche Ortungschips unter die Haut geschossen. Ich glaubte, mich daran zu erinnern, dass es bei James Bond so war, damit M wusste, wo sich ihr Superagent gerade aufhielt und die Mission durch seinen hitzköpfigen Eigensinn nicht gefährden konnte. Dass eine ähnliche Technologie nun den Schritt in die Realität gemeistert hatte, ver-ursachte mir Gänsehaut.

„Ruhe!", rief Cornelius plötzlich laut aus und brachte die aufgewühlten Kollegen augenblicklich zum

Schweigen. „Bevor wir hier weitere Theorien erörtern, weise ich Sie darauf hin, dass ich von allen Anwesenden absolutes Stillschweigen über diese Angelegenheit erwarte." Er blickte mahnend in die Runde, so als würden ihm kleine Kinder gegenübersitzen. Dann räusperte er sich und fuhr fort: „Kaminski, bringen Sie mehr über die Funktionsweise und die exakte Programmierung dieser Chips in Erfahrung. Recherchieren Sie, wer in der Lage ist, so etwas herzustellen."

Yaron nickte beinahe unmerklich.

„Antholz, untersuchen Sie noch einmal den Leichnam der anderen Person, die mit Luci Ziegler an der Studie teilgenommen hat. Überprüfen Sie, ob auch bei ihm diese Chips zu finden sind."

„Die Leiche ist nicht hier im Haus. Ich habe die Überführung hierher bereits angefordert."

„Sehr gut."

Cornelius war gerade dabei, sich zu Andreas und mir zu drehen, da klingelte sein Telefon. Er nahm das Gespräch an und lauschte den Ausführungen. Falten machten sich auf seiner Stirn breit, er spitzte die Lippen. Dann beendete er das Telefonat und richtete seinen Blick auf Andreas und mich. In Cornelius Augen konnte ich lesen, dass die Ereignisse begannen, sich zu überschlagen. Dieser Tag hielt eine weitere unerfreuliche Überraschung bereit.

28

Die Straßen, noch nass von den letzten Schauern, spiegelten den Schein der untergehenden Sonne wider, während Andreas und ich auf dem schnellsten Weg und mit Blaulicht in Richtung Grunewald unterwegs waren.

Ein Spaziergänger hatte am späten Nachmittag eine Leiche gefunden. Offenbar handelte es sich bei dem Toten um den verschwundenen Kenan Eroğlu.

Während der Fahrt herrschte überwiegend Stille zwischen uns. Unbehagen machte sich breit und ich hatte das Gefühl, dass mir jemand im Nacken saß. Es fühlte sich an, als hätte sich die Bedrohung dieser erschreckenden Nanotechnologie in eine Person verwandelt, die unsichtbar auf der Rückbank saß.

Nach etwa 20 Minuten erreichten wir den Tatort. Mittlerweile war die Sonne verschwunden. Die Abenddämmerung wirkte zwischen den Bäumen düsterer als im Wohngebiet, durch das wir noch vor einer Minute gefahren waren. Als ich ausstieg, wehte mir feucht würzige Herbstluft entgegen. Ich stellte den Kragen meines Mantels hoch.

Der Tatort war nicht zu übersehen. Kollegen hatten das Gebiet weiträumig abgesperrt. Drei kräftige Strahler schlugen eine Bresche aus Licht in die diffuse Dunkelheit. Eine weiße Plane, die vermutlich den Leichnam bedeckte, bildete das Zentrum des Lichtkegels. Schaulustige drängten sich gegen das Absperrband und wurden von Beamten in Uniform wiederholt dazu aufgefordert, einen Schritt zurückzugehen, beiseite zu gehen oder gleich den Weg nach Hause anzutreten.

Nach kurzer Identifizierung gehörten wir zu den Auserwählten, die das Innere des Lichtdoms betreten durften, was einigen Passanten mit neugierigem Gemurmel kommentierten.

Ich verschaffte mir einen Überblick und inspizierte den Ort des Geschehens. Einige Nummerntafeln waren aufgestellt, doch außer der weißen Plane gab es sonst nichts Aufsehenerregendes. Eine Frau in meinem Alter kam auf mich zu. Sie trug einen weißen Overall und die schulterlangen Haare hatte sie zu einem Pferdeschwanz zusammengebunden. Ihr Gesichtsausdruck war geprägt von professioneller Gelassenheit. Ich kannte Fariba Taheri, da ich schon einige Male an einen Tatort gerufen wurde, an dem sie die Spurensicherung leitete. Fariba war persisch und bedeutete so viel wie anmutig oder schön. Und das war sie tatsächlich, selbst in diesem unwirklichen Kunstlicht und in diesem unvorteilhaft sitzenden Overall.

„Guten Abend, Frau Taheri. Das ist Andreas Schultheiß, mein Kollege."

„Da sind Sie ja. Bitte folgen Sie mir."

Die Leiterin der Spurensicherung ging zur Plane und zog sie weg. Der Leichnam eines Mittvierzigers kam zum Vorschein, auf dem Bauch liegend, mit nach rechts gedrehtem Kopf. Eine Wunde erstreckte sich von der Schläfe bis zum Hinterkopf.

„Ich gehe davon aus, dass er nicht an Ort und Stelle getötet wurde, sondern weiter vorne, am Wegesrand. Die Leiche wurde dann hierher geschleift." Sie deutete auf einige kaum sichtbare Spuren am Boden. „Die Schauer über den Tag haben viele Spuren verwischt. Es wird schwierig, den genauen Ort ausfindig zu machen"

„Todesursache und Zeitpunkt?"

Andreas bemühte sich nicht, in vollständigen Sätzen zu sprechen. Frau Taheri nickte und winkte einen weiteren Kollegen zu sich, der sich bisher mit anderen Beamten unterhalten hatte.

Der großgewachsene Mann kam mit schwerfälligem, leicht lahmendem Schritt auf uns zu. Er war ebenfalls ganz in Weiß gehüllt. Durch seinen ergrauten Drei-Tage-Bart schätzte ich ihn auf Mitte fünfzig. Tatortforensiker vermutete ich. Er stellte sich als Ludwig Weber vor. Ich war mir nicht sicher, ob er ein neuer Kollege war, oder wir einfach noch nie gemeinsam an einem Fall gearbeitet hatten.

„Einer der Polizisten, die als Erstes am Tatort waren, geht davon aus, dass es sich bei dem Toten um Kenan Eroğlu handelt. Er meinte, nach dem Mann würde gefahndet."

Ich bestätigte die Aussage mit einem kurzen Nicken.

„Der Todeszeitpunkt ist schwer festzustellen. Ich würde sagen, das war gestern am Nachmittag. Durch die Regenfälle des Tages kann ich das aber nur ungefähr angeben."

„Und wie wurde der Mann getötet?"

„Mehrere Schläge gegen den Schädel. Einer traf ihn seitlich am Kopf, vermutlich der Erste, zwei weitere dann auf den Hinterkopf." Weber kniete sich neben den Toten und zeigte auf die sichtbaren Spuren. „Da wollte jemand auf Nummer Sicher gehen. Es gibt keine Anzeichen für einen Kampf oder einen Fluchtversuch. Der Schlag seitlich auf den Schädel deutet auch darauf hin, dass das Opfer den Angriff nicht erwartet hatte. Dafür sprechen auch die fehlenden Abwehrspuren." Er deutete auf Kenans Hände.

„Das heißt, der Angriff erfolgte so unerwartet, dass das Opfer überhaupt keine Zeit hatte zu reagieren", schlussfolgerte ich. „Bleibt die Frage, ob sich Täter und Opfer kannten oder es sich um eine Zufallsbegegnung handelte?"

„An eine Zufallsbegegnung glaube ich nicht", erwiderte Andreas. „Wer schleicht schon im Wald herum, um irgendeine wildfremde Person zu erschlagen? Meiner Erfahrung nach hatte der Täter die Absicht, die Person zu töten."

„Täter und Opfer müssen sich gegenübergestanden haben, sonst ergeben die Verletzungen keinen Sinn", fügte Weber hinzu.

„Was könnte die Tatwaffe sein?", wollte ich wissen.

„Ein länglicher, runder Gegenstand wäre passend. Da wir im Wald sind, wäre ein großer Stock naheliegend."

„Vermutlich haben Sie aber bisher keinen passenden Stock gefunden?"

„Nein, und ehrlich gesagt, sollten wir auch nicht mehr Zeit als notwendig mit der Suche nach einem Ast verbringen. Ich schätze, dass die Tatwaffe massiver und nicht aus Holz war."

Meine Instinkte erwachten. Ein Gedanke geisterte durch mein Unterbewusstsein. Immer wenn ich davor war, diesen Gedanken zu greifen, entglitt er mir wieder. Als ich jedoch die Antwort des Tatortforensikers hörte, klärte sich mein Verstand und ich konnte ein weiteres Puzzleteil an der richtigen Stelle ablegen. Webers Worte halten in meinem Verstand nach. „Vermutlich wurde das Opfer mit einem Rohr oder einer Stange erschlagen."

29

Nachdem die Spurensicherung ihre Arbeit abgeschlossen hatte, wurde der Leichnam in die Gerichtsmedizin gebracht. Die Obduktion würde Tobias
durchführen. Die Wahrscheinlichkeit, dass dies über
das bevorstehende Wochenende geschehen würde,
war äußerst gering. Ich rechnete frühestens Montag-
nachmittag mit dem Obduktionsbericht sowie der
eindeutigen Identifizierung der Leiche. Andreas und
ich waren uns aber auch jetzt schon sicher, dass es sich
bei dem Toten um Eroğlu handelte. Größe, vermutetes
Alter, Haarfarbe passten zum Opfer. Außerdem wurde
Kenan Eroğlus Fahrzeug auf einem nahegelegenen
Parkplatz gefunden. Da es bereits von Herbstlaub und
kleinen Ästen bedeckt war, gingen wir davon aus, dass
der Wagen schon seit einigen Tagen dort stand. Weitere Hinweise zum Tathergang und zum Täter gab es
nicht, daher mussten wir zunächst die Ergebnisse der
Obduktion abwarten.

Den Samstagnachmittag nutzte ich für eine weitere
Runde schweißtreibendes Training mit Yaron. Glücklicherweise hielt er sich diesmal mit seinen Belehrungen

zurück und wir konnten uns voll und ganz auf das Sparring konzentrieren. Auch über die Ermittlungen sprachen wir kaum, worüber ich sehr froh war. So schaffte ich es, ein wenig Abstand zu den aktuellen Ereignissen zu gewinnen. Die Freude hielt jedoch nur kurz.

Als ich den Trainingsraum verließ, hatte die Dämmerung längst eingesetzt und hüllte die Stadt in ein diffuses Zwielicht. Das Auto hatte ich in einer Seitenstraße abgestellt, zu der es nur wenige Minuten Fußweg waren. Die Straßenbeleuchtung war nicht so intensiv wie auf der Hauptstraße. Eine Reihe hochgewachsener Platanen schirmten das restliche Licht zusätzlich ab. Kurz bevor ich den Wagen erreichte, spürte ich erneut ein Kribbeln im Nacken. Ich drehte mich, blickte in alle Richtungen. Doch niemand schien da zu sein. Die Straße war verlassen und ich die einzige Person, die sich hier aufhielt. Für einen Moment hielt ich inne, doch nichts passierte. Lediglich das Rascheln der Bäume und der Verkehrslärm von der Hauptstraße waren zu hören. Dennoch sagte mir der Instinkt, dass es besser wäre, von hier zu verschwinden. Bei dem Versuch, den Autoschlüssel aus der Tasche zu kramen, fiel mir dieser zu Boden. Ich schüttelte den Kopf über mein Missgeschick und hob den Schlüssel auf. Als ich die Autotür öffnen wollte, erkannte ich in der Scheibe der Fahrertür einen Schatten hinter mir. Bevor ich es begriff, spürte ich bereits den metallischen Gegenstand an meinem Hals. Blitzartig wirbelte ich herum, schlug dem Angreifer die Waffe aus der Hand und landete einen Treffer in der Magengruppe. Der Gegner krümmte sich zusammen, rammte mir dann aber mit aller Kraft seinen Kopf in den Bauch. Mit voller Wucht knallte ich gegen die Autotür und sackte zusammen. Dennoch gelang es mir, seinen Hinterkopf zu packen und ihm das Knie gegen das Kinn zu schleudern. Für einen Moment lag er leblos auf dem Boden, dann zog er mir ruckartig die Beine weg. Mit dem Kopf schlug ich gegen mein Auto und lag nun ebenfalls auf dem schmutzigen Asphalt. Der Gegner schnappte sich die Waffe und wollte sich gerade auf mich stürzen, als ich das mit einem reflexartigen Tritt in den Intimbereich verhindern konnte. Ein schmerzverzerrtes Stöhnen, dann trat er den Rückzug an und verschmolz mit dem diffusen Zwielicht. Während ich mich aufrappelte, wurde mir schwindelig. Alles drehte sich. Die Stelle am Kopf, mit der ich gegen das Auto gedonnert war, schmerzte höllisch. Dem Angreifer hinterherzulaufen, konnte ich vergessen.

30

Die Attacke stellte mich vor ein Rätsel. Weder erkannte ich den Angreifer, noch wurde ich aus seinen Absichten schlau. Wenn er vorhatte, mich zu töten, hätte er nicht so nah an mich herantreten müssen. Auch, dass er mir die Waffe an den Hals gedrückt hatte, war ungewöhnlich. Hatte hier jemand vor, mich auf anderem Weg auszuschalten? Irgendjemandem war ich im Weg. Aber wer könnte so etwas tun? Und wäre es für diese Person nicht sicherer, mich zu töten? Auf jeden Fall wertete ich den Angriff als Zeichen dafür, dass ich auf der richtigen Spur war. Vermutlich hätte mich diese Attacke einschüchtern sollen, aber ich verspürte keine Furcht. Trotzdem entschied ich mich, die Angelegenheit über das Wochenende ruhen zu lassen.

Außer ein paar blaue Flecken und einer Beule am Kopf trug ich keine Verletzungen davon, weshalb ich mich abermals mit Rudolph verabredete. Bei einem Stück Kuchen und heißem Kaffee hoffte ich auf ein wenig Zerstreuung. Erneut trafen wir uns in diesem hippen Lokal in Berlin-Mitte, das mit der minimalistischen Einrichtung und den eigenwilligen Porträts an den Wänden bestach. Heute war das Vox Populi jedoch nicht so stark besucht. Hatte es beim letzten Mal noch eine sonderbar pulsierende Dynamik, wirkte der Gastraum heute angenehm ruhig. Die Atmosphäre war wesentlich familiärer. Zwar war auch dieses Mal jeder Tisch belegt, aber mit weniger Gästen.

Sergej saß heute nicht am Nachbartisch, sondern ein paar Plätze weiter weg. Längst war ich daran gewöhnt, dass er fast überall dabei war. Lediglich bei Familienfeiern war er nicht anwesend. Ich wusste nicht viel über ihn, nur, dass er ein schlagkräftiger Kämpfer sein musste, ausgebildet im Thai-Boxen, in Karate oder in Kung-Fu. Ein Kampf gegen ihn stellte ich mir als echte Herausforderung vor. Nur allzu verständlich, dass Rudolph sich in seiner Gegenwart wohler fühlte. Vor allem, da die ethisch bedenkliche Impfkampagne ihn vermutlich zur Zielscheibe machte, sobald das Projekt erst einmal angelaufen ist und die Öffentlichkeit darauf aufmerksam werden würde. Personenschutz war nicht die schlechteste Entscheidung. Ich nahm diesen Gedankengang zum Anlass, Rudolph nochmals darauf anzusprechen.

„Ich habe nochmal darüber nachgedacht, dass ihr da unten einen nicht getesteten, experimentellen Impfstoff gegen den Willen der Einheimischen einsetzen wollt. Ich finde es nach wie vor nicht richtig."

Rudolph sah mich verständnisvoll an.

„Ja, das habe ich mir gedacht. Und das ist auch in Ordnung. Du hast alles Recht der Welt, deine eigene Meinung zu haben."

„Rudolph, es geht doch nicht um eine Meinung. Ihr zwingt die Menschen zu etwas, dass sie vielleicht gar nicht wollen. Und das Schlimmste daran ist, dass sie es noch nicht einmal wissen."

Seine Gesichtszüge verhärteten sich. „Es geht darum, dass etwas unternommen wird. Die Menschen in Mosambik, in Botswana, in Eswatini, in Simbabwe können es sich nicht leisten, darauf zu warten, dass irgendetwas passiert. Und von alleine schaffen es diese Länder nicht. Dazu wurden sie zu sehr ausgebeutet. Dort herrscht eine Armut, die du dir nicht vorstellen kannst. Zugang zu ärztlicher Versorgung gibt es nur für Reiche und denen, die bereit sind, diese anzunehmen, wenn es denn überhaupt eine Versorgung gibt." Rudolphs Gesicht fing an zu glühen vor Erregung.

Sein Enthusiasmus für dieses Projekt beeindruckte mich, dennoch hielt ich es für falsch.

„Du warst nicht dort, Tonja. Ich hingegen schon. Du machst dir überhaupt keine Vorstellungen. Es ist eine Sache, sich eine Dokumentation über das Elend in diesen Ländern anzuschauen, eine ganz andere, es selbst erlebt zu haben."

Mein Onkel legte einen für ihn unüblichen Eifer an den Tag. Ich hatte den Eindruck, er wollte mich unter allen Umständen von seiner Sichtweise überzeugen.

„Ich verstehe, dass dir das wichtig ist. Aber bitte verstehe auch, dass ich die Methode nicht in Ordnung finde. Es gibt Gründe, warum wir ethische Standards haben, warum es bei uns für fast alles eine Ethikkommission oder einen Ethikrat gibt, warum Menschen nicht zur Medikation gezwungen werden, sondern selbst entscheiden dürfen. Erinnere dich zurück an die Corona-Pandemie vor einigen Jahren. Wo wären wir ohne ethische Überlegungen gelandet? Was wäre passiert, wenn es tatsächlich eine Impfpflicht gegeben hätte. Und trotz der vielen Debatten und Überlegungen gab es mehr als genug Menschen, die gegen die Auflagen auf die Straße gegangen und den Verantwortlichen Betrug und Manipulation vorgeworfen haben."

Auch mein Gemüt erhitzte sich an dem Thema. Rudolph und ich waren auf Konfrontationskurs. Daher entschied ich mich für einen Trick. Ich wusste, welchen Wert Mama in ihrer Eigenschaft als Ärztin ethischen und moralischen Überlegungen beigemessen hatte. Ich hoffte, ihn daher auf diesem Wege zur Vernunft bringen zu können.

„Was hätte meine Mutter dazu gesagt, wenn sie das gewusst hätte?"

Rudolphs Gesichtszüge entspannten sich wieder. Er neigte den Kopf leicht zur Seite, ein mildes Lächeln legte sich auf seine Lippen. „Deine Mutter wusste es. Auch sie war anfänglich nicht erfreut von meinem Plan. Es hat mich viel Überzeugungsarbeit gekostet. Doch letztendlich hatte sie die Beweggründe verstanden und mich bis zu einem gewissen Grad auch unterstützt."

Ich starrte meinen Onkel mit aufgerissenen Augen und offenem Mund an. Hatte er gerade wirklich gesagt, dass Mama sein verrücktes Projekt unterstützt hatte? Ich wollte das nicht glauben.

„Tonja, ich verstehe, dass das für dich jetzt überraschend kommt. An diesem Projekt arbeite ich schon seit vielen Jahren. Geheimhaltung war wichtig. Darum, und weil du deine Mutter als Heilige glorifiziert hast, hatte sie nie mit dir darüber gesprochen. Ihr war bewusst, wie du sie wahrgenommen hast und sie wollte dein Bild von ihr nicht zerstören. Dennoch hatte sie verstanden, dass wir handeln müssen."

Energisch schüttelte ich den Kopf. Ich wollte nicht glauben, was ich gerade gehört hatte. Jahrelang hielt ich Mama für den gütigsten und gerechtesten Menschen der Welt. Immer war sie darauf bedacht, in ihrem Handeln die Interessen aller Beteiligten zu berücksichtigen. Für mich war sie die moralischste Person, die ich kannte, mit ethischen Prinzipien, die sie auch unter den unbequemsten Bedingungen nicht verraten hätte. Rudolphs Offenbarung war wie ein Schlag ins Gesicht. Alles, woran ich geglaubt hatte, wurde plötzlich infrage gestellt. Mit einem Mal wirkte das Café so klein, als würden die Wände näherkommen und mich jeden Moment erdrücken. Das Atmen fiel mir schwer. Nur noch weg von hier, das war mein einziger Gedanke. Gerade als ich mich erheben wollte, bemerkte ich, dass Rudolph jemanden hinter mir fixierte. Sein Gesichtsausdruck wurde augenblicklich milde. Ein Lächeln legte sich auf seine Lippen.

Mit Unbehagen folgte ich seinem Blick. Wut stieg in mir auf. Das konnte jetzt nicht wahr sein. Meine Eingeweide fühlten sich an wie in einen Schraubstock gespannt.

„Dein Vater hat mir erzählt, dass er dich neulich angerufen hat, aber du wieder nicht mit ihm sprechen wolltest. Daher hielt ich es für das Klügste, ihn hierher einzuladen."

Ich drehte mich zurück zu Rudolph und starrte ihn mit einer Mischung aus Entsetzen und Verachtung an. „Was soll das?", harschte ich ihn an. Ich machte keinen Hehl aus meiner Verärgerung.

„Tonja, du fehlst deinem Vater. Er ist sehr traurig darüber, dass du ihm aus dem Weg gehst."

Ich ignorierte Rudolphs tadelnden Blick. Hatte er wirklich geglaubt, er könnte heimlich ein Treffen mit meinem Vater in diesem Café arrangieren und mich zum Bleiben bewegen? Vor allem, nach dieser furchtbaren Enthüllung über meine Mutter?

Mein Vater hatte mittlerweile den Raum durchquert. Nun stand er vor mir. Ich starrte in das Gesicht eines gebrochenen Mannes. Die Augen lagen in dunklen Höhlen, die Wangenknochen traten deutlich hervor. Er wirkte ausgemergelt und schwach. Sein Anblick versetzte mir einen Stich in der Brust.

„Hallo, Tonja, schön dich zu sehen".

Seine Worte waren weich und wehmütig. Doch ich spürte die Zerrissenheit, die ich am Vortag schon vor der dienstlichen Besprechung empfunden hatte. Ich fühlte mich hilflos und kam mir vor wie ein kleines Kind, dass sich lauthals und wild gestikulierend Gehör verschaffen musste. Ich sprang auf und warf Rudolph einen eisigen Blick zu.

„Ich frage dich nochmal. Was soll das?"

„Es ist an der Zeit, dass ihr miteinander redet", erwiderte er unbeeindruckt.

Mein Vater ergriff das Wort: „Tonja, Liebes, bitte …"

„Nenn mich nicht Liebes", fiel ich ihm harsch ins Wort.

„Schluss jetzt", warf mir Rudolph ungewohnt scharf entgegen. „Es reicht. Setz dich wieder hin."

Unbeeindruckt von dieser ungewohnt harten Ausdrucksweise griff ich nach meiner Jacke und bereitete mich darauf vor, das Café zu verlassen.

„Du bist nicht mein Vater." Ich zeigte auf Rudolph, dann deutete ich auf meinen Vater. „Und du nicht mehr". Ich nahm einen tiefen Atemzug. „Es tut mir leid … dass du krank bist … und dass du vielleicht bald sterben wirst." Ich hielt die Hände schützend vor den Körper und versuchte, meinen Worten dadurch Ausdruck zu verleihen. Ich zitterte und es fiel mir schwer, gefasst zu bleiben. „Trotzdem kann ich nicht vergessen, was du mir angetan hast. Also lass mich einfach in Ruhe. Bitte."

Ich ging Richtung Ausgang und ließ Rudolph und meinen Vater hinter mir. Die beiden riefen mir noch einige unverständliche Wortfetzen hinterher, doch ihre Bedeutung kamen nicht bei mir an. Ich spürte, wie mir die Zornesröte ins Gesicht stieg. Im Inneren wusste ich, dass ich meinen Vater hätte nicht stehen lassen und ihm wenigstens fünf Minuten zuhören sollen. Es wäre das wahrscheinlich einzig richtige gewesen. Doch ich konnte einfach nicht. Ich wollte nur noch weg, alleine sein mit dem Schmerz, der Verzweiflung, der Wut.

31

Am nächsten Tag hatte ich mich etwas beruhigt. Wut und Enttäuschung waren einer tonnenschweren und dennoch nicht greifbaren Traurigkeit gewichen. Ich hätte nicht sagen können, was mich eigentlich so traurig machte: dass ich mich von Rudolph hintergangen fühlte, dass ich so unvermittelt mit meinem Vater konfrontiert wurde oder die erschreckende Erkenntnis, dass meine Mutter nicht die Heilige war, für die ich sie immer gehalten hatte. Sehnsucht nach einem anderen Ort und einer anderen Zeit ergriff von mir Besitz. Der Wunsch, mich in Abenteuer zu stürzen, das Hier und Jetzt hinter mir zu lassen und in die fremde Ferne einzutauchen. Freiheit zu spüren, alle Ängste und Sorgen abzustreifen und ein neues Leben zu beginnen. Das Fernweh zog förmlich an mir, als müsste ich mit Gewalt aus diesem Leben gerettet werden. Doch ich kannte mich zu gut und wusste, dass dieses Gefühl nur der getarnte Wunsch war, davonzulaufen. Jahrelang hatte ich mich der Wut nicht stellen wollen, obwohl sie immer spürbar war. Wut über den Verlust meiner Mutter.

Wut auf meinen Vater, Wut auf Marcel, weil ich mich auch durch ihn im Stich gelassen fühlte. Eine Ansammlung von Enttäuschungen. Einzig Onkel Rudolph schien zu mir zu halten. Doch nun war ich auch von ihm enttäuscht.

Rudolph hatte seit gestern Mittag mehrfach versucht, mich anzurufen. Doch ich nahm die Gespräche nicht an. Ich wollte alleine sein und einen Weg finden, mit meinen Gefühlen klarzukommen. Was üblicherweise bedeutete, dass ich sie von mir wegschob und sie verdrängte. Bis auch sie nur noch ein Teil der Wut waren, die ich seit Jahren mit mir herumtrug und die ich mir nicht eingestehen wollte. Stattdessen ertappte ich mich immer häufiger dabei, wie ich mich im Selbstmitleid suhlte. Nicht mehr lange und ich würde mich wie eine dieser Personen anhören, die sich fortwährend darüber beklagten, wie schlimm doch alles sei und wie ungerecht sie behandelt werden würden. Auf keinen Fall wollte ich aber eine dieser dauernörgelnden Jammertanten werden.

Mir kam die Idee. Ich gab mir einen Ruck und richtete mich auf. Ein schweißtreibendes Training würde mich auf andere Gedanken bringen. Gerade, als ich dabei war, die Wohnung zu verlassen, klingelte mein Smartphone. Tobias rief an, was mich überraschte.

Er erklärte mir in kurzen Worten, dass es sich bei dem Toten wie vermutet um Kenan Eroğlu handelte. Als Todesursache gab er mehrere Schläge gegen den Kopf mit einem schweren Gegenstand an. Als mögliche Tatwaffe nannte er eine Metallstange und bestätigte die Einschätzungen des Tatortforensikers. Die bisherigen Vermutungen hatten sich also bewahrheitet. Immerhin hatten wir nun einen Grund, Eroğlus Büro sowie seine Wohnung zu durchsuchen.

Auf meine Nachfrage bestätigte mir Tobias, dass Claas Urban ebenfalls mit einem solchen Gegenstand erschlagen wurde. Dieser Gedanke kam mir bereits am Tatort, nachdem der Forensiker vor Ort ein solches Objekt als Tatwaffe vermutet hatte. Das war die Bestätigung, auf die ich gewartet hatte, denn alles, was ich über den Angriff auf Urban wusste, hatte ich entweder aus den Nachrichten entnommen oder es waren bruchstückhafte Informationen, die im Kollegenkreis die Runde machten.

Zwar wollte mir noch nicht einleuchten, wie die beiden Morde zusammenpassten, aber es war nur eine Frage der Zeit, bis ich das herausfinden würde. Der Zusammenhang war mittlerweile nicht mehr zu übersehen. Urban berichtete über die Forschungseinrichtung, für die Eroğlu tätig war. Beide wurden mutmaßlich mit derselben Waffe getötet.

Tobias hatte noch eine weitere Neuigkeit für mich. Das Ergebnis der Blutuntersuchung lag ihm nun endlich vor. Wie ich erwartet hatte, stand Luci nicht unter dem Einfluss von Drogen, Medikamenten und Alkohol. Aber das war nicht alles, was er zu berichten hatte.

„Die Blutuntersuchung ergab, dass Luci Ziegler krank war. Das alleine wäre durchaus tragisch, aber nicht weiter auffällig. Ich habe mir aber die Mühe gemacht, Frau Zieglers Blutergebnisse mit denen von Marius Zimmermann zu vergleichen. Und tatsächlich fand ich eine Auffälligkeit. Auch in Zimmermanns Blut wurde dieser Krankheitserreger nachgewiesen", hörte ich seine Stimme durch das Smartphone.

Mein Magen zog sich zusammen.

„Welcher Krankheitserreger?"

32

Tobias hatte mir zugesichert, Eroğlus Autopsiebericht sowie die Laborergebnisse von Lucis und Marius Zimmermanns Blutproben in den nächsten zehn Minuten auf meinen Schreibtisch zu legen. Anstatt ins Training fuhr ich also aufs Revier. Von unterwegs rief ich Andreas an, um ihm die neusten Infos mitzuteilen, erreichte ihn jedoch nicht. Ich hinterließ eine Sprachnachricht auf seiner Mailbox.

Danach schaltete ich das Autoradio ein und fand einen Sender, der Rockmusik aus den 1990ern spielte. Nirvana, Pearl Jam und Soundgarden bildeten den Soundtrack der Fahrt durch die abendliche Stadt. Ich fühlte mich in meine Kindheit zurückversetzt. Ein warmes Kribbeln erfüllte mich, Wehmut ergriff von mir Besitz. Unser Garten, mit dem großen, alten Walnussbaum, tauchte in meiner Erinnerung auf. Mein Vater hatte eine Schaukel an einen starken Ast gehängt. Immer wieder bettelte ich darum, dass er mich anschubste, um höher und höher zu kommen, da ich es alleine nicht geschafft hätte. Nachdem ich ihm minutenlang damit in den Ohren gelegen hatte, gab er

irgendwann erschöpft, aber mit einem verständnis-
vollen Lächeln auf den Lippen, nach. Mama lachte
und meinte nur: „Tja, Schatz. Unsere Tochter hat dich
halt im Griff." Ertappt grinste er, gab meiner Mutter
einen Kuss und half mir wenige Augenblicke später,
mich in die luftigsten Höhen zu schwingen. Wahrscheinlich war ich das glücklichste Mädchen der Straße.
Heute hatte ich den Eindruck, dass mir nur die Erinnerung an eine bessere Zeit geblieben war.

Eine Viertelstunde später erreichte ich das Revier,
das verlassen da lag. Nur aus wenigen Fenstern stemmte
sich Licht gegen die Dunkelheit, die Berlin mittlerweile
umschlossen hatte. Ich betrat das Gebäude und außer
der Wache im Eingangsbereich traf ich auf keine weiteren Kollegen.

Das Gebäude war auf eigenartige Weise stumm.
Wo sonst der Klang der Arbeit zu hören war, herrschte
nun befremdliche Stille. Auf dem Weg zum Schreibtisch kam ich an Andreas' Arbeitsplatz vorbei. Eigentlich wollte ich einfach weitergehen, um den Autopsiebericht zu holen, der vermutlich bereits auf dem
Schreibtisch lag. Doch irgendetwas zog mich auf un-
erklärliche Weise zu Andreas' Arbeitsplatz. Während
der Flur hell erleuchtet war, lag sein Platz im Dunkeln.
Dennoch strömte genug Licht durch die offene Tür,
sodass ich alles problemlos erkennen konnte. Computer und Monitor, eine Schreibtischlampe sowie eine
Ansammlung an Tassen und Gläsern. Eine Ladung von
Unterlagen, die unordentlich über den Schreibtisch
verteilt lagen, vervollständigten das Gesamtbild. Seine
Nachlässigkeit in Bezug auf sein Äußeres spiegelte sich
hier deutlich wider. Ich schüttelte den Kopf und wollte
gerade wieder gehen, als etwas im schwachen Licht
meine Aufmerksamkeit erregte. Zwischen all dem
Chaos entdeckte ich die Ecke eines Fotos. Vorsichtig
zog ich es hervor, schaltete die Schreibtischlampe an

und betrachtete die Aufnahme. Es zeigte drei Personen. Eine Frau, einen Jungen von vielleicht vier Jahren sowie einen Mann Ende dreißig. Er sah aus wie ein Fremder, wie der glückliche Zwillingsbruder, von deren Existenz niemand wusste. Haare und Bart waren gepflegt. Der Körper wirkte gesund und sportlich. Aus seinen Augen strahlten so viel Liebe, Freude und Erfüllung. Als hätte er den Schlüssel zum perfekten Leben gefunden und würde es in vollen Zügen auskosten. Der kleine Junge saß auf Andreas' Arm und lehnte sich an dessen Schulter. Auf seinem Gesicht lag ein freches Grinsen, so als würde er die Kamera herausfordern wollen, immer in der Gewissheit, dass ihm durch Papas schützenden Arm nichts passieren könnte. Ich nahm zumindest an, dass Andreas der Vater des kleinen Jungen war. Auch wenn ich nie davon gehört hatte, dass mein Kollege Vater war, so verströmte dieses Bild eine Innigkeit, dass es gar nicht anders sein konnte. Die Frau wirkte ebenfalls glücklich. Andreas hatte den anderen Arm um ihre Taille gelegt.

Das Foto war offensichtlich schon einige Jahre alt. Es war abgegriffen, stumpf und an einigen Stellen eingerissen. Dennoch versprühte es nach wie vor pure Lebensfreude.

Mir wollte es nicht so recht gelingen, in dem Mann auf dem Foto meinem Kollegen zu erkennen. Ich kannte Andreas nur als mürrischen, zynischen Rüpel. Weder wusste ich, ob er verheiratet war, noch, ob er Kinder hatte. Wenn das Bild tatsächlich ihn mit seiner Familie zeigte, musste etwas Schreckliches geschehen sein. Etwas, dass ihn zu dem Menschen gemacht hatte, der er heute war.

Während ich noch auf das Erinnerungsstück starrte und die beiden Versionen von Andreas in Einklang zu bringen versuchte, riss mir eine kräftige Hand das Foto aus den Fingern. Ein Schreck durchfuhr mich.

Verärgert musterte mich Andreas. „Was machst du hier? Wieso durchwühlst du meine Sachen?"

Die Stimme war laut und aggressiv. Ich fühlte mich wie ein kleines Mädchen, das heimlich beim Rauchen erwischt wurde und nun die Standpauke ihres Lebens kassieren würde.

„Entschuldige, Andreas, ich wollte nicht ..."

„Was du wolltest, interessiert mich nicht. Halt dich aus meinen Angelegenheiten raus."

Dann steckte er das Foto in seine Jackentasche. Mit zornigen Augen fixierte er mich, während er sich langsam umdrehte und das Büro so unvermittelt und geräuschlos verließ, wie er es betreten hatte.

Ganz offensichtlich war ich nicht die einzige Person mit einer schmerzhaften Familiengeschichte.

33

Ich hatte davon abgesehen, Andreas hinterherzulaufen. Das empfand ich als noch unangebrachter als das Eindringen in seine Privatsphäre. Daher suchte ich am nächsten Tag das Gespräch mit ihm.

Er saß an seinem chaotischen Schreibtisch, zurückgelehnt im Bürostuhl und hatte die Füße auf der Tischplatte abgelegt. Eine Unart, wie ich empfand, verkniff mir jedoch jeglichen Kommentar. Gerade ich war aktuell nicht in der Position, um den erhobenen Zeigefinger zu schwingen. Als ich mich seinem Arbeitsplatz näherte, blätterte er in einigen Unterlagen und ignorierte mich bewusst. Die Luft im Raum war spannungsgeladen. Mein Herzschlag wurde kräftiger. Am liebsten wäre ich einfach wieder gegangen, aber ich wollte das jetzt geklärt haben. Es war eine Sache, einem Rüpel die Meinung zu sagen, eine andere, mich für mein Fehlverhalten am Vorabend zu entschuldigen.

Eine Erklärung dafür, warum ich das Foto zwischen den Dokumenten hervorgezogen hatte, fand ich keine. Vielleicht war es kriminalistische Neugier oder Instinkt.

Auf jeden Fall war dieses Verhalten eine Grenzüberschreitung.

„Hey Andreas", die Unsicherheit in meiner Stimme tat mir in den Ohren weh, „wegen gestern Abend ..."

„Ich war so frei, mir Eroğlus Autopsiebericht zu nehmen. Nachdem du meine Sachen durchwühlt hast, hast du sicherlich nichts dagegen."

Seine Worte klangen unaufgeregt und desinteressiert.

„Es tut mir leid, Andreas. Das hätte nicht tun sollen. Ich weiß auch nicht, warum ich ..."

Andreas schleuderte die Dokumente auf den Schreibtisch, nahm die Füße herunter und richtete sich in seinem Bürostuhl auf. Die Arme vor der Brust verschränkt, musterte er mich mit einem undurchdringlichen Blick, bevor er auf die Entschuldigung reagierte.

„Lass gut sein, Tonja."

Ich atmete kräftig durch, straffte mich und ergänzte meine vorherige Aussage. „Wenn du mal jemanden brauchst, mit dem du reden möchtest ..."

Sagte ich das gerade wirklich? Meine eigenen Worte überraschten mich.

„Vergiss es, Tonja. Kümmere dich um deine eigenen Familienangelegenheiten." In seiner Stimme lag Verbitterung. „Vor allem, solange du noch eine Familie hast."

Das saß. Er spielte auf die Situation mit meinem Vater an. Andreas hatte dessen erfolglose Anrufe mehrfach mitbekommen. Außerdem war ich mir sicher, dass das Verhältnis zu meinem Vater im Kollegenkreis die Runde gemacht hatte und so auch irgendwann an Andreas' Ohren gedrungen war.

Letztlich hatte er recht. Ich hatte genug eigene unerledigte Aufgaben vor der Tür. Mir herauszunehmen, ich könnte die Seelsorge für ihn spielen, war mehr als anmaßend. Für den Moment sah ich das Thema als beendet an.

Am späten Vormittag betraten Andreas und ich erneut Eroğlus Büro. Diesmal mit einem Durchsuchungsbeschluss, den wir bei Cornelius angefordert hatten und den er ohne großes Drama in kürzester Zeit vom zuständigen Richter erhalten hatte. Andreas marschierte unvermittelt in Eroğlus Büro und begann, die Unterlagen aus Regalen und Schränken ans Tageslicht zu befördern und für den Abtransport vorzubereiten. In aller Ruhe räumte er Ordner und Sammelmappen, Schnellhefter und Notizbücher zusammen.

Lilja Schmitz protestierte. Sie sah noch erschöpfter aus als beim letzten Mal. Seither musste sich die Situation in dieser Firma dramatisch verschlechtert haben.

„Was machen Sie da? Sie haben kein Recht dazu, hier einfach herumzuschnüffeln."

Hysterie lag in ihrer Stimme. Sie war schrill und bildete einen gnadenlosen Kontrast zu ihrem erschöpften Auftreten.

„Wir haben das Recht. Lesen Sie selbst."

Ich streckte ihr den Durchsuchungsbeschluss entgegen, den sie mit einer Mischung aus Ehrfurcht und Ignoranz musterte. Dann sah sie mich mit giftigem Blick an.

„Sie haben mich beim letzten Mal angelogen", keifte sie in meine Richtung ohne den richterlichen Beschluss weiter zu beachten.

„Sie hatten kein Recht, in Herrn Eroğlus Unterlagen zu wühlen."

„Nein?"

Andreas hörte auf, Akten zusammenzutragen und taxierte sie mit ernsthaftem Gesichtsausdruck. „Da Sie es ja noch nicht mitbekommen haben: Kenan Eroğlu ist tot. Er wurde ermordet. Daher schlage ich vor, Sie lassen uns unsere Arbeit machen. Sonst ist das Widerstand gegen die Staatsgewalt, wodurch Sie sich verdächtig machen, Frau Schmitz."

Ihr wich die Farbe aus dem Gesicht. Die aufgerissenen Augen verrieten das Entsetzen. Was immer sie erwartet hatte, darauf war sie nicht vorbereitet. Für einen Moment erstarrte sie zur Salzsäule, dann schlich sie wie ein paralysierter Zombie aus dem Büro.

Mir tat sie ein wenig leid. Sicherlich hatte sie nicht damit gerechnet, solche verstörenden Neuigkeiten zu erhalten. Gleichzeitig amüsierte ich mich darüber, wie Andreas Eroğlus Sekretärin abserviert hatte. Taktlos und ohne Einfühlungsvermögen. Noch dazu total übertrieben. Ihren hysterischen Protest konnte man nun wirklich nicht als Widerstand gegen die Staatsgewalt bezeichnen. Dennoch fand ich die Show, zu meinem eigenen Erstaunen, recht unterhaltsam, auch wenn mir nicht klar war, wieso.

34 - Christian

Zwischen parkenden Autos und großgewachsen Platanen hatte Christian Stellung bezogen und wartete geduldig auf die Rückkehr seiner Zielperson. Ein Schauer ging über die Stadt nieder, doch er störte sich nicht daran. Zu sehr war er damit beschäftigt, gegen sich selbst anzukämpfen. Er befand sich im Zwiespalt. Niemals wollte er so etwas Furchtbares tun. In seinem Leben hatte Christian viel Scheiße erlebt. Der frühe Tod der Eltern, das abgebrochene Studium, seine Sucht. Aber er war kein schlechter Mensch. Doch wer würde ihm das schon glauben? Die Polizei sicher nicht. Er konnte sich vorstellen, wie die Beamten ihn mit verachtungsvollen Blicken ansehen würden und zu ihm sagten: „Hey, Junge, du hast zwei Menschen getötet. Erzähl uns nicht, dass du ein guter Mensch bist. Du bist wertloser Dreck. Wir sorgen dafür, dass du im Gefängnis verrotten wirst."

Niemand würde ihm glauben, wenn er von den Stimmen in seinem Kopf erzählte. Sie würden ihn nur für einen Wahnsinnigen halten. Ein Irrer, der wahllos Leute ermordete. Christian könnte es niemandem verdenken. Steckte er nicht mittendrin in diesem Schlamassel, er würde es selbst nicht glauben. Was könnte er auch zu seiner Verteidigung vorbringen? „Hey, ich habe an einem Experiment teilgenommen. Seither höre ich Stimmen und erschlage Menschen."

Auf der anderen Straßenseite tauchte eine Person auf. Nach wenigen Sekunden stand fest, dass es sich um die Zielperson handelte. Trotz des Schirms und der Mütze, die sie trug. Während er sie weiter beobachtete, beschleunigte sich sein Herzschlag. Sein Griff um die Stange wurde fester, sodass seine Finger anfingen, zu schmerzen.

Die Frau ging durch das Gartentor und blieb vor der Haustür stehen. Sie schüttelte ihren Schirm, bevor sie ihn zusammenfaltete. Einen Augenblick später war sie im Haus verschwunden.

Christian blieb noch ein paar Minuten stehen. Dann verwandelte sich seine Nervosität in Anspannung. Der Körper schüttete Adrenalin aus. Sein Körper setzte sich ohne sein Zutun in Bewegung. Christian befand sich in einer Art Zombiemodus und machte sich auf den Weg zu Opfer Nummer drei.

35

Zur Mittagszeit hatten wir alle Unterlagen aus Eroğlus Büro aufs Revier gebracht und wühlten uns durch Berge von Papier. Es schien nicht so, als würden wir etwas Brauchbares finden und ich befürchtete schon, dass wir in eine Sackgasse geraten waren.

Ein dünner Schnellhefter erregte schließlich meine Aufmerksamkeit. Er enthielt einige handschriftliche Protokolle und Notizen, die ohne die Hilfe eines Experten, eines Grafologen, kaum zu entziffern waren. Die Schrift war fließend, geschwungen. Die Buchstaben verschmolzen zu runden Linien. Sie lagen beinahe in der Horizontalen und sahen aus wie Gras, das vom Wind zu Boden gedrückt wurde. Eine Notiz jedoch war klar und deutlich lesbar. Sie musste von jemand anderem geschrieben worden sein.

Proband 63 negativ. Keine Erreger. JK

Ich streckte Andreas die Notiz entgegen. „Hier haben wir unsere Spur.“

Seine Augen wanderten über den kryptischen Text: „Gut möglich. Aber was bedeutet das?"

„Wenn es mit der Studie zusammenhängt, dann vermute ich, dass es nicht die erste Versuchsreihe war. Dafür spricht die Zahl 63."

„Du meinst, die hatten mehrere?" Andreas zog die Luft durch seine Nase und ließ den Blick über die Decke wandern.

„Genau das. Was, wenn dahinter ein System steckt? Die Forschung wird immer nur in kleinstem Rahmen durchgeführt. Nachdem eine Reihe getestet wurde, lässt man alle Beweise verschwinden, wechselt den Ort und macht dort mit der nächsten Versuchsreihe weiter."

„Tonja, das klingt so absurd, dass direkt etwas dran sein könnte. Außerdem gibt es in Berlin und im Umland genug leerstehende Gebäude, um sich zurückzuziehen." Andreas rieb sich die Nasenflügel. „Aber was bedeutet das Ganze? Wer ist Proband 63? Was bedeutet negativ in diesem Zusammenhang? Welche Erreger? Und wofür steht JK?"

Berechtigte Fragen. In Andreas Gesicht konnte ich lesen, dass er am liebsten auf alle gleichzeitig eine Antwort finden wollte. Ich atmete tief durch und versuchte, mir einen Reim darauf zu machen. Mit geschlossenen Augen ließ ich die Information auf mich wirken, dann kam mir eine Idee. „Als mir Tobias gestern mitgeteilt hatte, dass Eroğlus Autopsiebericht vorliegt, haben wir noch über etwas anderes gesprochen. Er hatte aus dem Labor die Ergebnisse von Lucis Blutproben erhalten."

„Nun bin ich gespannt, was jetzt kommt."

„Die Laboruntersuchung hat ergeben, dass Luci HIV-positiv war. Und sie war nicht die einzige. Auch Marius Zimmermann trug das Virus in sich."

Erstaunte Gesichtszüge bei Andreas: „Das bedeutet, dass diese Infektion irgendetwas mit dieser Studie zu tun hat. Ansonsten würde der Hinweis, dass Proband 63 negativ ist, keinen Sinn ergeben."

Er hatte recht. Aber warum war das für eine Studie von Bedeutung, in der die Probanden Nanochips gespritzt bekamen? Welche Verbindung gab es zwischen diesem Virus und den Nano-Verbänden, die den harmlosen Namen Smart Dust trugen?

Die Antworten auf diese Fragen wollten sich einfach nicht zeigen. Dafür hatte ich plötzlich einen Geistesblitz und schaute zu Andreas.

„Wir konnten doch einige von Lucis Chatverläufen überprüfen."

Andreas sah mich fragend an.

„Mit Marius hatte sie doch über die Studie gesprochen und sich darüber beklagt, wie langweilig es in der Einrichtung war, und dass sie immer nur die Kramer zu Gesicht bekämen."

In seinem ruhelosen Blick spiegelte sich die Anstrengung wider, die Andreas' Verstand auf Touren brachte. „JK. So wie Julia, Jessica oder Johanna Kramer?"

Der Groschen war gefallen.

„Dann lass uns direkt nachschauen, ob wir eine Person finden, die infrage kommt. Suchen wir unsere Zeugin."

Nach einigen Suchläufen in der Datenbank der Polizei konnten wir die Zahl relevanter Personen auf sieben eingrenzen. Eine dieser Frauen erweckte ein besonderes Interesse. Judith Kramer war Ende 50 und Ärztin. Wie Eroğlu war auch sie bereits mit der Justiz in Konflikt geraten. Während ihrer Tätigkeit in der Arzneimittelforschung fälschte sie mehrfach Testergebnisse, um die Zulassung eines Medikaments zu beschleunigen. Dafür hatte sie von einem führenden Pharma-Unternehmen hohe Zahlungen erhalten. Diese lagen bereits über zwanzig Jahre zurück und seither war sie nicht weiter auffällig geworden. Dennoch war Judith Kramer für uns die Person, der wir als Erstes einen Besuch abstatteten. Ihre Anschrift zu ermitteln war ein Leichtes, also setzten wir uns direkt in Bewegung und fuhren zu ihrem Haus in Steglitz.

Wir erreichten ihr Haus gegen halb sechs. Obwohl das Gebäude großzügig und geräumig aussah, wirkte der Betonwürfel aus den 1960ern etwas verloren zwischen den prächtigen Jugendstilbauten, die in der Nachbarschaft standen. Dr. Kramers Anwesen war in Dunkelheit gehüllt, das Gebäude wirkte verlassen und trostlos. Lediglich eine schwache Außenleuchte trotzte der sich ausbreitenden Finsternis.

Vielleicht war sie überhaupt nicht zu Hause, dachte ich. Wir positionierten uns vor der Eingangstür. Dunkles Holz, in dem eine große, Scheibe eingelassen war. Das aufgeraute Glas ließ keinen Blick in das Innere zu. Trotzdem konnte man irgendwo in der tiefen Dunkelheit ein schwaches Licht erkennen. Ich klingelte, ohne dass etwas passierte. Auch auf den zweiten Versuch gab es keine Reaktion. Zusätzlich klopfte Andreas kräftig an die Tür. Doch alles blieb ruhig.

Gerade als wir uns von der Haustür entfernen wollten, bemerkten wir, dass der schwache Lichtschein größer wurde und unruhig hinter der Glasscheibe tanzte. Alarmiert tauschten wir Blicke aus. Feuer. Waren wir bereits zu spät? Andreas zog seine Waffe und feuerte auf die Glasscheibe. Durch das entstandene Loch griff er ins Innere und entriegelte die Tür. Sie gab den Blick auf einen langen, dunklen Flur frei. Am Ende war ein Raum, in dem sich das zitternde Licht befand. Beißender Rauch stieß uns entgegen. Die Hitze war bereits an der Eingangstür zu spüren.

Andreas ging voran. Mit der Armbeuge bedeckte ich Mund und Nase und folgte ihm. Abwechselnd riefen wir nach Judith Kramer. Der Qualm reizte meine Atemwege, sodass ich zu husten anfing.

Plötzlich stürzte jemand aus einer dunklen Ecke hervor und schubste Andreas energisch zur Seite. Dieser landete auf dem Boden. Die dunkle Gestalt huschte an mir vorbei und rempelte mich an. Für einen Moment verlor ich das Gleichgewicht und stieß gegen ein kleines Tischchen, das im Flur stand. Umgehend hechtete ich dem Angreifer hinterher, der bereits das Gebäude verlassen hatte und schon fast am Gartentor war. Ein Teppich rutschte unter mir weg, ich kam kurz ins Straucheln, fing mich wieder und konnte die Verfolgung fortsetzen.

Auch ich hatte mittlerweile das Gebäude verlassen. Die flüchtige Person lief nach rechts und rannte nun mitten auf der Straße entlang. Gut so, dachte ich. So war es einfacher, an ihm dranzubleiben. Der Verfolgte war etwa 50 Meter vor mir. Er war schnell und steuerte nun auf eine Kreuzung zu. Von rechts kam ein Wagen. Quietschende Reifen. Hupen. Der Flüchtende wurde fast von den Beinen gerissen, konnte sich aber auf der Motorhaube abfangen und seine Flucht fortsetzen. Doch sein Vorsprung verringerte sich. Nur noch etwa 10 Meter Abstand. Dann lief er nach rechts, Richtung S-Bahnhof Lankwitz, vermutete ich. Der Wind frischte auf. Leichter Regen setzte ein. Ich mobilisierte alle Kraftreserven, wurde schneller, verringerte den Abstand, war jetzt knapp hinter ihm. Mit einem Satz warf ich mich auf den Flüchtenden, riss ihn in vollem Lauf zu Boden und wir landeten auf glitschigem Asphalt. Der Verfolgte rappelte sich mühsam auf, während ich auf nassem Herbstlaub ausrutschte. Dadurch konnte er seinen Vorsprung ausbauen, aber ich blieb dran. Er verschwand im Bahnhofsgebäude der S-Bahn. Ich sprintete ihm hinterher, kämpfte mich durch eine Gruppe von Leuten, die das Gebäude verließen und erreichte den

Bahnsteig. Die Zielperson sprang in den Zug, kurz bevor sich die Türen schlossen. Ich zog das Tempo an, aber es war zu spät. Der Zug fuhr gerade an. Frustriert schlug ich mit der flachen Hand gegen die Scheibe und fluchte lautstark.

Völlig außer Atem kramte ich mein Smartphone aus der Tasche. Ein riesiger Riss auf dem Display kündigte das nächste Desaster an. Beim Sturz ist das Gerät beschädigt worden und hatte seinen Dienst eingestellt. Auch das noch. „So eine Sch…" Ich unterdrückte den Kraftausdruck und stieß stattdessen einen wuterfüllten Schrei aus. Die Lungen brannten. Mein Innerstes bebte wie wild. Ich schwitze und spürte nichts mehr vom nasskalten Herbstwetter. Eine Mutter legte ihre Arme schützend um die kleine Tochter, die sich wohl durch meinen unkontrollierten Aufschrei erschrocken hatte. Ich ging auf die Frau zu, zeigte ihr meinen Dienstausweis und erklärte ihr, dass ich ihr Handy benötigte. Doch sie reagierte mit Panik, fuchtelte wild mit ihren Armen und rief immer wieder: „Nix Polizei, nix Polizei."

Verzweifelt versuchte ich ihr begreiflich zu machen, dass ich ihr nichts tun wolle, sondern telefonieren müsste, weil sich im Zug ein Krimineller befindet. Doch die Fremde hörte mir nicht zu und wurde zunehmend hysterisch.

Dann gab ich auf und atmete mehrmals kräftig durch. Mittlerweile waren einige Minuten vergangen und die flüchtige Person hatte vermutlich längst die Bahn wieder verlassen oder war am Südkreuz in einen anderen Zug umgestiegen. Ich setzte mich in Bewegung und lief zurück zum Haus von Dr. Kramer. Obwohl Seitenstechen ein höheres Lauftempo nicht zuließ, wollte ich schnellstmöglich zu meinem Kollegen zurückzukehren. Für einen gemütlichen Spaziergang hatten wir keine Zeit.

Das Sirenengeheul in der Nähe kündigten die Rettungskräfte an. Einige Minuten später erreichte ich das Anwesen. Die Feuerwehr hatte bereits mit den Löscharbeiten begonnen. Vor dem Haus knieten Sanitäter neben einer weiblichen Person. Als Andreas, der neben ihnen stand, bemerkte, dass ich zurückkam, blickte er zu mir rüber. Ein kaum merkliches Kopfschütteln, und ich wusste, welches Schicksal Dr. Kramer erlitten hatte.

36

Cornelius hörte sich unsere Ausführungen zu den Ereignissen des Vortags an. Der Notarzt hatte nur noch Judith Kramers Tod feststellen können, während die Feuerwehr den Brand zügig unter Kontrolle brachte. Die Inneneinrichtung wurde Großteils in Mitleidenschaft gezogen. Oder ganz zerstört. Wenn nicht durch den Brand, dann durch das Löschwasser. Nachdem die Feuerwehr alle Brandherde und Glutnester gelöscht hatte, gab sie das Gebäude am Vormittag für die Ermittlungsbeamten frei. Brandsachverständige waren damit beschäftigt, die genaue Brandursache zu ermitteln. Die Spurensicherung stellte Indizien für den Tathergang sicher.

Durch Feuer und Löschwasser wurde Dr. Kramers Arbeitszimmer stark beschädigt. Dennoch gelang es, einen Computer, Datenträger sowie Unterlagen aus dem Haus sicherzustellen. Die Kollegen und ich hofften, dass uns das Material Hinweise sowohl auf die Experimente als auch auf den Täter liefern würde.

„Wer war der Flüchtige? Haben Sie ihn wenigstens erkannt?"

Cornelius' Erwartungshaltung irritierte mich. Als wäre es eine Selbstverständlichkeit, jemanden zu erkennen, von dem man unerwartet im Halbdunklen attackiert wird.

„Nein, das nicht, aber ich habe eine Vermutung." Ich sah Cornelius mit einem ernsten Blick an. „Es könnte Christian Nyberg gewesen sein. Seine Beschreibung passt zum Angreifer. Männlich, jung, gleiche Körpergröße."

„Dann ist Nyberg also am Leben." Andreas verschränkte die Arme vor der Brust und ließ seinen Blick ziellos durch den Raum wandern. Sein Gesichtsausdruck verriet, dass er angestrengt nachdachte.

„Wenn es Nyberg war, welches Motiv hatte er?" Cornelius klang nicht überzeugt. „Warum sollte ein Studienteilnehmer die zuständige Ärztin töten?"

„Vielleicht hat er herausgefunden, dass sie kein klassisches Medikament testen sollten, sondern Versuchskaninchen für diese Nanotechnologie waren. Vergeltung wäre ein Motiv."

Andreas' These überzeugte mich nicht. Nein, es hatte einen anderen Grund. In mir keimte ein Gedanke. Ich dachte an Yarons Worte, als er uns erklärte, was es mit diesen Nanochips auf sich hatte. Die Beklommenheit, die ich damals gespürt hatte, nahm erneut Besitz von meinem Körper.

„Was ist, wenn Nyberg diesen Angriff nicht freiwillig ausgeführt hat?"

Beide sahen mich für einen Moment irritiert an, dann schienen sie zu begreifen, worauf ich anspielte.

„Vielleicht haben die Chips Nyberg gezwungen, Kramer zu töten. Yaron äußerte eine entsprechende Vermutung, dass dies möglich wäre."

„Kaminski hatte gesagt, dass die Chips Luci möglicherweise zum Suizid gezwungen hätten", gab unser Vorgesetzter zu bedenken.

„Korrekt. Aber wenn im Fall von Luci diese Dinger in der Lage waren, sie zu töten, könnten Sie bei Nyberg so programmiert sein, dass Kramer das Ziel war."

„Und was ist dann mit Eroğlu?" Cornelius' Frage richtete sich mehr an ihn selbst, denn an mich. Er kannte die Antwort längst.

„Die Nanochips könnten so programmiert sein, dass der Wirt auf Befehl tötet. Ohne dabei auf eine bestimmte Zielperson festgelegt zu sein." Ich erkannte das Unbehagen in Cornelius, dass ich selbst seit einigen Minuten spürte. „Was, wenn Nyberg als Auftragskiller missbraucht wird, der gegen seinen Willen unliebsame Mitwisser aus dem Weg räumt?"

Beide sahen mich beunruhigt an. Die Luft im Raum wurde stickig, als würden wir umso mehr Sauerstoff verbrauchen, je näher wir an die Wahrheit kamen.

Mir kam wieder Tobias' Information zum HIV-Status von Luci und Marius in den Sinn und die Räder in meinem Kopf fingen an, sich zu drehen.

„Haben wir von Luci, Marius und Christian ärztliche Unterlagen da?"

„Ich glaube ja. Warum? Was hat das jetzt damit zu tun?", war Andreas' ungläubige Reaktion.

„Erinnerst du dich an die Botschaft von Kramer an Eroğlu?"

„Proband 63 ist negativ. Keine Erreger."

„Korrekt. Mal angenommen, Nyberg ist dieser Proband 63. Er ist negativ, was heißt, dass er keine Erreger im Blut hat, während Luci und Marius HIV-positiv sind."

Andreas versuchte den Ausführungen zu folgen, während Cornelius wieder einen seiner cholerischen Anfälle bekam.

„Könrig, hören Sie mit diesem unverständlichen Gebrabbel auf und kommen Sie zum Punkt. Worauf wollen Sie hinaus?"

Strafend sah ich den Oberkriminalbeamten an und sprach weiter: „Gehen wir davon aus, dass es, aus welchen Gründen auch immer, wichtig ist, dass die Probanden das HI-Virus in sich tragen. Nyberg bekommt die Chips injiziert, da er jedoch negativ ist, können sie ihr reguläres Programm nicht ablaufen lassen ...“

„... und das Experiment geht schief, weshalb jetzt Zeugen aus dem Weg geräumt werden müssen“, ergänzte Andreas.

Kurz nachdem Cornelius die Besprechung beendet hatte, machte sich Andreas daran, die Krankenakten von Luci, Marius und Christian zu studieren. Parallel fingen Yaron und ich mit der Auswertung der Datenträger und Unterlagen aus Dr. Kramers Haus an.

Yaron wirkte heute, im Gegensatz zu sonst, niedergeschlagen. Von seinem Körper ging eine eigenartige Unruhe aus. Dunkle Augenringe lagen in seinem Gesicht. Er sah erschöpft und kraftlos aus.

„Was ist los, Yaron? Geht es dir nicht gut?“

Ein irritierter Blick, dann schüttelte er zaghaft den Kopf. „Seit gestern Abend fühle ich mich so richtig erschlagen. Keine Ahnung warum. Ich hoffe, ich brüte nichts aus“, war seine schwache Antwort.

„Hey, das hoffe ich auch. Ich möchte jetzt nur ungern auf dich verzichten.“

„Ich habe auch keine Lust auf eine Erkältung.“ Er verzog das Gesicht. „Seit Jahren hatte ich keine mehr. Wahrscheinlich fühle ich mich deshalb so schlapp. Mein Körper weiß gar nicht mehr, wie er auf sowas reagieren soll.“ Ein schiefes Lächeln lag auf seinen Lippen.

„Du gefällst mir gar nicht“, sagte ich in besorgtem Tonfall. „Am besten gehst du später zum Arzt.“

„Quatsch“, wiegelte er ab. „Wegen eines Anflugs von Erkältung renn’ ich doch nicht gleich zum Doc.“

„Mensch, Yaron. Mir kommt das nicht vor, als hättest du eine harmlose Erkältung. Du bist blass wie ein Vampir und bewegst dich so behäbig wie ein Neunzigjähriger." Kritisch sah ich ihm in seine müden Augen.

„Keine Ahnung." Er stieß einen Seufzer aus. „Gestern war ich noch fit. Dann hatte ich einen Filmriss und seither fühle ich mich, als wäre eine Grippe im Anflug."

„Was für einen Filmriss? Du hast nicht etwa getrunken?" Seine Aussage überraschte mich.

„Nein. Du weißt doch, dass ich keinen Alkohol trinke." Er griff sich an den Schädel und verzog das Gesicht. „Aber in meinen Erinnerungen fühlten sich Alkoholexzesse meiner Jugend exakt so an."

Yaron blickte mich mit schmerzverzerrter Fratze an.

Allmählich beunruhigte mich sein Verhalten.

„Weißt du, wie es zu deinem Filmriss gekommen ist? Und was davor passiert ist?"

„Keine Ahnung. Ich hatte eine Bande Teenager trainiert. Der Kurs war zu Ende, alle hatten den Trainingsraum längst verlassen. Ich habe noch etwas trainiert und dann aufgeräumt." Suchend wanderten seine Augen durch den Raum. „Und dann bin ich irgendwann wieder zu mir gekommen. Auf dem Boden."

„Ernsthaft?"

Yaron nickte, als wollte er seine eigenen Worte bestätigen. „Ich weiß, dass ich mit den Matten beschäftigt war. Und ein paar Minuten später lag ich mittendrin. Ich kann höchstens zehn Minuten weg gewesen sein. Keine Ahnung, vielleicht hatte ich einen Schwächeanfall."

„Ein Schwächeanfall klingt aber nicht normal", teilte ich ihm mit. Mitfühlend sah ich ihn an und nagelte ihn darauf fest, sich ärztlich untersuchen zu lassen.

Mit resigniertem Blick sah er mich an. „Na, gut. Vielleicht hast du recht." Yaron wirkte müde und massierte mit einer Hand seinen Nacken. Dann verzog er plötzlich schmerzlich das Gesicht.

37

Nachdem mir Yaron hoch und heilig versichert hatte, später zum Arzt zu gehen, machten wir uns daran, das sichergestellte Material aus Dr. Kramers Haus zu untersuchen.

„Vielleicht habe ich letzte Nacht auch einfach falsch gelegen." Mit einem leichten Stöhnen bewegte er den Kopf in alle Richtungen, bis es knackte.

Angewidert presste ich die Lippen zusammen und verzog das Gesicht. „Geht es wieder?"

„Ja, ja", versicherte er und griff nach den sichergestellten Papieren aus Dr. Kramers Haus, um sie genauer zu untersuchen.

Eine Vielzahl der Dokumente war durch das Feuer bereits beschädigt worden. Das Papier wirkte so brüchig wie mehrfach verwendetes Backpapier und zerbröselte bereits bei der kleinsten Berührung. Andere Unterlagen waren durch das Löschwasser in Mitleidenschaft gezogen worden. Aufgequollene Zellulose, die ihr strahlendes Weiß gegen stumpfes Beige getauscht hatte. Die Tinte war auseinandergelaufen und fächerte auf in Blau, Dunkelrot, Lila und Anthrazit. Es wirkte, wie der misslungene Versuch, ein Kleidungsstück im Batik-Stil einzufärben. Die größte Herausforderung bereiteten die Dokumente, die sowohl vom Feuer als auch vom Löschwasser beschädigt wurden. Eine matschige, grau Pampe, die einen glitschigen Film auf der Haut hinterließ. Einweghandschuhe wären ratsam gewesen, jedoch hatte ich so kein Gefühl in den Fingern und verzichtete darauf.

Das Sichten und Durchforsten der beschädigten Papiere brachte im Moment keine nennenswerten Ergebnisse. Wir konnten einige Namen feststellen, gingen aber erst einmal davon aus, dass es sich um Teilnehmer weiterer Versuchsreihen handelte. Jeder Name wurde einer Überprüfung unterzogen, um festzustellen, ob wir mit Verantwortlichen der Versuche oder weiteren Probanden zu tun hatten. Die Ermittlungen fingen an, sich wie Kaugummi zu ziehen.

Irgendwann schwirrte mir der Kopf. Meine Finger waren blau von der verlaufenen Tinte und klebrig durch das vergilbte Papier. Yaron hatte sich mittlerweile an die Auswertung der Datenträger gemacht. Hoffentlich hatte er mehr Glück. Es würde ein wenig dauern, bis klar war, ob die Datenträger überhaupt noch ausgelesen werden konnten, und was sich darauf alles befand.

Für den heutigen Tag traf ich den Entschluss, die Arbeit ruhen zu lassen. Ich verließ das Revier und als ich auf dem Fahrersitz meines Wagens Platz genommen hatte, atmete ich tief durch und rief Marcel an.

Eine Dreiviertelstunde später trafen wir uns in einem kleinen Restaurant am Savignyplatz in Charlottenburg. Es hatte den Namen *Julie* und wurde nach der Mutter des Besitzers benannt. Sie war Französin und kam ursprünglich aus der Bretagne, zog dann aber der Liebe wegen nach Deutschland. Zumindest erzählte das der Besitzer immer wieder, der seiner geliebten Mutter mit dem Restaurant eine Art Denkmal setzen wollte. Seiner Meinung nach war sie die beste Köchin der Welt und seine Kochkünste nur ein billiger Abklatsch davon. Aber offenbar immer noch gut genug, um allabendlich unzählige Menschen kulinarisch zu verwöhnen.

Ich war schon lange nicht mehr hier gewesen, genau genommen, seitdem Marcel und ich nicht mehr zusammen waren. Wir hatten in diesem Restaurant unser erstes Date gehabt und gingen auch danach regelmäßig hier essen. Mal mit meinen Eltern, mal mit Marcels Familie, mit Freunden und Bekannten. Auch mit Luci waren wir schon hier. Doch meistens kamen wir alleine.

Dass Marcel ausgerechnet dieses Restaurant vorgeschlagen hatte, erstaunte mich. Noch mehr überraschte es mich, dass sich nichts verändert hatte. Es fühlte sich an, als wären wir erst vor ein paar Tagen das letzte Mal hier gewesen. Mein Exfreund erzählte, dass er mindestens einmal pro Woche hierherkam. Nach wie vor liebte er das Restaurant und verband damit Erinnerungen, die er nicht missen wollte. Mir ging es genauso. Doch während Marcel versuchte, die Vergangenheit aufrecht zu halten, hatte ich alles unternommen, sie so weit wie möglich von mir wegzuschieben. Mit einem Mal fühlte ich mich unwohl. Und peinlich berührt. Vor allem, was ich ihm jetzt sagen musste, bescherte mir Bauchschmerzen.

„Ich muss mit dir über Luci sprechen. Es gibt ein paar Dinge, die ich wissen muss und die wichtig sein könnten."

Überraschung machte sich in Marcels Gesicht breit.

„Weißt du, ob in den letzten Jahren etwas vorgefallen ist, dass Lucis Leben dramatisch verändert hat."

Er sah mich mit einer Mischung aus Überraschung und Entsetzen an. Er hatte die Augen aufgerissen.

„Nein. Warum? Was hast du herausgefunden?"

„Wusstest du, dass Luci HIV-positiv war?"

Marcel entglitten die Gesichtszüge. Erschrocken starrte er mich an.

„Was? Wie bitte? Davon weiß ich nichts."

„Marcel. Es ist wichtig."

„Tonja, das höre ich zum ersten Mal. Das ist ja furchtbar." Seine Gesichtsmuskeln zuckten hektisch, während er mich mit schockiertem Blick anstarrte.

„Ja, das ist es tatsächlich. Und ich versuche herauszufinden, was das zu bedeuten hat. Luci hatte an einer klinischen Studie teilgenommen, um ihre finanzielle Situation zu verbessern. Es handelte sich dabei um illegale Experimente und Luci, sowie die anderen Studienteilnehmer wurden für Tests missbraucht. Ihre HIV-Infektion hat irgendetwas damit zu tun, ich weiß nur noch nicht, was."

Marcel sah mich entgeistert an. Seine Augen wurden glasig. Nach dem erfolglosen Versuch, sie wegzublinzeln, liefen ihm die Tränen über die geröteten Wangen. Sein Schmerz sprach aus jeder Faser seines Körpers.

„Wusstest du, dass Sie an einer medizinischen Studie teilnahm?"

Marcel blickte zur Decke und schüttelte unmerklich den Kopf. „Sie hatte erwähnt, dass sie für eine geheime Reportage ein paar Wochen nicht erreichbar wäre. Streng geheim, hatte sie gesagt. Ich war damit nicht einverstanden, wir haben deswegen gestritten. Mir kam das so unwirklich vor."

„Mensch, Marcel, warum hast du mir das nicht gleich erzählt? Das ist wichtig." Ich wurde energisch und sah meinen Ex mit einem strafenden Blick an.

Er sah betroffen zu Boden.

„Was hat sie dir noch erzählt, Marcel? Ich muss alles wissen, egal wie unbedeutend das für dich sein mag."

Er atmete tief durch und nickte. „Sie berichtete von einer Studie, über die sie schreiben wollte. Ich hatte ja keine Ahnung, dass sie selbst daran teilnehmen wollte." Mit dem Ärmel wischte er die Tränen weg. „Streng geheime Forschung gegen das Ebola-Virus."

„Ebola? Das bezweifle ich aber stark."

Marcel sah mich verwundert an.

Bevor er näher darauf eingehen konnte, stellte ich eine weitere Frage. „Hat Luci Geld erhalten?"

Marcel nickte. „Ich glaube, aber sie hat nichts erwähnt. Mir fiel nur auf, dass sie sich neue Klamotten zugelegt hatte, die sie sich hätte unmöglich leisten können. Außerdem erzählte sie, dass sie dort jemanden kennengelernt hatte, den sie ganz nett fand."

„War sein Name Christian?" Er sah mich erstaunt an, als hätte ich mich gerade als Hellseherin zu erkennen gegeben. „Überrascht dich das, Marcel? Ich bin Polizistin. Es ist mein Job, solche Dinge herauszufinden."

Ein „Ja, du hast ja recht' huschte über sein Gesicht.

„Hast du Christian einmal kennengelernt?"

„Nein. Und auch nie mit ihm gesprochen. Luci hatte ein großes Geheimnis aus ihm gemacht, was ich nicht so richtig verstand. Und dann veränderte sie sich. Sie sprach immer weniger und hatte diese Stimmungsschwankungen."

„Ja, du hattest es erwähnt." Mein Kopf war damit beschäftigt, die Informationen in den richtigen Zusammenhang zu bringen. Dass man den Probanden erzählte, dass sie an der Erprobung eines Medikaments gegen Ebola teilgenommen hatten, ergab keinen Sinn. Gerade weil der HIV-Status von Bedeutung war. Ich konnte mir nicht vorstellen, dass man Menschen, die ein solch gefährliches Virus in sich trugen, für eine Studie auswählte, in der ein Präparat gegen ein anderes gefährliches Virus getestet wurde. Irgendetwas übersah ich. Und es wollte mir nicht einleuchten, was es war.

Mit einer unerwarteten Frage riss Marcel mich aus den Gedanken.

„Wie oft warst du in den letzten Jahren hier?"

Ich schaute ihn irritiert an. „Gar nicht. Wieso?"

„Ja, das dachte ich mir. Du warst angespannt, als du hereingekommen bist. So als hättest du nicht abgeschlossen."

„Abgeschlossen? Womit?" Worauf wollte er hinaus? Waren wir jetzt hier, damit er mir Vorhaltungen machen und mich analysieren konnte?

„Mit uns. Mit dem Ort hier? Mit der Vergangenheit." Er sah mich eindringlich an. „Tonja, denkst du, mir ist nicht aufgefallen, mit welchem Widerwillen du meiner Bitte nachgekommen bist. Und dass du dich erst nach Tagen wieder meldest, um mich über die Ermittlungen zu informieren?"

Ich sah das Fordernde in seinem Gesicht. Strenge, unbewegte Augen verrieten, dass er eine Reaktion von mir erwartete. Wollte er nun ein Zugeständnis, dass ich mich in den letzten Jahren nicht um meine Gefühle gekümmert habe? Wollte er, dass ich ihm verzeihe, dafür, dass er mich abserviert hatte? Mein Puls beschleunigte sich, der Atem ging heftiger, Anspannung machte sich breit.

„Was soll das, Marcel? Sind wir hier, damit du mir Vorhaltungen machen kannst? Es geht um Luci und nicht um uns."

„Wir sind hier, weil wir einmal glücklich waren. Unsere Beziehung ist so schnell in die Brüche gegangen, dass ich selbst gar nicht begreifen konnte, was eigentlich passiert war."

Wie immer sprach er mit sanfter, gefasster Stimme. Marcel war nicht der Typ, der laut wurde. Er war ruhig und introvertiert. Normalerweise. Jetzt konnte ich fühlen, dass er zunehmend erregt war. Er sah mich streng an, doch ich hielt seinem Blick stand.

„Was heißt, es ging so schnell, dass du nicht wusstest, was passiert war? Du hast die Beziehung beendet."

„Ja, Tonja. Das hatte ich. Aber nur, weil du dich schlagartig von mir distanziert hattest. In deiner Welt kam ich gar nicht mehr vor. Ein *Wir* gab es auf einmal nicht mehr."

Mein Gesicht verzog sich zu einer schockierten Grimasse. „Was redest du denn da, Marcel? Das ist absoluter Blödsinn."

Auf Marcels folgende Reaktion war ich nicht vorbereitet. Sein Gesicht verwandelte sich zu einer wütenden Maske. Er erhob die Stimme, wie ich es nie zuvor erlebt hatte. Seine Worte waren voller Nachdruck, dass es mir der Schreck sein energisches Auftreten in die Knochen fuhr.

„Als deine Mutter starb, hast du einen gewaltigen Zorn auf deinen Vater entwickelt, dass du blind vor Wut warst. Mit aller Gewalt hattest du deinen Vater für das Handeln deiner Mutter verantwortlich gemacht. Du hast dir nie seine Version der Geschichte angehört. Letztendlich hast du nicht nur ihn verstoßen, sondern auch alle anderen Menschen, denen du wichtig warst. Luci, beispielsweise." Für einen Augenblick schwieg er. „Und mich." Marcel sah mich grimmig an. Dann lehnte er sich zurück. Die Anspannung wich aus seinem Körper und ließ einen resignierten Mann zurück. „Ich hatte es irgendwann nicht mehr ertragen. Es tat einfach nur noch weh, von dir so abweisend und gleichgültig behandelt zu werden. An manchen Tagen hattest du nicht ein Wort mit mir gesprochen und mich nur mit deiner hasserfüllten Miene angesehen. Du hast dich eingemauert in deinem Zorn, bis ich nicht mehr an dich rangekommen bin. Als ich es nicht mehr ertragen konnte, habe ich die Beziehung beendet." Wehmütig sah er mich an. „Gern wäre ich für dich dagewesen und hätte dir geholfen, Tonja. Aber du warst so verblendet in deiner Wut." Resigniert schüttelte er den Kopf. „Irgendwann habe ich es nicht mehr ertragen. Ich konnte einfach nicht mehr."

Nachdem er die Worte ausgesprochen hatte, sackte Marcel auf seinem Stuhl zusammen. Das musste raus, es war offensichtlich. Die Worte waren ein Schlag ins Gesicht. Ich konnte nicht glauben, was ich da hörte. Das Gesagte halte in mir nach wie Donner. Unfähig, die Worte zu verarbeiten, stand ich von meinem Platz auf, schnappte die Jacke und verließ das Restaurant. Ich war fassungslos.

Marcel rief mir hinterher, dass es seit Jahren meine Art sei, vor Problemen davonzulaufen, anstatt mich ihnen zu stellen. Und dass ich es gerade wieder tat. Vermutlich hatte er sogar recht, aber das wollte ich mir nicht eingestehen. Ich hatte keine Lust, mich mit der Vergangenheit auseinanderzusetzen.

Nachdem ich das Restaurant hinter mir gelassen hatte, stellte ich fest, dass sowohl Yaron als auch Andreas bereits mehrfach angerufen hatten. Das war kein gutes Zeichen, dachte ich und rief mit einem unguten Gefühl zurück.

„Komm bitte sofort auf das Revier", sagte er mit Nachdruck. Die Anspannung in seiner Stimme war nicht zu überhören.

„Warum, was ist los?"

„Yaron hat einen Datenträger ausgewertet. Wir haben eine Datei gefunden, die du unbedingt sehen solltest."

„Worum geht es?"

„Um deine Mutter, Tonja. Es geht um deine Mutter."

38

Nach Andreas' Anruf machte ich mich umgehend auf den Weg zurück aufs Revier. Am Telefon wollte er nicht sagen, was mit meiner Mutter war, drängte nur, dass ich sofort kommen sollte. Ich schlängelte mich durch den chaotischen Berliner Feierabendverkehr, wobei ich mehr als einmal einen Beinahe-Unfall verursachte. Nach etwa 15 Minuten erreichte ich die Dienststelle und hastete die Treppe nach oben in Richtung Besprechungsraum, in dem wir mit der Auswertung von Unterlagen und Datenträger begonnen hatten.

Als ich den Raum erreichte, atmete ich tief ein, um mich zu beruhigen. Es funktionierte nicht. Meine Hände zitterten und kalter Schweiß klebte mir am Körper. Ich war fix und fertig und stand gleichzeitig unter Strom. Tausend Fragen schwirrten mir im Kopf herum. Was war mit meiner Mutter? Worum ging es? Warum konnte mir Andreas am Telefon nicht sagen, was passiert war?

Langsam betrat ich den Raum. Neben Andreas waren auch Yaron und Cornelius anwesend. Als sie aufsahen, veränderte sich der Gesichtsausdruck eines jeden einzelnen. Andreas' Miene verdunkelte sich, der Oberkriminalbeamte blickte mich mitleidig an und Yaron wirkte besorgt. Die Temperatur im Zimmer fiel schlagartig unter den Gefrierpunkt. Wo mein Körper zuvor noch glühte, liefen mir nun eisige Schauer den Rücken hinunter. Niemand sagte ein Wort. Die Stille wurde nur durch das heftige Atmen meinerseits durchbrochen. Eine unerträgliche Spannung erfüllte den Raum. Wie bei einem herannahenden Unwetter, kurz bevor Blitz und Donner losschlugen. Meine Gesichtsmuskeln bildeten einen hilflos fragenden Ausdruck. Die Hände unterstützen mit einer auffordernden Geste. Doch nichts geschah. Als wäre die Zeit stehengeblieben und ich die einzige Person, für die alles normal weiterlief. Dann endlich schaffte ich es, meiner Forderung auch verbal Ausdruck zu verleihen.

„Was ist los?"

Andreas war der Erste, der reagierte. Er deutete auf einen Stuhl. „Setz dich!", sagte er mit ungewohnt sanfter Stimme.

Ich schüttelte den Kopf. Mir riss allmählich der Geduldsfaden. „Was zum Teufel ist hier los? Was soll der Scheiß?" Sonst achtete ich auf meine Wortwahl, doch in diesem Moment war es mir egal. Kraftausdrücke kümmerten mich nicht. Ich wollte, dass man mir antwortete. Sofort.

„Bitte nehmen Sie Platz, Könrig." In Cornelius Stimme lag eine trügerische Milde, die nicht zur Spannung im Raum passte. Er unterstütze seine Bitte mit einer Geste und deutete auf einen Stuhl.

Wie versteinert stand ich da, bis ich begriff, dass ich keine Antwort erhalten würde, wenn ich weiterhin stur blieb. Ich setzte mich auf den ersten freien Stuhl, während Cornelius hinter mir die Tür zuzog.

Andreas begann das Gespräch mit ruhiger, aber angespannter Stimme. „Nachdem du Feierabend gemacht hattest, wollte ich wenig später auch gehen. Ich war bereits auf dem Weg, das Büro zu verlassen, als Yaron auf mich zukam. Er hatte etwas gefunden, dass er mir zeigen wollte." Er sah Yaron an, der nervös von einem Bein auf das andere trat, als würde er auf seine Zustimmung warten.

„Das ist korrekt. Es ist mir gelungen, die Datenträger aus Dr. Kramers Haus auszulesen. Was erstaunlicherweise einfacher war, als gedacht. Dabei fand ich einige Ordner und Dateien, die ..."

Meine Nerven lagen blank. Ich sprang auf und schlug mit der flachen Hand auf den Tisch. Warum kam hier niemand auf den Punkt?

„Verflucht, was soll das unnötige Gerede. Was ist mit meiner Mutter?"

Alle drei zuckten zusammen. Yaron warf ich einen eisigen Blick zu. Der Schock über den Wutausbruch stand ihm ins Gesicht geschrieben. Irritiert, überrascht, erschrocken blickte er mich an, regte sich aber nicht. Dann ergriff Andreas erneut das Wort.

„Wir fanden unter anderem den Namen deiner Mutter in den Dateien."

Schlagartig zog sich mein Brustkorb zusammen und mir blieb die Luft weg.

„Wie es aussieht", ergänzte Cornelius, „wurden auch Ihrer Mutter die Chips injiziert. Nach allem, was wir wissen, können wir davon ausgehen, dass sie sich nicht das Leben genommen hat, weil sie krank war, sondern unter dem Einfluss dieser Nanochips stand. So wie Luci Ziegler."

Mit offenem Mund stand ich da und war wie erstarrt. Nein, das konnte nicht sein, das durfte nicht sein. Nicht meine Mutter, niemals. Entsetzen ergriff Besitz von mir. Ich versuchte mir einzureden, dass es eine Lüge war. Mit den Armen stützte ich mich auf und ließ mich auf den Stuhl zurückfallen. Mein Brustkorb zog sich noch enger. Eine schreckliche Erkenntnis erwachte in mir und ich fing an, zu hyperventilieren. All die Jahre hatte ich meinen Vater für den Tod meiner Mutter verantwortlich gemacht, war ihm gegenüber kaltherzig und herabwürdigend gewesen. Selbst als ich erfuhr, dass er sterben würde, blieb ich dickköpfig und stur. Nichts davon war gerechtfertigt, nichts davon nachvollziehbar. Ich war so dumm, so starrsinnig, dachte nur an mich und meine seelischen Verletzungen. Nie gab ich ihm die Chance, sich zu erklären. Nun fiel es mir auf die Füße. Alles, wovon ich überzeugt war, verlor an Bedeutung. Nicht mein Vater hatte unsere Familie zerstört ... Ich war es!

Nachdem ich mich beruhigt hatte, brachte mich Andreas nach Hause. Selbst wäre ich nicht in der Lage gewesen, heimzufahren. Ich konnte mich unmöglich auf den Verkehr konzentrieren. In meinem Kopf herrschte Chaos und die Emotionen fuhren Achterbahn.

Als wir bei mir ankamen und ich aussteigen wollte, legte mir Andreas eine Hand auf den Oberschenkel. Eine ungeschickte, plumpe Geste der Fürsorge, die unter anderen Vorzeichen missverstanden werden konnte. Andreas sah mich gleichermaßen besorgt und mitfühlend an. Er stieß einen schweren Seufzer aus. „Es tut mir leid, was mit deiner Mutter geschehen ist."

Seine Stimme war ungewohnt sanft. Was er sagte, meinte er auch so. Kein verlegener Versuch, mich zu trösten oder in einem Moment des mitfühlenden Unbehagens ein paar aufmunternde Worte an mich zu richten. Sein Mitgefühl war echt.

„Ich kann nicht nachvollziehen, wie du dich gerade fühlst. Aber ich weiß sehr gut, wie es ist, wenn die Wahrheit alles zerstört, woran man sein Leben lang geglaubt hat".

Zaghaft nickte ich, bedankte mich und stieg rasch aus dem Auto. Da waren sie wieder, die übermannenden Gefühle, die ich nicht spüren und schon gar nicht zeigen wollte.

In der Wohnung öffnete ich eine Weinflasche und heulte mir die Seele aus dem Leib. Ein paar Stunden später saß ich immer noch da und schluchzte. Der Wein stand unangerührt auf dem Tisch und ich starrte einfach nur in die Dunkelheit.

Irgendwann fühlte ich mich emotional wieder so weit gefestigt, dass ich bereit war, etwas zu tun, das ich hätte schon vor langer Zeit tun müssen. Ich stieß einen tiefen Seufzer aus, um mir selbst zu signalisieren, dass es jetzt kein Zurück mehr gab und griff zu meinem neuen Smartphone. Das Display verriet, dass es bereits nach Mitternacht war. Egal, dachte ich. Das konnte nun nicht mehr bis morgen warten. Ich wählte die Nummer und ließ es klingeln. Nachdem einige Male das Freizeichen ertönte, informierte mich eine weiche Frauenstimme darüber, dass mein Gesprächspartner aktuell nicht zu erreichen sei. Wenige Sekunden später wählte ich die Nummer erneut. Auf mehrmaliges Klingeln erfolgte wieder der Hinweis der Frauenstimme. Nach einer Pause startete ich einen weiteren Versuch. Dann knackte es kurz und ich hörte eine verschlafene, kratzige Männerstimme.

„Hallo? Wer ist da? Wissen Sie, wie spät es ist?"

Unverkennbar, seine Stimme. Ich zögerte einen Moment, atmete tief durch. Dann antwortete ich.

„Hallo, Papa. Ich bin es, Tonja."

39

Am nächsten Morgen stand ich seit vielen Jahren das erste Mal wieder vor meinem Elternhaus. Bis auf die vertrockneten Büsche und den Wildwuchs im Vorgarten war es noch das alte. Das Grundstück wirkte, als hätte sich ein Grauschleier darübergelegt.

Die Fenster waren stumpf, das Weiß der Fassade hatte sich in fleckiges Beige verwandelt. Auf dem Weg zur Eingangstür lag kniehoch Herbstlaub. Die Holzsparren des Gartenzauns waren teilweise verrottet und fielen auseinander. Hier wurde seit Jahren nichts mehr richtig gepflegt.

Zögernd schwebte mein Finger über der Klingel an der Eingangstür. Der Atem ging schnell und ich fühlte das Pochen meines Herzens bis zum Hals. Vor einigen Tagen hatte ich meinem Vater noch ins Gesicht geschleudert, dass er mich in Ruhe lassen solle. Nun stand ich vor seiner Haustür und hatte Angst vor einer Begegnung. Doch es half nichts, ich musste mich dieser Herausforderung stellen. Einen tiefen Atemzug später fand ich endlich die Kraft, meine Anwesenheit anzukündigen.

Es dauerte nur einen Augenblick und die Tür öffnete sich. Mein Vater sah mich aus großen Augen an. Ein mildes Lächeln legte sich auf seine Lippen. Er sah schwach aus, wirkte aber kräftiger als vor einigen Tagen.

Wie versteinert und sprachlos stand ich da. Mit einem Mal fühlte ich mich hilflos. Was sollte ich tun, was sagen?

„Hallo, Tonja", sprach er in sanftem Tonfall.

Dann endlich schaffte ich es, mich aus der Starre zu lösen. Ich ließ mich in seine Arme fallen. „Es tut mir leid", ächzte ich unter Tränen. Wie lange hatten wir uns nicht mehr umarmt?

Erst nach einer gefühlten Ewigkeit wagte ich es, mich langsam von ihm zu lösen.

Nach dieser tränenreichen Begrüßung betrat ich das Haus. Im Inneren hatte sich nichts verändert, die meisten Möbel waren allerdings mit Staub bedeckt. Ich hatte erwartet, den ganzen Besuch über angespannt zu sein, doch bereits an der Tür bröckelte eine tonnenschwere Last von mir ab. Ein Gefühl der Erleichterung breitete sich in mir aus. Als wäre ich nach einem harten, entbehrungsreichen Abenteuer mit ungewissem Ausgang endlich am Ziel angekommen. Zu Hause, ich war endlich wieder zu Hause.

Der Duft von Kaffee erfüllte die Räume. Wir setzten uns an den großen Esstisch, von dem man in den Garten hinter dem Haus blicken konnte. Aus dem früher immer so penibel gepflegten Rasen war eine Wiese mit hüfthohem Wildwuchs geworden. Meinem Vater entging nicht, dass ich die Wildnis vor der Veranda musterte.

„Ich habe das Haus und den Garten in der letzten Zeit vernachlässigt."

Wohl eher seit einigen Jahren, dachte ich.

„Danke, dass ich kommen durfte." Etwas Sinnvolleres fiel mir nicht ein, um das Gespräch in Gang zu bringen.

„Natürlich. Liebes. Es ist ja auch dein Haus. Du bist hier aufgewachsen. Es wird immer dein Zuhause sein."

Ein mildes Lächeln legte sich wieder auf seine Lippen. Seine Augen hatten einen warmen Glanz. Die Jahre der Trennung schienen von ihm abgefallen zu sein. Er hätte allen Grund gehabt, nachtragend zu sein. Doch er war es nicht. Eine Aura der Zufriedenheit umgab ihn.

„Papa, es tut mir leid, wie ich dich in den letzten Jahren behandelt habe und dass ich so abweisend und kaltherzig zu dir war."

Ich dachte eigentlich, dass es mir schwerer fallen würde, fallen müsste, diese Worte auszusprechen. Tatsächlich kamen Sie mir wie von alleine über die Lippen. Es fühlte sich befreiend an.

„Was passiert ist, können wir nicht mehr ändern. Wir können aber beeinflussen, was in der Zukunft passiert."

Ein netter Kalenderspruch, doch mein Vater sprach die Worte mit so viel Hingabe, dass ich ihm nicht widersprechen konnte. Er schien komplett in sich zu ruhen und im Hier und Jetzt zu sein.

„Du sagst das so einfach."

„Tonja, du warst schon immer sehr nachtragend und hast dich schwer damit getan, die Vergangenheit ruhen zu lassen. Du warst wochenlang traurig, als der alte Apfelbaum mit deiner Schaukel nach einem Unwetter umgestürzt ist. Und als dein erster Freund wegen einer anderen mit dir Schluss gemacht hatte, hast du fast sechs Monate gebraucht, bis du dich nicht mehr darüber geärgert hast."

Leider hatte er recht. Die Vergangenheit loszulassen, war nicht gerade eine meiner Stärken.

„Darum hast du auch so lange gebraucht, um den Tod deiner Mutter zu überwinden."

Er sah mich verständnisvoll an, während ich, auf meine Mutter angesprochen, leicht zusammenzuckte. Nach wie vor bereitete mir dieses Thema Schmerzen, lediglich die Umstände hatten sich geändert.

„Nun erzähl mir aber, warum du dich endlich dazu entschlossen hast, wieder mit mir zu sprechen. Und mich noch dazu mitten in der Nacht anzurufen." Ein freches Grinsen huschte über seine Lippen.

Ich hatte meinem Vater während unseres nächtlichen Telefonats nicht erzählt, was die Gründe für die Meinungsänderung waren. Ich hielt es nicht für angebracht, am Telefon darüber zu sprechen.

„Das ist nicht ganz einfach." Ich atmete tief ein, schloss die Augen und ließ die Luft langsam und gleichmäßig entweichen. Schließlich berichtete ich ihm von den Ermittlungen und wie ich auf den Namen von Mama gestoßen bin. „Bei diesen Experimenten wurde offenbar eine gänzlich neuartige Technologie erprobt, die in der Lage ist, den Träger zu manipulieren und in den Tod zu treiben. Wie es aussieht, hat sich Mama unter dem Einfluss dieser Technik das Leben genommen. Dass es genau in dem Zeitraum eurer Trennung fiel, war vermutlich ein Zufall, aus dem ich die falschen Schlüsse gezogen hatte."

Die Augen meines Vaters weiteten sich. Sein Blick wanderte ruhelos durch das Zimmer. Der Schock stand ihm ins Gesicht geschrieben.

„Papa?" Ich konnte das Entsetzen in seinen Augen sehen.

„Wie?"

„Das weiß ich nicht. Das versuche ich gerade herauszufinden."

„Agatha". Papa vergrub das Gesicht in seinen Händen. Das Schluchzen schnürte mir die Kehle zu.

40

Einige Minuten später offenbarte mir Papa, dass er Mama auch nach der Scheidung noch geliebt hatte. Er hatte damit nie aufgehört, doch die Differenzen zwischen ihnen seien so groß gewesen, dass es nicht mehr anders ging. Die Nachricht von ihrem Tod hatte ihn genauso erschüttert wie mich. Darum konnte er meine Wut verstehen. Ihm war klar, dass ich das Warum nicht verstand. Er hatte es selbst nicht verstanden.

„Wo sind Mamas Sachen? Ihre Unterlagen, Dokumente, Erinnerungsstücke?"

„Liebes, das ganze Haus ist voll davon." Papa sah mich überrascht an.

„Ich meine nicht eure Urlaubssouvenirs. Mir geht es um Unterlagen, Dokumente, alles, was mit ihrer Arbeit zu tun hatte."

„Einen Moment." Er verschwand für wenige Minuten und kam mit einer unscheinbaren Kiste zurück. „Ich habe alles aufbewahrt, das an ihrem Arbeitsplatz stand."

Aus der Kiste beförderte ich mehrere Familienfotos, einen Briefbeschwerer aus poliertem Granit sowie Unmengen von Dokumenten.

Erneut wühlte ich mich durch Unterlagen, bei denen es sich hauptsächlich um Akten aus ihrer Tätigkeit als Ärztin handelte. Warum nur horteten eigentlich alle so viel Papier? Wäre dieser ganze Kram, wie heutzutage üblich in einer Cloud gespeichert, hätte ich diesen Fall schon längst gelöst. Ich schüttelte verständnislos den Kopf und suchte weiter.

In der Kiste befand sich außerdem ein altes, gerahmtes Foto. Es zeigte Mama im Arztkittel mit einigen Kolleginnen und Kollegen. Sie sah wesentlich jünger auf dem Foto aus. Ich schätzte, dass es zehn Jahre alt war, vielleicht etwas älter. Eine Person auf dem Bild erregte meine Aufmerksamkeit. Die Frau am rechten Bildrand kam mir bekannt vor, aber ich wusste nicht, woher. Wieso hatte ich den Eindruck, sie schon einmal gesehen zu haben?

Wusste Papa, wer die Personen waren? Ich streckte ihm das Foto entgegen und hoffte, dass er die Abgebildeten kannte.

„Lass mich überlegen. Das ist Josef Oppenheimer, Teresa Schiller, Nicola Jansen." Bei jedem Namen deutete er auf die entsprechende Person. „Und das hier", er zeigte auf die Frau, die meine Aufmerksamkeit erregt hatte, „das ist Judith Kramer."

Wenige Sekunden später rief ich Andreas an, den ich nicht zu Wort kommen ließ. „Keine Zeit für Erklärungen. Ich brauche alles, was wir über Judith Kramer wissen. Alles über ihren Werdegang. Und zwar umgehend."

Er reagierte prompt. „Einen Moment. Die Akte muss hier irgendwo liegen."

Ungeduldig lief ich durch Mamas Arbeitszimmer, das Handy am Ohr.

„Was genau willst du wissen?"

„Hatte sie nicht irgendwelche Forschungsergebnisse manipuliert? Lass uns damit anfangen."

„Sie war damals für ein afrikanisches Pharmaunternehmen tätig, das seinen Sitz in Johannesburg hatte. Die Forschung wurde allerdings in Deutschland und Luxemburg durchgeführt. Als die manipulierten Forschungsergebnisse ans Licht kamen, musste das Unternehmen eine Million Euro Strafe zahlen. Das war eine Rekordsumme. Das Unternehmen verschwand daraufhin vom europäischen Markt. Und Kramer verlor ihre Zulassung als Ärztin. Das Unternehmen wurde dann von einer Firma übernommen, das in Afrika auf medizinische Dienstleistungen und Produkte spezialisiert war. Diese Firma hat Kramer, als Leiterin der Forschung eingestellt, obwohl sie keine Zulassung mehr hatte."

„Wie heißt die Firma?"

„Sambia Pharma Technologies, kurz S.P.T. Inhaber ist ein gewisser Alfonso Mutola aus Mosambik."

Es dauerte einen Moment, bis ich die Worte verstanden hatte. Ein eisiger Schauer lief mir über den Rücken.

„Das ist der Geschäftspartner meines Onkels."

41

Kramer und Mama waren Kolleginnen. Meine Mutter starb unter dem Einfluss dieser Chips, für deren Tests Kramer verantwortlich war. Und sie arbeitete für Alfonso Mutola, der mit meinem Onkel diese ethisch verwerfliche Hilfskampagne in Afrika auf die Beine stellte, an der auch meine Mutter beteiligt war. Das waren die unwiderruflichen Zusammenhänge.

Es gab zwei Möglichkeiten: Entweder war Rudolph selbst darin verwickelt. Oder, was ich für wahrscheinlicher hielt, er war, wie Mama, in Gefahr.

„Was meinst du damit? Ist Rudolph in Gefahr?" Mein Vater wurde unruhig und hätte beinahe die Kaffeekanne fallen lassen. Mit einem klappernden Geräusch stellte er sie zurück auf den großen Esstisch.

„Rudolph hat in Afrika eine Impfkampagne angestoßen, um Menschen im Süden Afrikas gegen das HI-Virus zu impfen. Er wollte einen experimentellen Impfstoff so weit entwickeln, dass er ihn einsetzen konnte."

„Ja, das ist mir bekannt."

„Du weißt davon?" Überrascht sah ich ihn an.

„Dein Onkel ist schon seit Jahren Feuer und Flamme für dieses Projekt. Er ist regelrecht besessen davon. Nach und nach gelang es ihm, auch Agatha dafür zu gewinnen. Zunächst hatte sie ethische Bedenken. Immerhin würde der Impfstoff niemals am Menschen getestet werden können. Die Wirksamkeit wäre rein hypothetisch und würde nur auf Computersimulationen beruhen. Nach und nach gelang es Rudolph, sie davon zu überzeugen und so unterstützte sie ihn bei der Realisierung dieses Projekts."

„Warum hast du mir nichts davon erzählt, wenn du das wusstest?"

Papa bedachte mich mit einem strengen Blick. „Ich hatte Agatha mehrfach gesagt, dass sie darüber mit dir sprechen müsse. Ich weiß nicht, warum sie es nicht getan hatte."

„Warum hast du nichts gesagt?", wurde ich lauter.

Überrascht zuckte er zusammen, richtete sich dann aber wieder auf. „Mit diesem Projekt war ich zu keinem Zeitpunkt einverstanden. Ich hielt es, und das tue ich noch immer, für unmoralisch und ethisch nicht vertretbar. Deine Mutter und ich sind darüber immer öfter in Streit geraten. Je mehr sie sich für dieses Projekt eingesetzt hatte, desto heftiger wurden unsere Auseinandersetzungen. Bis wir uns letztlich unversöhnlich gegenüberstanden. Daran ist unsere Ehe zerbrochen. Darum habe ich mich von deiner Mutter scheiden lassen."

Ich starrte in Papas Augen. Mein Herz hämmerte wie verrückt, so als wollte es meine Rippen zertrümmern. In meinen Ohren rauschte das Blut. Noch bevor ich das Gehörte verarbeiten konnte, fuhr er fort.

„Agatha und Rudolph haben immer öfter mit Mutola zusammengearbeitet. Das war früher Rudolphs schärfster Konkurrent. Doch dann hatte er sich an Rudolph gewandt und ihn für seine Idee begeistert."

„Wenn es sich bei meinen Ermittlungen und diesem Projekt in Afrika im Grunde um eine Sache handelt, dann hat Mama etwas herausgefunden, was sie nicht wissen sollte ...“

„... und musste deshalb sterben.“

„Rudolph!“

Eine Stunde später stand ich in Rudolphs Büro. Er saß hinter seinem Schreibtisch und spürte sofort, dass ich unruhig und besorgt war.

„Meine Güte, Kindchen, was ist los? Was ist der Grund für deinen überstürzten Besuch?“

„Du bist in Gefahr. Es hat mit deinem Projekt und diesem Geschäftspartner zu tun.“

Er wirkte erstaunt. „Alfonso? Was ist mit ihm?“

„Du hast doch gemeinsam mit Mama an diesem Projekt gearbeitet?“

„Ja, das ist richtig. Aber was hat das jetzt mit Alfonso zu tun?“

„Ich habe doch erwähnt, dass ich an einem Fall arbeite, in dem ich nicht vorankomme. Es geht um eine Forschungseinrichtung, in der illegale Experimente an Menschen durchgeführt wurden. Eine neuartige Technologie, die in der Lage ist, Menschen zu manipulieren. Mama war eines dieser Opfer und hat sich deshalb das Leben genommen, nicht weil sie krank war.“

Skepsis stand in Rudolphs Gesicht geschrieben. Mit prüfendem Blick sah er mich an. „Du bist ja total aufgewühlt. So kenne ich dich gar nicht.“

„Eine von Mamas ehemaligen Arbeitskolleginnen, Judith Kramer, arbeitete für Alfonso Mutola und war wesentlich für die Entwicklung dieser Technologie verantwortlich. Sie wurde getötet, bevor ich mit ihr sprechen konnte.“

„Judith ist tot?“

„Kanntest du sie?“

„Ja. Über Agatha habe ich sie kennengelernt. Sie war leichter für unser Projekt zu begeistern, als deine Mutter. Allerdings habe ich schon seit einiger Zeit nicht mehr mit ihr gesprochen. Dass sie tot ist, schockiert mich."

„Du erinnerst dich an Luci? Marcels Schwester? Sie ist ebenfalls tot. Angeblich hat sie sich auch das Leben genommen. Doch wir konnten nachweisen, dass sie unter dem Einfluss dieser Technik stand. Die gleiche Technik, mit der auch Mama getötet wurde."

Rudolph lehnte sich zurück und verschränkte die Arme. Sein Blick wanderte durch das stuckverzierte Büro. Es dauerte einige Sekunden, dann fing er an, ungläubig den Kopf zu schütteln. „Das ist furchtbar. Aber was hat das mit mir zu tun?"

„Überleg doch mal. Dein schärfster Konkurrent, Alfonso Mutola, spricht dich irgendwann an und will mit dir dieses Hilfsprojekt auf die Beine stellen. Ein Projekt, das nicht nach ethischen Maßstäben realisiert wird. Wenn Mutola in Wirklichkeit nicht diesen Impfstoff, sondern diese Technologie entwickelt hatte und Mama das herausfand ..."

„... dann hatte sie damit ihr Todesurteil unterzeichnet." Rudolph Blick verfinsterte sich. Er schien wütend zu sein, wollte dieses Gefühl aber offenbar nicht zeigen.

„Wenn es so ist, wie ich vermute, dann bist auch du in Gefahr."

„Kannst du deine Theorie beweisen?"

„Nein, aber mein Instinkt sagt mir, dass etwas an der Sache dran ist. Ich hatte gehofft, dass du mir die Beweise liefern kannst."

Ein überraschter Blick. „Ich? Wie das?"

„Du arbeitest mit Mutola seit Jahren zusammen. Sicherlich gibt es Dokumente, Unterlagen, Dateien, die meine Theorie untermauern könnten. Aber ehrlich gesagt, möchte ich dich gar nicht darum bitten. Für mich ist es wichtig, dass wir dich an einen sicheren Ort bringen."

Rudolph stützte sich auf den Tisch, schaute gedankenverloren ins Leere und atmete langsam, aber kraftvoll aus. Dann beförderte er eine Whiskyflasche auf die Tischplatte. Ein ebenfalls im Schreibtisch verstecktes Glas füllte er zur Hälfte mit der goldbraunen Flüssigkeit. Der Geruch holzigen Alkohols stieg mir in die Nase und ließ mich schaudern.

„Der sicherste Ort, den es für mich auf diesem Planeten gibt, ist dieses Haus." Rudolph nahm einen kräftigen Schluck. Dann entspannten sich seine Gesichtszüge. „Es gibt Wachpersonal am Tor, hohe Mauern und Kameras. Niemand kann mit einer Waffe hier reinkommen. Außerdem habe ich Sergej, der auf mich aufpasst. Der nimmt es mit jedem auf. Glaub mir, Liebes. Ich bin hier absolut sicher."

Entschlossenheit blitzte in seinen Augen auf.

„Bist du dir sicher?" Ich hatte meine Bedenken, aber im Grunde hätte die Polizei ihn auch nur an einen x-beliebigen Ort gebracht und zwei Beamten zu seinem Schutz abgestellt. Er hatte vermutlich recht. Dies hier war die beste Option.

„Ja, ich bin mir sicher. Zusätzlich habe ich gerade erst ein paar Maßnahmen in die Wege geleitet, um den Schutz noch zu erhöhen. Wie sich zeigt, keinen Moment zu früh."

Rudolph ging nicht näher darauf ein. Er sicherte mir zu, alles zu überprüfen, was mit diesem Projekt zu tun hat, um einen Beweis zu finden, der meine Theorie stützte. Was allerdings nach seiner Aussage etwas Zeit in Anspruch nehmen würde. Immerhin müsste er vorsichtig vorgehen, um keinen Verdacht zu erregen.

Kurz darauf ging ich, in der Hoffnung, dass er in seiner Festung wirklich sicher war. In mir nagte jedoch das Gefühl, etwas Wichtiges übersehen zu haben.

42

Eine halbe Stunde später betrat ich das Revier. Andreas war überrascht mich zu sehen. Er hatte erwartet, ich würde länger zu Hause bleiben, nachdem ich das mit meiner Mutter erfahren hatte. Doch das Bedürfnis, diesen Fall schnellstmöglich abzuschließen, war mir wichtiger, als mir Zeit zum Trauern zu nehmen.

Ich klärte ihn über das Gespräch mit Papa und Rudolph auf. Im Anschluss begann Andreas umgehend damit, alle verfügbaren Informationen über Alfonso Mutola zusammenzutragen.

Während ich auf die ersten Ergebnisse wartete, organisierte ich mir in der Kaffeeküche erneut einen Koffeinkick. Diesmal ergatterte ich eine Tasse, auf der schnörkellos nur „Der frühe Vogel kann mich mal" stand. Ich zog abschätzig die Augenbrauen hoch und nahm einen kräftigen Schluck Kaffee. Er zeigte umgehend Wirkung und belebte die grauen Zellen. In Gedanken ging ich den Fall durch und ordnete alles, was wir bisher zusammengetragen hatten. Mir fehlten jedoch Erkenntnisse darüber, wie es um

Christian Nybergs HIV-Status bestellt war und ob Lucy und Claas Urban im Zusammenhang mit dieser Forschungseinrichtung Kontakt zueinander hatten. Weder von Andreas noch von Yaron hatte ich entsprechend eine Rückmeldung erhalten, was wenig verwunderlich war. Beide hatten nicht damit gerechnet, mich heute wieder im Dienst zu erleben.

Ich nahm erneut einen Schluck Kaffee und ging die letzten Tage systematisch durch. Dabei begann ich mit den aktuellsten Ereignissen und arbeitete mich immer weiter zurück.

Das Gespräch mit Papa, die erschreckenden Erkenntnisse zum Tod meiner Mutter, Marcels Vorwürfe im Restaurant, die Flucht von Nyberg nach dem Mord an Dr. Kramer. So arbeitete ich die letzten Tage durch, bis ich mich gedanklich in Lucis Wohnung wiederfand, in der ich gemeinsam mit Marcel war.

Das Gefühl, etwas übersehen zu haben, wurde stärker. Eine innere Unruhe ergriff von mir Besitz. Das war der richtige Ort, jetzt musste ich nur noch herausfinden, was genau es war. Ich rief mir sämtliche Details ins Gedächtnis. Das ungemachte Bett, das Foto vom gemeinsamen Urlaub, die Dokumente, die sich auf dem Schreibtisch stapelten, das Foto mit Marius Zimmermann, die Unterlagen zum Thema HIV ...

Na klar, das war es. Diese Unterlagen. Damals hatte ich ihnen keine Beachtung geschenkt. Zum einen, weil ich durch Onkel Rudolph und seinem Engagement in der Sache dies nicht für bedeutend hielt. Und weil ich zu diesem Zeitpunkt auch nicht wusste, dass es relevant sein würde.

Den restlichen Kaffee schüttete ich zügig die Kehle hinunter, stellte die Tasse auf den Tisch und kramte mein Smartphone aus der Hosentasche. Nur wenige Sekunden später hatte ich Marcel erreicht und teilte ihm unvermittelt mit, dass ich nochmals in Lucis Wohnung musste.

Erneut trafen Marcel und ich uns vor dem ungemütlichen Plattenbau. Der trübe Oktoberhimmel verschmolz mit dem grauen Beton zu einer trostlosen Kulisse. Passend dazu sah mich Marcel mit verärgertem Blick an. Noch immer war er wütend, weil ich ihn am Vortag sitzen gelassen hatte, deshalb gab ich ihm direkt zu verstehen, dass ich nicht hergekommen war, um mit ihm zu streiten. Ich war getrieben von dem Verlangen, diesen Fall zu lösen. Seitdem ich vor Lucis Wohnhaus aus dem Auto ausgestiegen war, hatte sich das Gefühl verstärkt, dass ich hier richtig war. Ich musste diese Unterlagen einsehen. Alles andere war jetzt nebensächlich.

Gemeinsam gingen wir erneut durch das ungemütliche Treppenhaus. Während ich wie eine Getriebene die Stufen hoch sprintete, kam Marcel nur langsam hinterher. Je näher er an Lucis Wohnungstür kam, desto schwieriger schien es für ihn zu sein. Er litt noch immer unter dem Verlust seiner Schwester. Wer wollte es ihm verdenken? Trotzdem drängte ich ihn zur Eile. Eine innere Unruhe trieb mich an und das Warten auf ihn machte mich nervös. Meine Aufforderung erwiderte er mit einem eisigen Blick, öffnete dann aber endlich die Wohnungstür.

Die fünf Meter zu dem Tisch, auf denen die Dokumente lagen, legte ich im Eiltempo zurück.

Endlich hatte ich in der Hand, worauf ich aus war. Zwischen ihren Unterlagen entdeckte ich die handschriftlichen Berichte, die ich beim ersten Besuch für irrelevant eingestuft hatte. Damals sah ich noch keine Verbindung zu ihrer Recherche. Doch heute erregten Sie meine ungeteilte Aufmerksamkeit. Ich hatte recht. Es handelte sich in einigen Textpassagen um den Ablauf der Studie. Sie erläuterte vor allem ihr körperliches Empfinden nach der Verabreichung des Präparats. Sie beschrieb Benommenheit, Schwindelgefühle und wie sich ihr Gemütszustand langsam aber sicher verschlechterte. Auffällig waren Notizen, die explizit den Gesundheitszustand von Christian Nyberg beschrieb. Laut Lucis Aufzeichnung war Nyberg nicht mit dem HI-Virus infiziert. Proband 63 ist negativ. Die handschriftliche Notiz in Eroğlus Büro ergab nun endlich einen Sinn, auch wenn ich mir noch keinen Reim darauf machen konnte, warum das von Bedeutung war. Doch ich war mir sicher, dass ich auch das noch herausfinden würde.

Einige weitere Unterlagen beschrieben vor allem die Wirkung des Virus aus medizinischer Sicht und gaben eine Auflistung aller eingestellten Versuche, einen Impfstoff zu entwickeln. Als Schwierigkeit bei der Entwicklung eines Vakzins wurde die extrem schnelle Wandlungsfähigkeit des Virus genannt. Jeder entwickelte Impfstoff wäre bei Markteinführung daher nutzlos, da bereits zig weitere Varianten des Virus existieren würden.

Mir kam Rudolphs Impfkampagne in den Sinn. Wie realistisch war dieser vermeintliche Impfstoff inzwischen? Es wurde immer offensichtlicher, dass Alfonso Mutola ganz andere Pläne hatte, als einen humanitären Dienst zu leisten. Es wollte mir aber nicht einleuchten, warum eine gefährliche Technologie in geheimen Experimenten getestet wurde, während man gleichzeitig eine Impfkampagne ins Leben rief. Ich brachte beide Dinge nicht zusammen, obwohl mir mein Instinkt untrüglich mitteilte, dass ich auf der richtigen Spur war. So wie es sich darstellte, war die Impfkampagne ein Ammenmärchen. Aber warum? Um Mama zu täuschen? Und Rudolph? Und all die anderen Menschen?

Wenn ich nur wüsste, was Luci genau herausgefunden hatte.

Aber das würde ich schon bald erfahren, denn die
Unterlagen enthielten den Beweis, der mich endlich
weiterbrachte. Die Informationen zum HI-Virus hatte
Luci von Claas Urban erhalten. Endlich konnte ich
den Zusammenhang nachweisen.

43

Ich nahm die Unterlagen an mich, verabschiedete mich nur knapp von Marcel und ließ ihn erneut stehen. Zurück auf dem Revier setzte ich Andreas umgehend in Kenntnis über meine Entdeckung.

„Bringen wir deine Infos in Verbindung mit dem, was ich über Alfonso Mutola herausgefunden habe." Er kramte einen Notizzettel hervor. „Wurde 1968 in Maputo geboren, studierte später in Lissabon und gründete bereits früh eine eigene Firma."

Natürlich. Mosambik. Wie konnte ich das übersehen?

„Maputo. Das ist die Hauptstadt von Mosambik. Dass mir das nicht früher aufgefallen ist."

Andreas sah mich fragend an.

„Mosambik war früher eine portugiesische Kolonie, die 1975 die Unabhängigkeit erlangte. Dort ist Portugiesisch noch immer Amtssprache. Wir haben uns bei der Suche nach dieser Firma, die das Forschungslabor betrieben hat, einzig auf Portugal und Brasilien konzentriert. Ich habe nicht daran gedacht, hier nachzuschauen." Ich presste meine Lippen zusammen und ballte die Fäuste.

„Deswegen ärgerst du dich jetzt? Weil dir DAS nicht gleich aufgefallen ist? Bis vor fünf Sekunden wusste ich das nicht einmal. So wie wahrscheinlich 95 % aller Deutschen das nicht wissen."

Andreas Worte spendeten mir keinen Trost. Onkel Rudolph hatte mir genug über Mosambik berichtet, sodass mir das hätte gleich einfallen können. Doch Andreas hatte recht. Es ergab keinen Sinn, sich darüber zu ärgern.

„Hast du herausgefunden, wo Mutola derzeit ist?"

„Hat vor drei Tagen das Land in Richtung Heimat verlassen. Über Kairo. Ich habe bisher keine Infos erhalten, ob er in Maputo angekommen ist."

„War ja klar. Es hätte ja auch so einfach sein können." Ich massierte mir die Schläfen.

„Um international zu fahnden, benötigen wir etwas Handfestes. Mit Vermutungen können wir hier nichts erreichen."

Andreas hätte sich seine Worte sparen können, denn das wusste ich selbst. Jedoch hatte ich eine Idee, wo wir unsere Beweise herbekamen. „Dann lass uns etwas Handfestes organisieren."

„Und wo, wenn ich fragen darf?"

„In Urbans Wohnung. Wir wissen jetzt, dass Luci und er im Zuge dieser Angelegenheit Kontakt hatten. Hier sollten wir nachschauen."

Er stieß ein sarkastisches Lachen aus. „Na, dann viel Spaß dabei, dass bei Cornelius durchzusetzen."

„Ich denke, die Indizien sind eindeutig genug, sodass er sich sein cholerisches Verhalten sparen kann."

Andreas sah mich überrascht an. Ein verschwörerisches Lächeln legte sich auf sein Gesicht. „Gut gebrüllt, Löwe."

Ich war selbst ein wenig überrascht über meine Aussage. Aber ich hatte keine Lust auf Diskussionen, Streitereien oder Cornelius' Alphatier-Gehabe. Nachdem ich nun die wahren Gründe für Mamas Tod kannte, hatte ich das Gefühl, dem Ganzen ein Ende setzen zu müssen, um die eigene Vergangenheit hinter mir lassen zu können.

Nur wenig später betraten Andreas und ich Urbans Zuhause. Er wohnte in einer geräumigen Stadtvilla aus dem letzten Jahrhundert unweit des Viktoria-Luise-Platzes. Die Wohnung wurde bereits von Kollegen, nach dem Anschlag auf den Journalisten, durchsucht. Es konnte aber sein, dass sie etwas nicht für wichtig erachtet hatten, weil es nur in Zusammenhang mit unseren Ermittlungsergebnissen einen Sinn ergab.

Sein Arbeitszimmer hatte den Charakter einer Bibliothek. Außer an der Fensterfront verbargen Bücherregale bis knapp unter die Decke die dahinterliegenden Wände. Urban galt als gebildet und weltmännisch. Mich hätte es nicht gewundert, wenn er einen Großteil der Werke tatsächlich gelesen hatte. Auffallend fand ich, wie die Regale eingeräumt waren. Die Bücher waren nach Größe sortiert und nicht nach Thema oder Genre. Die Bücherregale wirkten auf eine künstliche Art aufgeräumt, so als hätte jemand seinem Hang zur Pedanterie freien Lauf gelassen. Es gab mehr als genug Leute, die ihre private Bibliothek nach Größe oder auch nach der Farbe der Buchrücken sortierten. Das mochte aus meiner Sicht in einem Wohnzimmer mit zwei schmalen Bücherregalen angebracht sein. In Claas Urbans Bibliothek jedoch standen vermutlich mehrere Tausend Bücher.

Ein Biedermeierschreibtisch, an dem problemlos zehn Leute hätten Platz nehmen können, thronte demonstrativ in der Mitte des Raumes. Warum hatten eigentlich alle so riesige Schreibtische? Egal, ob es Rudolph war, die Anwältin Patricia Grahl oder jetzt Claas Urban. Als müssten Sie etwas kompensieren.

Ich stellte mich vor das Monstrum und ließ den Blick über die Bücherreihen schweifen. Von links nach rechts. Und wieder zurück. Trotz dieser eigenwilligen Ordnung wirkte das Gesamtbild nicht ganz stimmig. Irgendetwas passte hier nicht, ein winziges Detail, das ich nicht benennen konnte. Links befanden sich kleine und schmale Bücher. Literatur der vergangenen Jahrhunderte, Taschenbücher, kleine Ratgeber, eine ganze Reihe Reclam-Hefte. Im Grunde alles Mögliche, das in eine Jackentasche passte. Auf der rechten Seite wiederum standen große Bildbände, Atlanten, Lexika, Sammelbände, Enzyklopädien.

Während Andreas bereits begonnen hatte, den Schreibtisch zu durchforsten und Unterlagen zu sichten, konnte ich den Blick nicht von dieser Bibliothek abwenden. Was genau war es, dass meine Aufmerksamkeit auf sich lenkte? Von links nach rechts wurden die Bücher immer höher, breiter, massiver, wuchtiger. Die Regalböden wuchsen mehr und mehr auseinander, fassten weniger, dafür größere Bücher. Es wirkte beinahe wie aus einem Guss. Alles stand perfekt in Reih und Glied. Zumindest beinahe. Denn ein kleines Detail störte mich. Aber was war es? Warum konnte ich die Augen nicht von den Regalen abwenden?

Mehrmals scannte ich die Bücherwände, bedachte jeden Regalboden einer kritischen Prüfung. Mit einem Mal sah ich es. An einer Stelle war die eigenwillige Ordnung auf subtile Art gestört. Zwei dicke, schwere Bücher schienen sich nicht richtig zu berühren. Ein schmaler, dunkler Schatten drängte sich zwischen die beiden Werke. Leicht zu übersehen, wenn man nicht bereit war, sich darauf einzulassen und den Büchern die erforderliche Beachtung schenkte.

Zwischen einer Abhandlung über die Geschichte des Berliner Umlands sowie einer Chronik der Habsburger, versteckte sich eine schmale, dunkle Mappe.

Und dort befand sie sich nicht lange, wie die dünne Staubschicht vermuten ließ. Höchstens zwei, drei Wochen alt. Die Mappe klemmte so fest zwischen den Büchern, dass ich diese zunächst ein Stück herausziehen musste. Erst jetzt gelang es mir, das geheimnisvolle Objekt an mich zu nehmen.

Einen Augenblick später schlug ich eine Sammlung von Zeitungsartikeln, Notizen, Dokumenten und Berichten auf. Zunächst verstand ich nicht, worum es sich bei den Unterlagen handelte. Alles schien zusammenhangslos. Hier ein Bericht über die abgebrannte Forschungseinrichtung, dort Informationen zu HIV-Impfstoffen. Dann fand ich handgeschriebene Unterlagen zur Impfkampagne. Es tauchten Namenslisten auf, die wir schon auf dem Rechner von Dr. Kramer gefunden hatten. Kenan Eroğlus Name war in einem anderen Dokument markiert. Alles wirkte wie ein zusammenhangsloser Rückblick auf die Ereignisse der letzten Tage. Weiterhin befand sich in der Mappe eine kurze Auflistung zu Alfonso Mutola und seinen geschäftlichen Aktivitäten.

Ich breitete sämtliche Unterlagen über den ganzen Schreibtisch aus, sodass ich jedes Dokument, jede Notiz, jede Mitschrift, jeden Zeitungsartikel im Blick hatte.

Andreas war nicht entgangen, dass ich einer Spur nachging. Auch ohne es zu sehen, wusste ich, dass er mich kritisch beäugte. Er sagte nichts, stellte sich neben mich und begutachtete die ausgebreiteten Papiere.

Beide standen wir da, minutenlang, und versuchten einen Sinn, einen Plan in dem Ganzen zu finden. Mein Verstand suchte die Verbindungen zwischen den einzelnen Schnipseln. Es war wie ein Puzzle. Mit dem Unterschied, dass man nicht die Teile an die richtige Stelle legen, sondern den Teilen die korrekte Verknüpfung zuordnen musste.

Im Augenwinkel nahm ich wahr, dass Andreas das gleiche Spiel spielte. Er ließ den Zeigefinger durch die Luft wandern, um seine Gedankengänge zu unterstützen. Mit den Augen sprang ich von Dokument zu Dokument, während ich im Kopf alles sortierte.

Und dann war es auf einmal glasklar. Ein Schauer lief mir über den Rücken.

„Unmöglich." Ungläubig schüttelte ich den Kopf.

„Was, Tonja?"

„Siehst du es nicht?" Mit Entsetzen starrte ich Andreas an, während ich auf die Unterlagen deutete.

„Nein, klär mich bitte auf."

„Die Chips. Die Studien. Die Impfkampagne."

In mir wuchs das Unbehagen. Die Luft in Urbans Bibliothek fühlte sich mit einem Mal heiß und stickig an. Eine Urangst wurde geweckt. Die Angst, nicht mehr Herr der Lage zu sein, keine Kontrolle mehr zu haben. Bisher ging es nur um Einzelfälle, die eine subtile, nicht greifbare Beklemmung in mir auslösten. Doch nun wurde aus einzelnen, gefährlichen Tests eine Bedrohung unvorstellbaren Ausmaßes. Mich schüttelte es, mein Hals juckte. Es fühlte sich an, als wären diese Nanochips bereits in mir und würden mir gleich den Verstand rauben. Nicht auszudenken, was mit dieser Technologie möglich wäre, wenn sie in großem Stil eingesetzt würde.

Auch Andreas hatte mittlerweile verstanden, was da auf dem Tisch lag. Er bekam große Augen. Entsetzen erfüllte sein Gesicht, so als könnte sich davor verschließen. „Das ist keine Impfkampagne", sagte er schließlich mit kratziger Stimme.

Ich nickte. „Den Menschen in Mosambik sollen diese Chips injiziert werden. Das ist ein großangelegter Feldversuch. Das, was die hier bei uns gemacht haben, das waren nur kleine Tests. Die wollen das ganz groß aufziehen."

44

Zwei Tage später. Wieder einmal saßen wir im Besprechungsraum, den ich in der letzten Zeit häufiger gesehen hatte, als mir recht war. Cornelius war ebenfalls anwesend. Die Entdeckung, die Andreas und ich in Claas Urbans Wohnung machten, führte zu weitreichenden Konsequenzen, die ich mir vor wenigen Tagen noch nicht hätte vorstellen können. Anfänglich ging ich einem zweifelhaften Suizid nach, nun waren in die Angelegenheit mehrere Bundesbehörden involviert.

Unser Besuch stellte sich als Jana Plank vor. Sie war Ressortleiter der Abteilung für internationalen Terrorismus und organisierte Kriminalität des Bundesnachrichtendiensts. Plank trug einen dunkelblauen Hosenanzug, der ihr eine schlanke, sportliche Silhouette verlieh. Sie wirkte drahtig und dynamisch und kaschierte dadurch ihr wahres Alter. Ich schätzte sie auf 45, konnte mich aber auch vollkommen irren.

Nachdem sie uns darüber belehrt hatte, dass alles, was jetzt gesagt wurde, streng geheim sei, verdeutlichte sie die Dimensionen, die dieser Fall mittlerweile angenommen hatte.

„Diese Sache ist eine Angelegenheit nationaler und internationaler Tragweite. Einbezogen sind Vertreter des Auswärtigen Amts, des Innenministeriums und des Verfassungsschutzes. Wir stehen in Austausch mit der deutschen Botschaft in Maputo. Zusätzlich laufen Gespräche auf höchster Ebene mit der dortigen Regierung. Mitarbeiter verschiedener Nachrichtendienste beobachten Alfonso Mutolas Niederlassungen in Mosambik, Südafrika, Botswana und anderen Staaten. Sobald er wieder auf dem Radar erscheint, ergreifen wir den Mann."

Im Raum herrschte eine eigenartige Stimmung. Irgendwie schien niemand zu glauben, welche Dimensionen die Sache mittlerweile angenommen hatte. Niemand sagte ein Wort. Alle warteten darauf, dass Plank mit ihren Ausführungen weitermachte.

„Aktuell sind wir dabei, herauszufinden, wo genau diese Nanochips produziert wurden.

„Das heißt, sie wissen auch nicht viel mehr als wir?" Cornelius war skeptisch.

„Auch wir überblicken nicht das Ausmaß, wissen aber schon wesentlich mehr, als noch vor wenigen Tagen. Eine Aktion, die darauf abzielt, die Bevölkerung eines Landes mit Chips zur Gedankenmanipulation im Geheimen auszustatten, wurde langsam und von langer Hand geplant", gab Plank zu verstehen.

„Wieso ist das niemandem aufgefallen? Eine solche Aktion muss doch Aufmerksamkeit erregen?" Andreas hörte sich fast an, wie ein Journalist der Boulevardpresse, auch wenn seine Frage berechtigt war.

„Wir gehen davon aus, dass sehr viele Personen an diesem Projekt beteiligt waren, ohne die wahren Hintergründe zu kennen. Neben Kenan Eroğlu, Judith Kramer und Alfonso Mutola gehen wir höchstens noch von zwei oder drei weiteren Personen aus, die tatsächlich Kenntnis über den eigentlichen Zweck hatten. Die Mehrheit der in das Projekt Verwickelten ist vermutlich ahnungslos."

Ich dachte an Rudolph. So wie es aussieht, war auch er Mutolas Täuschung zum Opfer gefallen. Nach wie vor hatte ich Bedenken, ob er in seiner Villa mit einem Bodyguard sicher war. Für mich stand fest, dass wir Nyberg unbedingt finden mussten.

Plank führte ihre Ausführungen fort und riss mich aus den Gedanken. „Getestet wurde diese Technologie in kleinsten Versuchsreihen. Immer drei Personen je Testreihe. Danach wurde die jeweilige Forschungs-einrichtung aufgegeben, die Spuren verwischt und nach einer gewissen Zeit an anderer Stelle weiterge-macht. Dieses Prinzip scheint schon seit etwa acht Jahren Anwendung zu finden. Nach unseren derzeiti-gen Erkenntnisstand war die letzte Testreihe diejenige mit Luci Ziegler, Marius Zimmermann und Christian Nyberg als Probanden. Der gesuchte Christian Nyberg hatte die Probandennummer 63 und war offenbar die letzte Person, die für diese Versuche gewonnen wurde."

Andreas und ich tauschten flüchtige Blicke. Was hatte es nur mit dieser Nummer auf sich? Der letzte Proband einer langen Versuchsreihe, in der es we-sentlich war, dass die Probanden HIV-positiv waren. Ausgerechnet die letzte Person sollte es nicht sein? Und was war mit meiner Mutter?

„Haben Sie eine Ahnung, warum der HIV-Status der Probanden eine Rolle spielte?"

„Unsere eigenen Ermittlungsergebnisse in Verbin-dung mit denen Ihres IT-Forensikers legen den Schluss nahe, dass eine HIV-Infektion als Auslöser fungierte, um die Wirte in den Suizid zu treiben. Wie genau, wissen wir noch nicht."

Plank sah uns aus düsteren Augen an. „Bedenken Sie, dass gerade in Mosambik und anderen Ländern im Süden Afrikas eine hohe Infektionsrate herrscht.

Wir gehen davon aus, dass dort, und bitte entschuldigen Sie den Begriff, eine Art pathologische Säuberung vorgenommen werden sollte."

Ein Völkermord, basierend auf dem Gesundheitszustand. Mir wurde heiß und kalt. Eine Woge des Entsetzens rollte durch meinen Körper. Ich spürte den Druck auf der Brust, so als wollte eine unsichtbare Macht sämtliche Luft aus mir herauspressen.

Im Besprechungsraum herrschte eine schmerzhafte Stille. Alle waren damit beschäftigt, ihre Gedanken zu sortieren und kämpften mit ähnlichen Reaktionen wie ich.

„Das Perfide an den Chips ist, dass sie nur ein sehr schwaches Signal aussenden. Für die Kommunikation zwischen den einzelnen Einheiten ist es ausreichend. Es ist aber zu schwach, um es zu orten. Wäre dem so, könnte die Suche nach Nyberg sofort beendet werden. Es wäre ein Einfaches, sie zu ihrem Ursprung zurückzuverfolgen", gab Plank zu verstehen.

Sie erläuterte noch einige Details und beschwor uns ein weiteres Mal darauf ein, die Sache vertraulich zu behandeln. Über diese Technologie dürfte nicht nur nichts in die Öffentlichkeit geraten, auch müsste sichergestellt werden, dass sie nicht in die falschen Hände fiel. Nicht auszudenken, wenn die Chinesen, die Russen oder eine der unzähligen Terrororganisationen darüber verfügen könnten. Um dies zu verhindern, mussten wir uns alle zu absolutem Stillschweigen verpflichten.

Eine Stunde später hatte Plank das Präsidium verlassen. Andreas und ich standen auf dem Parkplatz. Ich nahm einen tiefen Zug. Die erste Zigarette seit fast zwanzig Jahren. Das letzte Mal hatte ich als Teenager geraucht und es genauso schnell wieder aufgegeben, wie ich damit angefangen hatte.

Klebriger Dunst füllte meine Lungen. Ein leichter Schwindel verriet mir, dass das Nikotin direkt ins Blut gepumpt wurde. Es war scheußlich, aber nach den nervenaufreibenden Ereignissen der letzten Tage hatte ich ein unbändiges Verlangen nach diesem Gift, dass ich mir gerade bewusst in den Körper saugte. Nach all den Enthüllungen und Wendungen wollte ich wenigstens für ein paar Minuten die Kontrolle abgeben.

„Widerlich", sagte ich mehr zu mir selbst, als zu Andreas.

„Dann hör auf damit, bevor du es dir angewöhnst."

Mahnende Worte. Seine Stimme klang streng und unnachgiebig. Ich kam mir vor, wie eine junge Teenie-Göre, die sich eine gerechtfertigte Standpauke anhörte.

„Hey, ich bin nicht deine Tochter."

Andreas seufzte. Wehmütig blickte er zu Boden. Verdammt, das war dumm und unüberlegt. Wahrscheinlich hatte ich den Finger genau in die Wunde gelegt.

„Entschuldige, Andreas. Ich wollte nicht ..."

„Schon gut." Er rollte seine Zigarette zwischen den Fingern, dann nahm er einen tiefen Zug. Der Tabak knisterte, als ihn die heiße Glut zu Asche verwandelte. Er hielt den Qualm eine gefühlte Ewigkeit in sich gefangen, bevor er in einem kräftigen, gleichmäßigen Strom seine Lungen leerte. Sein Blick ging in die Ferne. „Früher dachte ich, dass ich irgendwann meinen Jungen ermahnen müsste, wenn er heimlich mit vierzehn raucht, sich dabei super schlau vorkommt und denkt, seine Eltern würden das nicht merken. Und so verrückt es sich anhört, ich hatte mich darauf gefreut. Ich hatte mich auf alles gefreut, was zum Elternsein gehört. Wenn er stolz die erste Eins aus der Schule mitbringt. Oder betrübt die erste Sechs. Wie wir ihm Haare raufend versuchen, binomische Formeln, Integralrechnung oder sonst etwas beizubringen, das wir selbst nicht verstehen. Erleben, wie der kleine Junge langsam zum Mann wird, die ersten Male betrunken nach Hause kommt, heimlich Pornos schaut. Oder gesteht, dass ihn Jungs mehr interessieren als Mädchen und er Angst hat, es seinem grummeligen Papa zu sagen." Andreas zog erneut an seiner Zigarette. „Über solche Dinge machst du dir Gedanken, wenn du Vater wirst. Dass dein Kind mit fünf Jahren an Leukämie erkrankt und ein paar Monate später daran stirbt, sowas hat man nicht auf dem Schirm."

Andreas starrte ins Leere. Verbitterung lag auf seinem Gesicht. Die Augen hatten einen wässrigen Glanz. Seine Offenheit irritierte mich. Hielt er sich doch, was sein Privatleben betraf, immer bedeckt.

„Es hatte mir den Boden unter den Füßen weggezogen. Mein Leben war auf einen Schlag bedeutungslos. Wahrscheinlich bin ich deshalb so übellaunig und menschenverachtend geworden."

Mein Mitgefühl wuchs, doch ich fand keine Worte, die ich für angemessen hielt. Wahrscheinlich hatte Andreas schon seit Jahren nicht mehr darüber gesprochen. Es war offensichtlich, dass ihn diese Situation quälte.

„Mein Sohn wollte immer Polizist werden, so wie ich einer bin. Für ihn war ich ein Held. Heute würde ich diesen Job am liebsten an den Nagel hängen. Aber es kommt mir vor, als würde ich dann das letzte verlieren, das mir von ihm geblieben ist."

Andreas schluckte. Ich sah die Unruhe in seinem Gesicht. Er rang um Fassung. Unschlüssig darüber, was ich sagen könnte, entschied ich mich dafür, es einfach bleibenzulassen und legte ihm eine Hand auf die Schulter.

Dankbar schenkte mir Andreas ein kaum merkliches Lächeln. „Ich kann verstehen, wie du dich fühlst, Tonja. Wegen deiner Mutter, meine ich."

Ich nickte und hatte das Gefühl, dass wir in diesem kurzen, privaten Moment eine Verbindung zueinander hatten.

45

In den folgenden Tagen verglichen wir alle Unterlagen und Datenträger von Kenan Eroğlu und Judith Kramer mit denen von Luci und Claas Urban. Wir versuchten, weitere Erkenntnisse zu gewinnen, die Geschehnisse vollständig zu rekonstruieren und den Ereignissen bis ins allerletzte Detail auf den Grund zu gehen.

Es stellte sich heraus, dass Urban bereits seit Monaten Recherche zu vermeintlichen Drogenlaboren in Berlin und im Umland betrieb, die nach kurzer Zeit immer wieder aufgegeben wurden und für die sich die Behörden nicht wirklich interessierten. Urban hatte recht schnell ein System dahinter entdeckt. Wie sich außerdem zeigte, hatte ich recht mit der Vermutung, dass Urban für die große Story auch vor zweifelhaften Methoden nicht zurückschrecken würde. So hatte er es geschafft, eine junge Kollegin als verdeckte Informantin einzuschleusen. Natürlich hatte Urban ihr nicht die ganze Wahrheit mitgeteilt und bewusst in Kauf genommen, dass sie sich in Gefahr begab. Als mir das Ausmaß von Urbans rücksichtslosem Verhalten klar wurde, hätte ich ihm am liebsten die Zähne ausgeschlagen.

Da hat es zumindest nicht den falschen erwischt, schoss es mir ungefiltert durch den Verstand. Doch der eigene Gedanke schockierte mich. Mir war gerade nicht klar, was mich mehr entsetzte: dass Luci von diesem Widerling benutzt wurde. Oder dass ich seine Ermordung für einen Moment als gerechte Strafe empfand.

In einem Anfall von Überheblichkeit veröffentlichte Urban seinen Artikel zur abgebrannten Forschungseinrichtung in Marienfelde. Wahrscheinlich, um die Behörden zum Handeln zu zwingen. Damit hatte er sein eigenes Schicksal besiegelt und wurde kurz darauf zu Tode geprügelt.

Unklar war nach wie vor, wie die Probanden angeworben wurden und wo Christian Nyberg untergetaucht war. Und ich wusste nach wie vor nicht, warum ausgerechnet meine Mutter sterben musste. Je länger ich mich damit befasste, desto anstrengender wurde die Arbeit. Mir schwirrten Namen und Zahlen im Kopf herum, und ich wusste bald nicht mehr, wie ich sie zuordnen sollte. Ich spürte das Wummern in meinem Schädel. Die Augenlider waren schwer. Ein Kribbeln in den Händen und der schmerzende Rücken drängten mich zu einem Moment der Ruhe.

Wieder einmal suchte ich die Kaffeeküche auf. Der Griff in den Schrank beförderte heute eine langweilige weiße Tasse ohne Aufdruck zutage, die schon so lange in Gebrauch war, dass der Kaffee unauslöschliche Flecken auf der Keramik hinterlassen hatte. Mit einem simplen Knopfdruck gab ich dem Vollautomaten den Befehl, sein Wunderwerk zu vollbringen. Der ohrenbetäubende Lärm, der die kleine Küche erfüllte, übertönte ein Augenblick auf angenehme Weise das Schwirren aus Zahlen und Namen in meinem Kopf.

Ich nahm den ersten Schluck und sog das bittere Kaffeearoma in die Lungen. Dieser kurze Moment brachte ein Gefühl zurück, dass ich schon seit Tagen hatte, aber mir nicht erklären konnte. Als hätte ich etwas Wichtiges übersehen. Oder wollte ich es womöglich gar nicht sehen? Noch bevor ich wirklich ergründen konnte, was es war, kehrte der Lärm in meinem Kopf zurück. Ich streckte mich kurz und ging zurück an den Schreibtisch, wo mich Andreas bereits erwartete.

„Der Typ vom Geheimdienst hatte recht. Es waren tatsächlich 63 Personen, die für diese Experimente missbraucht wurden. Außer Nyberg haben alle Probanden versucht, Selbstmord zu begehen. Drei haben das überlebt, davon liegen zwei im Koma. Unwahrscheinlich, dass die jemals wieder zu Bewusstsein kommen werden."

„Was ist mit der dritten Person?"

„Das ist interessant." Ein verschwörerisches Grinsen legte sich auf Andreas Gesicht. „Die Person, Linus Boland ist der Name, ist seit dem Suizidversuch in einer geschlossenen Einrichtung der Psychiatrie untergebracht. Er scheint den Verstand verloren zu haben. Redet laut der Heimleiterin wirres Zeug und klagt über Stimmen im Kopf."

„Die Nanochips."

Andreas nickte. „Eine naheliegende Erklärung. Das Interessante daran ist aber, dass er bereits seit über zwei Jahren in dieser Einrichtung einsitzt."

„Was genau soll daran interessant sein?"

Manchmal war mir nicht klar, ob Andreas sich einen Spaß daraus machte, mir alles in Bröckchen mitzuteilen. Warum kam er nicht einfach auf den Punkt? Ich hätte ihn am liebsten am Kragen gepackt und geschüttelt. Mit einer fordernden Geste signalisierte ich, er solle fortfahren.

„Linus Boland ist noch immer auf seine alte Wohnadresse gemeldet. Die Miete, Strom, Wasser und Rundfunkbeitrag, alles wird weiterhin bezahlt. Obwohl er seit einem Jahr nicht mehr dort war, sondern in der Psychiatrie sitzt."

Mein Interesse war geweckt. „Wissen wir, wer die Rechnungen zahlt?"

Andreas blickte mich mit konspirativer Miene an. „Na, rate doch mal."

Ich atmete tief durch. Am liebsten hätte ich ihm den Kaffee ins Gesicht geschüttet.

„Mensch Andreas. Lass das. Hör auf damit, mir immer alles in kleinen Häppchen zu servieren und komm auf den Punkt!" Ich ballte die Fäuste, um meiner Forderung Ausdruck zu verleihen.

„Ist ja gut, Eure Hoheit." Er machte eine beschwichtigende Geste. „Die Rechnungen werden von der Gesellschaft für Vermögensverwaltung bezahlt, die auch die Forderungen im Falle des abgebrannten Labors beglichen und Eroğlu das Schmiergeld bezahlt hatte."

„Diese Firma, die ihren Sitz nach Hongkong verlegt hatte? Wie hieß sie noch gleich? Waters Medical Holding?"

„Korrekt." Andreas nickte anerkennend. „Diese Vermögensverwaltung ist maßgeblich an Alfonso Mutolas Firma beteiligt. Die Info habe ich von dem Typen vom Geheimdienst erhalten. Die überprüfen und überwachen mittlerweile auch diese Firma."

„Gut. Während sich der BND um die Urheber kümmert, fahren wir zur Wohnung von Linus Boland und schauen uns dort ein wenig um."

Die Ermittlungen verschlugen uns nach Falkenberg, im Osten der Stadt, nah am Stadtrand gelegen. Wir durchfuhren Hohenschönhausen mit seinen akkurat wie abstoßend aufgereihten Plattenbauten und waren mit einem Male in einer kleinen Siedlung, die provinzieller nicht hätte sein können. Keine Frage, hier verwandelte sich Berlin in ein kleines, spießiges Dorf, in dem die Nachbarn darauf achteten, dass die Mülltonnen vor 22 Uhr auf die Straße gestellt wurden.

Andreas hielt vor dem Haus, in dem Linus Boland angeblich noch immer wohnte. Ein altes, dreigeschossiges Wohngebäude, errichtet für Arbeiterfamilien und vermutlich in den 1930ern erbaut, stand unauffällig nahe der Straße. Was man von der Nachbarschaft nicht behaupten konnte. Hinter einigen Vorhängen war Bewegung zu erkennen. Unsere Ankunft erregte Aufmerksamkeit. Auf der gegenüberliegenden Straßenseite kam ein alter Mann aus dem Haus, stellte sich demonstrativ an den Gartenzaun und beäugte uns mit einem grimmigen Blick.

Auch Andreas war der Schaulustige nicht entgangen. Er nutzte die Möglichkeit und ging direkt in die Offensive, überquerte die Straße, zückte seinen Dienstausweis und befragte ihn nach Linus Boland. Der alte Mann, sichtlich erschrocken von Andreas zielstrebigem Auftreten, gab ein paar unbedeutende Worte auf Berlinerisch zum Besten und verschanzte sich dann wieder in seinem Haus. Nur, um uns durch das Fenster und aus sicherer Entfernung weiter zu beobachten.

„Ist doch lächerlich. Da wohnt man in Berlin. Und dann wohnt man hier." Demonstrativ breitete er die Arme aus, begleitet von einem verständnislosen Kopfschütteln.

Hier zu wohnen, hatte wirklich überhaupt nichts vom Flair der Großstadt, das man im Zentrum an jeder Ecke spürte. Doch wir waren nicht hier, um uns über die Feinheiten der städtischen Randbezirke auszulassen.

So standen wir wenige Minuten später im dritten Stock vor Linus Bolands Wohnung. Als auf mehrfaches Klopfen und Klingeln niemand reagierte, zückte Andreas ein kleines Ledermäppchen, aus dem er feingliedriges Werkzeug zog. Er machte sich am Schloss zu schaffen, das nur kurze Zeit später aufsprang. Auf meinen überraschten Gesichtsausdruck antwortete er nur mit einem beiläufigen Schulterzucken.

In der Wohnung stieg mir der Geruch von abgestandener Luft und billiger Fertigsoße in die Nase. Lüften war ganz klar nicht die Stärke des aktuellen Bewohners. Links neben der Eingangstür lag das Badezimmer, das sowohl eine Grundreinigung, als auch eine Renovierung dringend nötig hatte. Vergilbte Fliesen, welliger PVC-Boden sowie die von Staub, Kalkrändern und klebrigen Rückständen von Cremes und Salben benetzten Armaturen ließen mich schaudern.

Ein fleckiges Handtuch hing über dem Wannenrand und verriet, dass sich erst vor kurzem jemand damit abgetrocknet hatte. Der Spiegel über dem Waschbecken war überzogen mit kleinen Sprenkeln von Zahnpaste und den Resten von gestutztem Barthaar. So bemitleidenswert das Badezimmer auch war, spätestens jetzt stand fest, dass die Wohnung aktuell bewohnt wurde.

Ich bewegte mich Richtung Küche, die direkt hinter dem Badezimmer lag. Der Geruch von künstlicher Tomatensoße war hier am stärksten. Der Kühlschrank brummte friedlich in einer Ecke. Sonnenlicht fiel durch eine schmutzige Scheibe in die Küche. Auf dem Esstisch in der Ecke lag ein Stapel Zeitungen, allerhöchstens ein paar Wochen alt. Auf einigen Seiten klafften rechteckige Löcher. Andreas und ich warfen uns einen fragenden Blick zu. Stumm nickte ich ihm zu und wir gingen weiter. Im hinteren Teil befand sich das Wohnzimmer. Die Fensterläden waren geschlossen. Ich schaltete das Licht ein, vermied jedoch, Tageslicht hereinzulassen, um nicht zu viel unnötige Aufmerksamkeit zu erregen. Die Matratze mit dem durchwühlten Bettzeug darauf verriet, dass das Wohnzimmer auch als Schlafstätte genutzt wurde.

Andreas' und mein Blick fielen fast zeitgleich auf die Wand hinter dem Schreibtisch, die überwuchert war mit Fotos, Zeitungsartikel und einem Stadtplan von Berlin. Hier hatte jemand sein Vorgehen geplant und die nächsten Schritte markiert. Mehrere rote Punkte auf der Karte konnten wir direkt als die Wohnorte der Getöteten identifizieren. Auf dem Schreibtisch lagen diverse Dokumente. Darunter eine ganze Mappe zu Claas Urban. Mittendrin befand sich ein Artikel, der eine Veranstaltung ankündigte und mit rotem Filzstift markiert war. Die Buchvorlesung, die Urban hielt, bevor das Attentat auf ihn verübt wurde.

Andreas durchbrach die Stille.

„Denkst du, was ich denke?"

„Nyberg hat das Attentat auf Claas Urban verübt."

„Was nahelegt, dass er nicht aus freien Stücken gehandelt hat. Welchen Grund hätte er, Urban zu erschlagen?"

Was wir längst vermutet hatten, wurde nun zur Gewissheit. Ich kramte mein Smartphone aus der Hosentasche und verständigte die Spurensicherung.

Kurz darauf verließen wir die Wohnung, um keine weiteren Dinge zu verändern und der Spurensicherung die Arbeit nicht zu erschweren. Wir hatten bereits ein Stockwerk hinter uns gelassen, als uns jemand entgegenkam. Mit überraschter Miene starrte mich der junge Mann an. Dunkle Augen bildeten einen stechenden Kontrast zur hellen Haut. Entsetzen blitzte in seinen Augen auf.

Er schleuderte mir den Rucksack entgegen und stürmte aus dem Gebäude. Sofort nahm ich die Verfolgung auf. Die zufallende Haustür bremste mich für wenige Sekunden. Der Flüchtige rannte nach links. Ich hinterher. Es war nicht leicht, an ihm dranzubleiben. Er war schnell, verdammt schnell. Christian rannte die

Straße entlang, dann bog er abrupt nach rechts ab. Ich rief ihm hinterher, er solle stehen bleiben. Vergebens. Er rannte weiter. Hitze stieg in mir auf. Die Verfolgung verlangte mir alles ab. Knapp zwanzig Meter lagen zwischen uns. Diesmal würde er mir nicht entwischen, schwor ich. Christian rannte auf die Straße, als ein geparkter Transporter losfuhr. Für einen Augenblick verlor ich ihn aus den Augen. Der Abstand hatte sich vergrößert. Allmählich fiel ich zurück, schaffte es nicht mehr an ihm dranzubleiben. Das Wohngebiet lag hinter uns. Christian sprintete über einen Feldweg. Ein Gutshof tauchte auf der rechten Seite auf. Links wieder Häuser. Vom Hof fuhr ein Traktor auf die Straße, direkt vor Christian. Der musste ausweichen, machte einen Schwenk nach links, kam ins Stolpern und ging zu Boden. Gerade als ich ihn erreichte, drehte er sich auf den Rücken. Eine ruckartige Bewegung und ich blickte in die Mündung einer Pistole. Ruckartig blieb ich stehen.

„Bleiben Sie weg. Verschwinden Sie", keuchte er erschöpft.

Beschwichtigend hob ich die Hände vor meinem Körper und ging einen Schritt zurück.

„Ganz ruhig, Christian. Ich werde dir nichts tun."

„Hauen Sie einfach ab." Ein gequälter Ausdruck machte sich auf seinem Gesicht breit. Langsam rappelte er sich auf, die Waffe noch immer auf mich gerichtet. Er ließ mich nicht aus den Augen.

„Christian, nimm die Waffe runter. Ich kann dir helfen. Ich weiß, was du durchmachen musstest."

Mein Körper glühte, Blut rauschte mir durch den Kopf. Doch ich versuchte, so ruhig zu wirken, wie es mir möglich war.

„Sie wissen gar nichts", brüllte er. Tränen liefen über sein Gesicht. „Ich wollte das nicht tun. Ich wollte gar nichts davon. Es soll einfach aufhören."

Jede Faser seines Körpers spiegelte das Leid wider, durch das er in den letzten Wochen gegangen war.

„Ich weiß, dass du die Personen nicht freiwillig getötet hast. Und von den Stimmen in deinem Kopf."

Schwere Schritte näherten sich von hinten. Ein Schnaufen drang an meine Ohren. Andreas hatte uns eingeholt und war völlig außer Atem. Doch ich ließ Christian nicht aus den Augen.

„Ich kann nicht mehr. Ich will nicht mehr."

Ein metallisches Klicken ertönte. Die Nackenhaare stellten sich auf, mein Körper meldete Gefahr. Christian hatte die Pistole entsichert. Andreas zog ebenfalls seine Waffe und richtete sie auf den Verfolgten.

„Junge, mach keinen Scheiß und leg das Ding runter!", stieß er kurzatmig aus. Seine Worte waren wenig hilfreich.

„Du bist kein Mörder. Du bist kein schlechter Mensch. Leg die Waffe runter, lass uns reden. Wir können dir helfen." Ich hielt die Hände nach oben, um ihm zu signalisieren, dass ich keine Bedrohung für ihn darstellte.

Doch Christian schüttelte den Kopf. Sein schmerzverzerrtes Gesicht war blutrot. Er führte die Pistole an sein Haupt und presste die Augenlider zusammen. Die Mündung erreichte seine Schläfe.

„Christian, nicht!", schrie ich.

Ein lauter Knall zerriss die ländliche Stille.

46

Für einen Moment stand ich wie versteinert da. Ich sah Blut, das auf die sandige Straße spritzte, die Pistole, die am Boden lag, Christians erstarrter Gesichtsausdruck. Alles wirkte wie eingefroren. Nichts schien zu passieren.

Dann kam Bewegung in die Situation. Christian griff mit links an sein rechtes Handgelenk. Der Blick wanderte zum zerfetzten Körperteil, aus dem sich das Blut auf den Asphalt ergoss. Das Gesicht verwandelte sich in eine schmerzverzerrte Fratze. Der markerschütternde Schrei drang mir in die Ohren und traf mich wie eine Schockwelle. Mit Entsetzen starrte er auf das, was bis vor wenigen Sekunden noch eine Hand war. Noch bevor Christian seinem Leid ein Ende setzen konnte, feuerte Andreas einen präzisen Schuss ab. Die Kugel durchschlug die Hand, wodurch Christian die Waffe fallen ließ.

Wenig später kümmerte sich ein Notarzt um die Verletzung. Herbeigerufene Kollegen sperrten den Ort großräumig ab, stellten die Pistole sicher und führten die Befragung von Schaulustigen durch, die das Geschehen beobachtet hatten.

Der Notarzt war ein Mann Anfang 60 mit ergrautem Haar. Die speckigen Wangen und das Doppelkinn verrieten seine Vorliebe für deftiges Essen. Wir standen wenige Meter vom Rettungswagen entfernt, in dem Christian provisorisch verarztet wurde.

„Wie schlimm ist die Verletzung?" Mit dem Kopf deutete ich kurz in Christians Richtung.

„Das war schon ein heftiger Durchschuss. Da ist einiges kaputtgegangen. Ich kläre gerade, dass der heute noch operiert wird, damit wir zumindest retten können, was zu retten ist. Wahrscheinlich wird der Junge für immer motorische Schäden davontragen. Die Hand wird er niemals wieder vollumfänglich nutzen können."

„Dann wird er wohl lernen müssen, sich mit links einen runterzuholen."

Ich drehte mich zu Andreas.

„Echt jetzt? Das ist alles, was dir dazu einfällt?"

Auch der Arzt blickte meinen Kollegen an, verzog aber keine Miene. In seinem pausbäckigen Gesicht konnte ich nicht lesen, ob ihn Andreas Kommentar amüsierte oder verärgerte.

„Schon gut." Andreas verdrehte die Augen, dann wendete er sich dem Mediziner zu. „Können wir mit dem Jungen reden?"

„Ich habe ihm Schmerz- und Beruhigungsmittel gegeben. Aber eigentlich ist er ansprechbar."

„Okay, Tonja. Du bist die Diplomatin von uns beiden. Ich habe den Eindruck, dass meine direkte, forsche Art gerade nicht angemessen ist. Übernimm du das. In der Zwischenzeit gehe ich zurück in die Wohnung und schaue, ob die Spurensicherung weitere Beweise sicherstellen konnte." Ein knappes Nicken, dann drehte Andreas sich um und machte sich auf den Rückweg.

Währenddessen hatte es sich eine ältere Bewohnerin des Gutshofs zur Aufgabe gemacht, die Einsatzkräfte vor Ort mit Getränken, Kaffee und Keksen zu versorgen. Blumen zierten Ihre Kittelschürze. Vermutlich hatte sie vor Aufregung, dass hier draußen auch mal etwas passierte, die Lockenwickler in ihrem Haar vergessen. Sie wirkte auf eine beinahe übergriffige Art fürsorglich und hilfsbereit. Auch wenn ich annahm, dass ein Teil ihres Engagements mehr ihrer Neugier geschuldet war. Dennoch war ich dankbar für ihr Angebot, nahm mir einen der Kaffeebecher und einen weiteren für meinen Zeugen.

Am Rettungswagen angekommen stellte ich mich neben Christian, der auf der Kante des Fahrzeugs saß. Sein leerer Blick verlor sich im Grau des Asphalts. Eine Decke hing über seinen Schultern und schien den Jungen zusätzlich nach unten zu ziehen. Jetzt erst bemerkte auch ich, dass es kühler geworden war. Der Wind frischte auf und wirbelte die würzige Landluft umher. Die Sonne stand tief und am Horizont kündigte sich ein Herbststurm an.

„Wie geht es dir?"

In Zeitlupe wanderte Christians Kopf nach oben. Das Gesicht war eine ausdruckslose Maske. Leere Augen starrten mich eine gefühlte Ewigkeit an. Er schien nicht einmal zu blinzeln. Das Schweigen wurde unerträglich.

„Kaffee?" Ich streckte ihm einen der Becher entgegen, doch Christian senkte den Kopf und starrte ins konturlose Nichts des Asphalts.

Ich startete einen neuen Versuch. „Ich weiß, dass du die Morde nicht freiwillig begangen hast. Aber wenn du nicht mit mir sprichst, kann ich dir nicht helfen und man wird dich dafür verantwortlich machen."

„Im Gefängnis kann ich wenigstens niemandem mehr gefährlich werden. Darum hatte ich auch die Waffe besorgt." Schweres Schnaufen.

„Aber andere können das. Ich muss wissen, warum du an dieser Studie teilgenommen hast und wie du darauf aufmerksam geworden bist. Ich muss dafür sorgen, dass das aufhört."

Erneut blickte er mich an. Tränen liefen über sein ausdrucksloses Gesicht. „Ein Mann hatte mich angesprochen. Ich weiß gar nicht mehr genau, wie und wann. Wir waren in irgendeiner Kneipe, hatten Bier getrunken. Er erzählte mir irgendwann, dass er für eine geheime medizinische Forschungseinrichtung arbeitete. Eins kam zum anderen. Nach einer langen Nacht, lauter Musik und viel Bier hatte ich die Aussicht auf 25.000 €, wenn ich an einer Studie zur Erprobung eines Medikaments teilnahm."

„Hat es dich nicht stutzig gemacht, dass dir ein wildfremder Mann so viel Geld angeboten hatte?"

„Wenn Sie drogenabhängig sind, Schulden bei richtig üblen Typen haben und davorstehen, ihren Arsch zu verkaufen, kommt so etwas wie gerufen."

Ich bildete mir ein, Anzeichen der Reue auf seinem Gesicht zu erkennen. Mit zittriger Hand griff er nach dem Kaffeebecher, nahm einen Schluck, dann wanderte sein Blick wieder ins Leere.

„Natürlich hatte ich Zweifel. Aber die konnte ich mir nicht leisten und schob sie einfach beiseite. Mein Leben war damals schon ein Alptraum. Ich dachte nicht, dass es noch schlimmer werden könnte."

„Weißt du den Namen dieses Mannes? Oder wie er aussah?"

„An einen Namen kann ich mich nicht mehr erinnern. Vielleicht würde ich ihn auf Fotos erkennen."

„Das wäre wichtig. Wenn wir ihn identifizieren können, kommen wir auch an die Hintermänner. Eine Person haben wir bereits identifiziert, wir gehen aber davon aus, dass noch jemand dahintersteckt."

„Ich kann ihnen sagen, wer das ist."

Auf dem Smartphone suchte ich ein Bild von Alfonso Mutola und zeigte es Christian. Doch der schüttelte nur den Kopf."

„Nein, kenn ich nicht. Hab den nie gesehen."

„Okay. Wer dann? Du hast gesagt, du kannst mir sagen, wer das ist."

„Den Namen kenn ich nicht. Ich kann ihn nur beschreiben."

Wieder einer, der einem alles in kleinen Häppchen vor die Füße warf. Ich wurde energisch. „Dann tu das. Wie sieht diese Person aus?"

„Es ist ein älterer Mann. Vermutlich Anfang 60. Der Kerl sitzt im Rollstuhl. Der Typ, der mich auf die Studie angesprochen hat, ist wohl sein Bodyguard."

Die Worte rollten über mich hinweg wie eine Lawine. Adrenalin flutete meine Blutbahnen. Der Kaffeebecher schlug auf den Boden auf und verteilte seinen Inhalt auf dem grauen Untergrund. Eine Woge des Entsetzens rollte durch meinen Körper, gefolgt von nie gekanntem Zorn. Oh, Rudolph, wieso nur?

47

Christian hatte Rudolph auf einem meiner gespeicherten Smartphone-Fotos erkannt und bestätigt, dass er von ihm seine tödlichen Anweisungen erhalten hatte. Daraufhin gab ich einem Beamten die Anweisung, ihn nicht aus den Augen zu lassen und machte mich auf den Weg zu meinem Onkel. Andreas erreichte ich nicht und hinterließ ihm eine knappe Nachricht.

Ich musste die Angelegenheit aus der Welt schaffen und es zu Ende bringen. Auch wenn ich das Warum nicht verstand, so hatte sich dennoch eine weitere bittere Wahrheit offenbart. All die Frustration, die schlechte Laune, meine Verletztheit, Wut und Zorn, die sich die letzten Tage gesammelt hatten, zogen an jeder Faser meines Körpers. Konzentriert versuchte ich, ruhig zu bleiben und die Emotionen zu kontrollieren. Für das, was bevorstand, würde ich einen klaren Kopf brauchen.

Rudolph gegenüber hatte ich behauptet, ich sei beruflich in der Gegend und ihn gefragt, ob ich vorbeikommen durfte. Er bejahte dies und hier saß ich nun, vor dem überdimensionierten Schreibtisch. Rudolph war bei bester Laune.

„Tonja, wie schön dich zu sehen. Du glaubst gar nicht, wie sehr ich mich freue, dass du und dein Vater das Kriegsbeil begraben und endlich wieder zueinander gefunden habt. Du musst mir unbedingt erzählen, was passiert ist, dass ihr euch jetzt wieder vertragt."

„Keine Sorge, das werde ich. Aber zunächst möchte ich dir ein wenig über die Entwicklungen in meinem aktuellen Fall berichten."

„Ja, gerne." Sein Grinsen wurde breiter, während er mich keinen Moment aus den Augen ließ.

„Ich ermittle in einer Serie fragwürdiger Suizide sowie in einer Mordserie. Nun habe ich herausgefunden, dass dahinter eine hoch entwickelte Technologie steckt und es zwischen den Tötungsdelikten eine ganz interessante Verbindung gibt.

„Das klingt spannend." Anerkennendes Nicken. „Sonst erzählst du mir nie von der Arbeit. Jetzt bin ich umso gespannter, was du zu berichten hast."

Rudolphs Begeisterung kam mir übertrieben und unecht vor. Sofern er wirklich der Urheber war, müsste ihm spätestens jetzt klar sein, dass ich im auf die Schliche gekommen war.

„Die Person, die die Morde begangen hat, kannte die beiden vermeintlichen Suizidopfer, ist vermutlich aber nicht für deren Tod verantwortlich. Der Zusammenhang erschließt sich mir leider noch nicht ganz." Ich musterte ihn und studierte seine Gesichtszüge. Ich wartete auf ein unmerkliches Zucken, ein subtiles Zeichen. Irgendetwas, das ihn verraten würde. „Vielleicht kannst du mir weiterhelfen. Die Person, um die es geht, heißt Christian Nyberg."

„Tonja, du betonst den Namen so, als sollte ich diese Person kennen."

„Etwa nicht, Rudolph?"

Etwas veränderte sich in seinem Gesichtsausdruck, doch ich konnte nicht ausmachen, was es war. Noch immer hatte er ein Grinsen im Gesicht, aber es wirkte, als wäre seine gute Laune einer Fassade gewichen. Ich stützte meine Arme auf den Schreibtisch und lehnte mich nach vorne.

„Christian Nyberg, Rudolph. Ein junger Mann, Mitte zwanzig. Groß gewachsen, recht schlaksig. Hat dunkle Haare und helle Haut. Du kennst ihn."

„Liebes, wie kommst du darauf, dass ich diesen Mann kenne?" Rudolph lehnte sich in seinem Ledersessel zurück und verschränkte die Arme vor der Brust.

„Na, dein Schläger hat ihn doch für deine tollen Experimente angeworben, die du durchgeführt hast."

„Tonja, ich bitte dich, was erzählst du denn da?"

Ein ernster Gesichtsausdruck ersetzte seine gute Laune.

„Rudolph", sagte ich mit Nachdruck, „wir konnten Nyberg festnehmen. Er hat Sergej identifiziert als denjenigen, der ihn für die Versuche angesprochen hatte." Mein Blick haftete auf seinen Augen. „Und dich hat er auch identifiziert. Er hat bestätigt, dass du ihn damit beauftragt hast, Urban, Eroğlu und Kramer zu töten. Und mir gegenüber hast du noch den Überraschten gespielt, als ich von ihrem Tod berichtet hatte."

Da war es. Konfrontiert damit, dass ich Bescheid wusste, zuckte er fast unmerklich mit seinen Augen. Doch das reichte mir. Jetzt war klar, dass ich in der Höhle des Löwen saß und soeben die Bestie geweckt hatte.

„Tonja, dein Verhalten ist ganz schön anmaßend. Du erzählst mir von deinen Ermittlungen und versuchst nun deinen Hauptverdächtigen mit mir in Verbindung zu bringen."

Rudolph stützte sich auf dem Tisch auf und faltete die Hände.

„Oh, du verkennst die Situation. Christian Nyberg ist kein Tatverdächtiger, sondern Zeuge. Er hat die Morde nicht freiwillig begangen, sondern unter dem Einfluss deiner tollen Nanochips. Er war doch für dich der perfekte Handlanger, nicht wahr? Keine Familie, die unnötige Fragen stellt. In chronischen Geldnöten. Ein Verlierer."

Eine ungewohnte Strenge legte sich über das Gesicht meines Onkels. So oft hatte ich schon versucht, aus seinem Gesicht zu lesen, ohne dass er verraten hätte, was er gerade dachte. Vielleicht hatte ich aber einfach nur die falschen Fragen gestellt, denn diesmal sprach sein Gesicht Bände.

Seine rechte Hand wanderte unter die Tischplatte. Einen kurzen Augenblick später hörte ich das warme Kratzen einer alten Schublade, die geöffnet wurde. Rudolph beförderte ein kleines Köfferchen zutage, dass er demonstrativ auf die Tischplatte legte. Ich hatte eine Vermutung, was sich darin verbarg. Irgendetwas, das mit Rudolphs Experimenten zu tun hatte. Wenn mein Plan nicht aufging, würde ich sein nächstes Versuchskaninchen werden.

„Tonja, für so unklug hätte ich dich nicht gehalten. Du kommst hierher und konfrontierst mich mit diesen haltlosen Behauptungen. Hier, in meinem Heim, in meiner Festung." Mit einer ausladenden Geste breitete er die Arme aus. „Die Waffe hast du an der Pforte abgegeben. Und du bist in der Unterzahl."

Selbstverliebt lehnte er sich im Bürostuhl zurück. Gleichzeitig ging die große Flügeltür auf. Sergej kam herein und bezog neben der Tür Stellung.

Damit hatte ich gerechnet. Ich wendete mich wieder meinem Onkel zu.

„Wie ich sehe, hast du den stillen Alarm betätigt und deinen Gorilla alarmiert. Du hast doch nicht etwa Angst vor mir und meinen haltlosen Behauptungen."

Rudolph zuckte desinteressiert mit den Schultern.

Ich ging in die Offensive und schlug einen aggressiven Ton an: „Im Grunde will ich nur eins wissen: Warum hast du Mama getötet?"

Rudolph stieß einen angestrengten Seufzer aus. Er griff nach dem Köfferchen und schob es akkurat vor sich. Beinahe andächtig streichelte er über das silbrige Metall. Mit einem mechanischen Klicken entriegelte er das kleine Schloss. Der geöffnete Deckel zeigte zu mir, wodurch der Inhalt verborgen blieb. Nun erkannte ich, dass darauf mein Name angebracht war. Rudolph hatte mich längst erwartet und seine Vorbereitungen getroffen.

„Als ich erfahren habe, dass du dieser Sache nachgehst, war mir klar, dass es nur eine Frage der Zeit sein würde, bis du deswegen hier aufkreuzen würdest."

„Darum hattest du deinen Schläger bereits vor einigen Tagen auf mich angesetzt, damit er mir diese Chips in den Körper pumpt, nicht wahr?" Mit verfinsterter Miene sah ich ihn an.

Ein belangloser Ausdruck machte sich auf seinem Gesicht breit. „Das tut jetzt nichts mehr zur Sache." Aus dem Köfferchen zog er eine Impfpistole, wie sie Tobias in der Besprechung erwähnt hatte. Rudolph platzierte sie behutsam auf dem großen Tisch. Dann griff er ein durchsichtiges Röhrchen, das eine grünliche Flüssigkeit enthielt. Sanft rollte er es zwischen den Fingern und musterte es mit einer eigenartigen Faszination, bevor er mit seinen Ausführungen fortfuhr. „Der Tod von Agatha tut mir aufrichtig leid. Aber leider war sie zu neugierig. Genauso, wie du."

Ich war mir nicht sicher, glaubte jedoch echtes Bedauern in seinen Gesichtszügen zu erkennen.

„Sie unterstützte das Projekt, solange sie davon überzeugt war, dass es sich tatsächlich um eine Impfkampagne handelte. Doch als Agatha herausgefunden hatte, dass ich andere Pläne hatte, wurde sie zum Problem."

Meine Wut, die ich bisher so gut unter Kontrolle hatte, gewann allmählich die Oberhand. Die Hände zu Fäusten geballt saß ich da und hätte ihm am liebsten ins Gesicht geschlagen.

„Tonja, es ist so. Immer mehr Menschen auf dem Planeten müssen sich eine immer geringer werdende Menge an Ressourcen teilen. Konflikte und Verteilungskämpfe nehmen überall zu." Rudolph nahm die Impfpistole vom Tisch und schraubte das Röhrchen beinahe liebevoll in das Gewinde. Die grünliche Flüssigkeit schwappte hin und her. „Wir sind an einem Punkt angekommen, wo wir mit drastischen Maßnahmen die Weltbevölkerung dezimieren müssen. Wir können uns den Luxus nicht leisten, Arme, Kranke und Schwache mitzuschleifen. Nur, wenn wir selektieren, hat die Menschheit überhaupt eine Chance. Ansonsten werden uns die Konflikte um Rohstoffe und Ressourcen letztendlich ins Verderben treiben."

Er atmete schwer durch und richtete sich in seinem Bürostuhl auf.

„Leider haben wir nicht mehr die Zeit, Menschen durch politische Entscheidungen zum Einlenken und zur Vernunft zu bringen. Nicht in der Größenordnung, die notwendig wäre, um eine globale Katastrophe zu verhindern. Die Bevölkerung wächst täglich um etwa 300.000 Menschen. Fast 8,5 Milliarden Menschen leben auf diesem Planeten. Das sind zu viele, verstehst du? Es sind einfach zu viele."

Mit jedem Wort wurde Rudolph energischer.

Fassungslos und ungläubig schüttelte ich den Kopf. Rudolph, den ich als den liebevollsten Menschen in meinem Leben ansah, zerschmetterte gerade selbst das Bild, das ich von ihm hatte. Zum Vorschein kam dieses größenwahnsinnige Monster, dass jedem Bösewicht bei James Bond Konkurrenz machen könnte. Zu gern würde ich jetzt über den Schreibtisch hechten und ihn zu Boden reißen. Doch Sergej würde mich in dieser kurzen Zeitspanne umgehend ausschalten.

„Die einzige Möglichkeit, diesen Planeten zu retten, liegt in der Kontrolle. Die Natur hat einen Kontrollmechanismus entwickelt. Das Überleben des Stärkeren. Wir, mit unserer übertriebenen Fürsorge und dem rührseligen Gutmenschentum haben diesen Mechanismus zu einer lächerlichen Karikatur verkommen lassen." Rudolph schlug mit der flachen Hand auf den Tisch. „Und genau da liegt das Problem. Wir müssen die Menschen kontrollieren, und zwar hier." Er deutete mit dem Finger auf seinen Kopf.

„Ich will das alles gar nicht glauben, Rudolph. Das ist doch Wahnsinn. Die Menschen werden sich nicht freiwillig diese Dinger in den Körper spritzen lassen. Willst du etwa die ganze Welt im Geheimen manipulieren?"

„Was heißt freiwillig, Tonja? Du hast mitbekommen, was mit Luci passiert ist. Und wozu Christian in der Lage war. Er wollte weder Eroğlu noch Kramer töten. Und hat es dennoch getan." Ein Grinsen legte sich auf sein Gesicht. „Christian war ohnehin der perfekte Proband. Naiv, leicht zu manipulieren. Unscheinbar. Für einen regulären Studienteilnehmenden war er zu wertvoll, weshalb ich veranlasst hatte, dass die Nanochips bei ihm ein anderes Programm fahren würden. Sein Profil war perfekt. Darum habe ich auch dafür gesorgt, dass er, im Gegensatz zu den anderen, nicht mit dem HI-Virus infiziert wurde."

„Soll das heißen, ihr habt den Studienteilnehmer absichtlich ein potenziell tödliches Virus verpasst?" Schockiert starrte ich Rudolph an. Schweiß sammelte sich auf meinen Handflächen. Mit jedem zusätzlichen Wort, das ich hörte, wurde Rudolph zu einem widerwärtigeren Monster.

„Unter HIV-Positiven geeignete Kandidaten zu finden, stellte sich als äußerst schwierig heraus. Es war viel einfacher, gesunde Personen auszuwählen und ihnen nachträglich das Virus zu injizieren. Dadurch ließ sich auch viel leichter planen, wann die Chips aktiv wurden." Erneut betrachtete er die Impfpistole. „Hingegen kam mir Christian als Handlanger gerade recht, um alle Mitwissenden zu beseitigen." Schlagartig war Rudolph umgeben von einer Aura des Triumphs, die den ganzen Raum erfüllte. „Nun können wir in die nächste Phase des Projektes übergehen. Dafür reicht es, einem Teil der Menschen die Chips zu injizieren und in den ärmsten Nationen zu beginnen. Darum Mosambik. 20 Prozent ist die kritische Masse, dadurch wird sich der Rest wie von selbst erledigen. Keine Armee der Welt wäre dem gewachsen. Und die Chips sind mittlerweile so einfach und kostengünstig herzustellen. In wenigen Monaten läuft die Serienproduktion an."

Mit weit aufgerissenen Augen saß ich da. Fassungslos bewegte ich den Kopf hin und her. Ich war entsetzt. „Millionen Menschen werden sterben."

Rudolph zeigte keine Regung.

„Warum fängst du nicht bei dir an? Du bist an den Rollstuhl gefesselt. Du gehörst doch auch zu den Menschen, die wir laut deiner Aussage nicht mehr mitschleppen sollten. Was macht dich besser als die restlichen Kranken? Geld?"

Er quittierte meine Aussage mit einem belanglosen Schulterzucken. „Tonja, es tut mir leid, dass es so weit kommen musste. Ich hatte gehofft, dir das ersparen zu können."

Mit ernstem Gesicht schaute er mir tief in die Augen, dann warf er einen Blick zu Sergej und nickte ihm fast unmerklich zu.

Alarmiert sprang ich von meinem Stuhl auf und wählte die direkte Konfrontation mit dem Gorilla, der den halben Raum bereits durchquert hatte. Mein unerwartetes Aufspringen sorgte für ein wenig Verwirrung, was mir einen Vorteil verschaffte. Ich verpasste Sergej einen flachen Schlag auf die Brust, der ihn zurückschleuderte und zu Boden stürzen ließ. Doch er kam direkt wieder auf die Beine und schickte seine Faust in meine Richtung. Ich konnte noch rechtzeitig zur Seite ausweichen, griff mit der linken Hand seinen Arm und rammte ihm die rechte Faust ins Gesicht. Ein schmerzvolles Stöhnen. Doch das hielt ihn nicht auf und er setzte zum Konter an. Mit rechts wehrte ich seinen Schlag ab und rammte ihm den Ellbogen ins Gesicht. Sergej stöhnte erneut schmerzerfüllt auf. Er ging einen Schritt zurück, hob die Arme zur Deckung und stand nun vor mir. Blut lief ihm aus der Nase. Blitzartig schoss seine linke Faust nach vorne. Ich konnte den Schlag noch rechtzeitig blocken und erwiderte einen Tritt, der aber nur auf seinem Oberschenkel landete. Ein erneuter Schlag, dem ich nur knapp ausweichen konnte. Ein weiterer Schlag. Noch einer. Und noch einer. Mein Gegner ging in die Offensive, gab mir keine Möglichkeit für einen Konter, zwang mich in die Deckung. Blocken, decken. Blocken, decken. Blocken, decken. Da, eine kleine Lücke in Sergejs Angriff. Meine Faust flog senkrecht nach oben, prallte von unten gegen sein Kinn, beendete das Trommelfeuer seiner Fäuste. Ich griff um seinen Nacken, doch er drehte sich rechtzeitig zur Seite weg und platzierte einen Schlag genau auf meinem Brustbein. Die Luft blieb mir weg und ich sackte zusammen. Augenblicklich wurde ich von den Beinen gerissen, landete auf dem Bauch und spürte Sergejs Gewicht auf mir, das mich zu Boden drückte.

Der Schläger auf mir wog gut 50 Kilo mehr als ich, doch ich mühte mich nach Kräften. Das wäre nicht das erste Mal gewesen, dass ich mit so jemanden fertig geworden wäre. Aber Sergej wusste, was er tat. Ich versuchte einige Minuten, mich zu befreien, dann verließen mich die Kräfte und meine Gegenwehr ließ nach.

„Schluss jetzt", hörte ich Rudolph sagen. „Tonja, du warst schon immer widerspenstig. Aber heute hast du im Grunde nur das Unvermeidliche hinausgezögert."

Ich hob den Kopf vom Boden und warf meinem Onkel einen verachtungsvollen Blick zu. „Fahr zur Hölle."

„Selbst im Angesicht ihrer größten Niederlage sind die Menschen nicht dazu bereit, ihr gekränktes Ego hintenanzustellen und Demut zu empfinden. Warum solltest du da eine Ausnahme machen, Tonja?"

Für einen kurzen Moment legte sich ein verständnisvolles, beinahe väterliches Lächeln auf sein Gesicht.

„Aber nun haben wir genug philosophiert. Es ist Zeit, das hier zu beenden."

Rudolphs Gesichtsausdruck wurde wieder ernst. Es war klar, dass er mir nicht einfach nur Angst einjagen wollte. Er würde seine Experimente weiterführen und mich zu seinem nächsten Versuchskaninchen machen. Solange diese Chips nicht in meinem Körper waren, hatte ich eine Chance. So winzig sie auch sein mochte. Mir blieb etwas Zeit, denn Rudolphs Rollstuhl stand nicht neben dem Schreibtisch. Bis er hier war, würde es einen Augenblick dauern. Sergej schien noch fester zuzupacken. Einen Moment später wusste ich auch, warum.

Rudolph stützte sich mit beiden Händen auf den Schreibtisch. Dann erhob er sich aus seinem Ledersessel und stieß dabei ein gequältes Stöhnen aus. Als er sich aufgerichtet hatte, nahm er die Impfpistole in die rechte Hand und betrachtete sie mit einem faszinierten Blick. Nun setzte er sich in Bewegung und umrundete sichtlich angestrengt und mit schwerem Gang den Schreibtisch.

Ich konnte nicht glauben, was ich sah. Seit vielen Jahren an den Rollstuhl gefesselt, lief Rudolph in meine Richtung. Schwerfällig zwar und offensichtlich war es schmerzvoll für ihn. Dennoch, er lief und in seinem Gesicht lag eine beinahe diabolische Genugtuung. Er schien diesen Moment, der für mich so surreal wie erschreckend war, regelrecht zu genießen.

„Das ist die Zukunft, Tonja. Sieh sie dir genau an. In ein paar Monaten werde ich wieder laufen können wie ein Zwanzigjähriger. So wie mir diese großartige Technologie hilft, die Kontrolle über meinen kranken Körper zurückzugewinnen, wird sie mir helfen, die ausufernde Weltbevölkerung zu kontrollieren."

In diesem Moment hatte er das menschliche Knäuel aus Sergej und mir erreicht und schaute mit strengem Blick auf mich herab. Unter Mühen und mit schmerzverzerrter Miene kniete sich Rudolph neben mich.

Panik stieg in mir auf. Ich bot noch einmal alle Kräfte auf, um mich zu befreien. Ich wand mich, so gut ich konnte, schaffte es, für einen Moment den linken Arm zu befreien und mich ein kleines Stück zurück in Richtung Freiheit zu kämpfen. Doch nur einen Augenblick später erhöhte sich der Druck ein weiteres Mal.

Sergej hielt mich nun fester als zuvor. Meine Kräfte begannen endgültig zu schwinden. Der verzweifelte Befreiungskampf erstarb in kraftlosen Zuckungen und kam schließlich ganz zum Erliegen. Mein Atem ging schwer, während die Hoffnung meinen Körper verließ.

Oh, Gott, ich wollte nicht einer von Rudolphs seelenlosen Zombies werden. Was ich aber noch weniger wollte, war, mir sein dummes Geschwätz anzuhören.

„Es wird gar nicht wehtun. Nur ein kurzer, stechender Schmerz. Dann schläfst du direkt ein. Und wenn du wieder aufwachst, wirst du denken, dass alles sei ein Traum gewesen."

Langsam und ohne Hast führte Rudolph die silbrig glänzende Impfpistole an meinen Hals. So langsam, dass ich jedes noch so kleine, feine Zucken, Pulsieren, Vibrieren, Beben in seinem Gesicht genauestens studieren konnte. Kein Detail entging mir. Die Stirn, die sich in tiefe Falten legte, die Nasenflügel, die sich hoben und die Nasenlöcher ungewöhnlich groß wirken ließen. Seine fahlen Lippen, die leicht zusammengepresst wurden, die markanten Wangenknochen, die nun noch stärker hervortraten. Feine Schweißperlen, die sich an den Schläfen bildeten und von Adrenalin im Blut zeugten. Die Augen, die leicht zusammengekniffen waren und aus denen Entschlossenheit und Fanatismus gleichermaßen sprachen. Es dauerte eine gefühlte Ewigkeit, bevor das kühle Metall meinen Hals berührte.

Dann erfüllte lautes Bersten von Holz den Raum. Der Druck auf mir ließ nach. Das kalte Metall verschwand. Hektik brach aus. Laute Rufe. Ein Schuss. Sergejs Körper, der zu Boden fiel.

Plötzlich war ich frei, rollte mich auf den Rücken, sah die aufgebrochene Bürotür. Andreas stürmte mit der Waffe in der Hand in den Raum.

Ich brauchte einen Moment, um die ganze Situation zu erfassen. Sergej war sofort aufgesprungen und Andreas hatte ihn mit einem direkten Schuss niedergestreckt. Sein Körper landete auf Rudolph und verhinderte im letzten Moment, dass er mir dieses widerliche Zeug injizierte.

Das war knapp, dachte ich. Während ich heftig Luft in mich einsog, tauchte unvermittelt jemand hinter Andreas auf und ließ mit voller Wucht eine Handkante auf ihn herabsausen. Es ging so schnell, dass ich nicht rechtzeitig warnen konnte. Andreas verdrehte die Augen und verlor das Bewusstsein.

Ich riss die Augen auf. Eine Welle des Entsetzens rollte durch mich hindurch.

Yaron stand mir gegenüber und blickte mich mit ausdruckslosen Augen an. Dann startete er einen unvermittelten Angriff. Wieso passierte das gerade? Wieso ging Yaron auf mich los? Ich ging in die Deckung und hatte nur die Chance, sein Trommelfeuer aus Schlägen zu blocken. Es dauerte einige Sekunden, in denen ich gefühlt hunderte Faustschläge mit meinen Armen abgewehrt hatte. Wie von Sinnen schlug er auf mich ein. Dann begriff ich es. Sein abgespanntes Erscheinungsbild von neulich kam mir in den Sinn. Er war nicht krank, hatte keinen Filmriss oder ähnliches. Yaron war zu einem Zombie mutiert. Eine willenlose menschliche Maschine, kontrolliert von diesen verdammten Nanochips.

Meine Arme schmerzten. Einige Stellen brannten. Ich konnte das Blut riechen, das aus dem Fleisch quoll. Yaron drängte mich weiter in die Ecke. Von dort würde ich nicht mehr wegkommen. Bei der Brutalität, mit der er zuschlug, wäre das mein Ende. Es gab nur eine letzte Chance.

Ich machte einen Satz zurück. Sein Angriff verlief dadurch ins Leere. Er schwankte nach vorne, zügig duckte ich mich zur Seite weg, war nun neben ihm und rammte meinen Ellbogen gegen seine Schläfe. Yaron wankte zur Seite, ich platzierte einen Tritt in seinem Rücken und fiel halb nach vorne, fand aber die Balance wieder, wirbelte herum und versuchte eine neue Angriffsserie zu starten. Beim Versuch, ihm auszuweichen stolperte ich über Sergejs reglosen Körper, verlor das Gleichgewicht und ging zu Boden. Ich schaffte es jedoch, mich beim Fallen auf den Rücken zu drehen und lag nun fast neben Rudolphs riesigem Schreibtisch. Yaron stürzte sich auf mich. Ohne nachzudenken, streckte ich mein rechtes Bein in seine Richtung. Dadurch prallte Yaron mit dem Kopf an die Tischkante und schlug mit vollem Gewicht auf dem Boden auf.

Ich rappelte mich auf. Yaron grunzte einige schmerzverzerrte Laute, dann war auch er wieder auf den Beinen. Er drehte sich zu mir und ging erneut auf mich los. Ich schleuderte ein Bein in seine Richtung, traf ihn am Unterkiefer. Er taumelte, dann warf er sich auf mich und riss mich zu Boden. Mit den Unterarmen, auf die er unablässig einprügelte, schützte ich mein Gesicht. Irgendwie musste ich ihn ausschalten. Im Augenwinkel erkannte ich die Impfpistole, die eigentlich für mich gedacht war.

Ruckartig zog ich einen Arm weg und schlug Yaron mit aller Kraft seitlich auf den Brustkorb. Das Brechen der Rippen wurde gefolgt von Yarons schmerzerfülltem Schrei. Der Druck ließ nach. Dann hatte ich die Impfpistole in der Hand, rammte sie an seinen Hals und drückte ab.

Er riss die Augen auf, dann sackte er regungslos zusammen. Erleichterung machte sich in mir breit. Das Blut rauschte in mir. In den Ohren wummerte mein Herzschlag wie der Bass auf einer Technoparty. Langsam richtete ich mich auf und schüttelte mich. Sergej lag in einer Blutlache, Yaron schlummerte friedlich. Doch einer fehlte: mein Onkel. Gerade als ich mich nach ihm umschauen wollte, drang das metallische Klicken einer entsicherten Pistole an mein Ohr. Langsam drehte ich mich um und sah ihn, der mir Andreas' Waffe entgegenstreckte. In dem ganzen Tumult hatte er die Chance genutzt und sie sich geschnappt. Mit hasserfülltem Blick stand er mir gegenüber. Sein Körper bebte, die Hände zitterten.

„Du hast mir meine Pläne das letzte Mal durchkreuzt."

Das sah ich anders. Adrenalin flutete meine Blutbahnen und in einer blitzartigen Bewegung riss ich ihm die Pistole aus der Hand, trat einen Schritt zurück und richtete sie nun auf ihn. Diese Technik, mit der ein Angreifer in Millisekunden entwaffnet werden konnte, hatte ich tausende Mal geübt. Noch nie musste ich davon Gebrauch machen. Dass ich sie das erste Mal ausgerechnet gegen meinen eigenen Onkel anwenden würde, hätte ich niemals für möglich gehalten.

„Es ist vorbei, Rudolph. Es ist vorbei", flüsterte ich schnaufend. Ich vergrößerte die Distanz zu ihm. Mein Körper zitterte. Heiße Tränen liefen mir über die Wangen. Die ganzen Emotionen, alles, was ich zurückgehalten hatte, bahnte sich nun seinen Weg an die Oberfläche. Die Wut, die Verzweiflung, der Zorn, die Enttäuschung.

Andreas hatte sich mittlerweile aufgerappelt. Ich ließ die Waffe sinken und fing an zu weinen. Er nahm die Pistole an sich und legte einen Arm um mich. Ich drückte mich an ihn und ließ meinen Gefühlen freien Lauf.

48

Ich saß am Küchentisch. Die Novembersonne tauchte den Raum in einen melancholischen Glanz. Für die Magie des Moments hatte ich jedoch keine Augen. Mein Blick verlor sich im feinen Dampf des Kaffees und ich dachte über den gestrigen Tag nach.

Papa und ich hatten einen Ausflug nach Potsdam gemacht, waren durch den Park Sanssouci geschlendert und hatten den sonnigen Tag genossen. Wir fanden recht schnell wieder zueinander, sodass ich das Gefühl hatte, als hätte es niemals einen Keil zwischen uns gegeben. Gleichzeitig empfand ich Wehmut, als mir bewusst wurde, wie viel gemeinsame Zeit wir versäumt hatten.

Später fuhren wir zurück nach Berlin und aßen in einem schicken Restaurant am Hackeschen Markt zu Abend. Bei einem guten Wein führten wir unsere Gespräche fort. Ich hatte das Gefühl, mich bei ihm für meine Kaltherzigkeit entschuldigen zu müssen. Doch er wollte davon nichts wissen.

„Was passiert ist, ist passiert", sagte er zu mir, ohne eine Spur von Groll, Missmut oder Verbitterung.

„Wir können die Zeit nicht zurückdrehen. Lass uns nicht über das Gestern nachdenken, sondern über das Hier und Jetzt. Das alleine zählt." Er sah mich mit großen, gutmütigen Augen an. „Ich bin froh, dass du wieder Teil meines Lebens bist. Alles andere ist bedeutungslos."

Er legte seine Hände auf meine. Sie waren warm und weich und mich erfüllte ein Gefühl von Geborgenheit, dass ich schon beinahe vergessen hatte.

„Aber wenn du dich bei jemanden entschuldigen möchtest, dann vielleicht bei Marcel."

Ich blickte meinen Vater fragend an.

„Tonja", seine Stimme klang sanft und verständnisvoll, „als du dich von mir distanziert hast, hast du dich auch von ihm abgekapselt. Eure Beziehung ist nicht daran gescheitert, dass ihr zu verschieden wart, sondern an deiner Verletztheit. Du hast deine Enttäuschung auf ihn projiziert, bis eure Beziehung in die Brüche gegangen ist. Und ob du es dir eingestehen willst oder nicht, du empfindest noch etwas für ihn. Das sehe ich in deinen Augen, wenn sein Name fällt. Bei ihm musst du dich entschuldigen."

Papas Gedanken beschäftigten mich den ganzen Morgen. Mittlerweile war der Kaffee kalt, ohne dass ich einen Schluck getrunken hatte.

Ob mein Vater recht hatte? Bedeutete Marcel mir tatsächlich noch etwas? Immerhin, sein plötzliches Auftauchen hatte mich zunächst geärgert, aber dann zunehmend aufgewühlt. Je länger der Fall dauerte, desto unsicherer wurde ich. Seine Anwesenheit machte mich nervös, seine Abwesenheit wehmütig. Ich fühlte mich allein, wenn er nicht in meiner Nähe war und hilflos, wenn er neben mir stand.

Je mehr ich darüber nachdachte, desto unruhiger wurde ich. Warum war ich seither keine Beziehung eingegangen? Warum hatte ich mich auf keinen anderen

Mann mehr eingelassen? Wieso hatte ich all die Erinnerungsstücke aus unserer gemeinsamen Zeit behalten und nicht weggeworfen? Stattdessen stopfte ich alles in eine Kiste und stellte sie in den Schrank.

Ähnlich war ich mit meinen Gefühlen umgegangen. Die hatte ich immer in irgendeine Ecke des Verstandes geschoben, wo ich mich nicht damit auseinandersetzen musste. Lediglich meine latente Wut konnte ich nicht verleugnen, auch wenn ich mir alle Mühe gab, sie zu ignorieren.

Einige Zeit lang dachte ich nach, dann ließ ich das Grübeln sein und begann, meine Emotionen zu sortieren. Das erste Mal seit Jahren, dass ich mich aktiv mit meinen Gefühlen auseinandersetze. Allerdings dauerte es einige Tage, bis ich bereit war, mir die Gefühle auch tatsächlich einzugestehen. Ich hatte nie aufgehört, Marcel zu lieben. Doch nach Mamas Tod fühlte ich nur noch Wut, Trauer, Enttäuschung und hatte in meinem Herzen keinen Platz mehr für ihn. Erst jetzt war es mir wieder möglich.

Ich überlegte, ob ich ihn anrufen sollte, ließ es dann aber bleiben. Ich kam mir albern vor. Was hätte ich ihm sagen sollen? Hey Marcel, entschuldige, dass ich mich damals so idiotisch aufgeführt habe? Wollen wir zusammen essen gehen? Hast du Lust, danach bei mir zu schlafen?

Nein, das kam mir alles so lächerlich vor. Ich kam mir lächerlich vor. Und ich brachte den Mut nicht auf.

Lucis Beerdigung war schlicht und dennoch würdevoll. Die Trauerrede hielt eine unbekannte Person. Während die Worte gesprochen wurden, brach Marcel in Tränen aus. Es fiel ihm sichtlich schwer, sich von seiner Schwester zu verabschieden.

Als die Zahl der Trauergäste nach und nach weniger wurde, ergab sich endlich eine Möglichkeit, mit

Marcel zu sprechen. Ich fühlte mich unsicher und hatte feuchte Hände.

„Marcel, ich möchte dir mein Beileid aussprechen."

„Ich kann noch immer nicht glauben, dass sie tot ist."

„Ja, das verstehe ich. Ich habe deine Schwester sehr gemocht. Sie war so ein lebensfroher, warmherziger Mensch."

Marcel blickte ins Leere. Tränen liefen ihm über das Gesicht. „Ja, das war sie. Mein Gott, sie war mir nicht nur eine Schwester. Sie war meine beste Freundin. Ihretwegen bin ich damals überhaupt nach Berlin gekommen. Ich hätte mich niemals für ein Studium hier entschieden, wäre sie nicht schon hier gewesen."

„Ja, ich weiß. Ihr standet euch sehr nahe."

„Ich habe sie geliebt, Tonja. So sehr, wie man einen Menschen nur lieben kann. Jetzt macht das alles keinen Sinn mehr."

Seine Aussage irritierte mich. „Was meinst du damit?"

„Ich werde Berlin verlassen, Tonja. Vielleicht sogar das Land verlassen. Was hält mich noch hier? Alle Menschen, die mir etwas bedeuteten, sind entweder tot oder schon lange nicht mehr Teil meines Lebens."

Hatte er das gerade tatsächlich gesagt? Er wollte Deutschland verlassen? Aber ...

„Tonja, ich habe vergessen, dir zu danken. Vielen Dank, dass du beweisen konntest, dass Luci keinen Selbstmord begangen hatte." Dann stellte er den Kragen seines Mantels hoch, verabschiedete sich und lief Richtung Ausgang. Nach ein paar Metern blieb er stehen und blickte noch einmal zurück. „Leb wohl, Tonja."

Wie paralysiert stand ich da und starrte ihm hinterher.

„Tonja, was wartest du noch hier. Lauf ihm nach, bevor er verschwunden ist."

Ich drehte mich um und blickte in die Augen meines Vaters. Und dann verstand ich es endlich. Mama hatte ich schon verloren, meinen früher so geliebten Onkel ebenfalls. Papa würde auch bald sterben. Und nun war Marcel gerade dabei, ebenfalls für immer aus meinem Leben zu verschwinden. Nein, das durfte ich nicht zulassen. Es lag an mir. Er musste erfahren, was ich fühlte.

„Danke, Papa." Ich drückte ihm einen Kuss auf die Stirn. Dann rannte ich hinterher. Ich erreichte den Ausgang, hastete durch das große, eiserne Tor, konnte ihn aber nicht finden. Dann lief ich in Richtung Parkplatz und hatte Glück. Er war gerade dabei, in seinen Wagen einzusteigen.

„Marcel, warte!", rief ich über parkende Autos hinweg. Er hielt inne und schaute zu mir. Ich sah die Irritation in seinem Gesicht.

„Marcel, es tut mir leid." Mein Atem ging schwer. „Es tut mir leid, alles tut mir leid. Das mit uns tut mir leid. Wie es damals gelaufen ist. Dass ich dich ungerecht behandelt habe. Dich von mir weggestoßen habe. Es tut mir leid."

Regungslos stand er da. Doch in seinen Augen konnte ich die Verwunderung lesen.

„Marcel, es tut mir wirklich alles aufrichtig leid. Ich wünschte, ich könnte die Zeit zurückdrehen und wir könnten noch einmal von vorne anfangen."

„Tonja, ich ..."

„Nein, Marcel, hör mir zu, bitte."

Wahrscheinlich machte ich mich gerade zum Affen, aber es war mir egal. Mich überkamen die Gefühle und ich vergaß Raum und Zeit um mich herum. Was ich so lange vor mir selbst gegenüber verleugnet hatte, brach nun aus mir heraus und es fühlte sich so unglaublich befreiend an.

„Ich liebe dich, Marcel. Das habe ich immer getan. Aber es ist so viel passiert, dass ich ganz verwirrt war. Es tut mir leid, Marcel. Es tut mir leid."

49

Fünf Monate später

Der letzte Umzugskarton wartete im Flur darauf, abgeholt zu werden. Zurück blieb eine Anzahl leergeräumter Zimmer, die bis jetzt mein Zuhause gewesen waren. Der Dielenboden knarrte unter den Schritten. Ein dumpfes Echo hallte von den Wänden durch die Räume. Wehmut befiel mich. Doch nach allem, was passiert war, fühlte es sich richtig an, befreiend.

Ich wagte einen Neuanfang, um mich von Wut, Trauer und dem Leid zu lösen, die ich erfahren hatte. Traurigkeit stieg in mir auf, aber auch Dankbarkeit darüber, dass ich die Chance erhielt, wieder mit meinem Vater vereint zu sein.

Er starb am 24. Februar, friedlich und in meinem Beisein. Seit Jahren litt er an Krebs. Irgendwann hatten die Ärzte aufgegeben und ihm mitgeteilt, dass sie nichts für ihn tun könnten. Sie gaben ihm den Rat, dass er das Beste aus der Zeit machen solle, die ihm noch blieb. Und er dachte nur daran, wieder mit seiner starrsinnigen Tochter vereint zu sein. Wir sprachen viel über die Vergangenheit, die Zukunft, seinen nahenden

Tod. So war es auch kein Schock und ich kam einigermaßen klar. Auch wenn ich mir gewünscht hätte, mehr Zeit mit ihm zu verbringen. Dennoch war ich froh, dass es so gekommen war und nicht anders.

Den Kontakt zu Rudolph hatte ich abgebrochen. Das letzte Mal sah ich ihn, als Beamte ihn aus seinem Büro abführten. Ich weigerte mich, in der Folgezeit mit ihm zu sprechen. Zu sehr war ich damit beschäftigt, mit der Enttäuschung klarzukommen. Wut und Zorn empfand ich keine für ihn.

Was auch gut so war. Ich wollte mit dem Thema so gut abschließen, wie es mir eben möglich war.

Andreas half mir, das alles zu verarbeiten. Wir sprachen viel über die Ereignisse, über meine Leiderfahrung, über seine. Er erzählte mir, er hätte zuvor niemandem offenbart, dass er nur noch als Polizist arbeitete, weil es das Letzte war, das ihn mit seinem Sohn verband. Es war klar, dass er dies nur tat, weil er nicht akzeptieren konnte, dass Viktor tot war. Allzu verständlich. Er erzählte, wie seine Ehe daran zerbrach, wie er den Glauben an alles verloren hatte, das ihm wichtig war. Die Enttäuschung wurde irgendwann so groß, dass es ihn nicht mehr kümmerte, ob er sich wie ein Ekelpaket aufführte. Was meine Geschichte in ihm ausgelöst hatte, ist mir nicht wirklich klar geworden.

Kurz nach Weihnachten quittierte er den Dienst. Er verabschiedete sich mit einer innigen Umarmung, die ich nicht von ihm erwartet hätte. Ein knappes „Leb wohl", dann ging er in sein neues Leben und verließ meines genauso abrupt, wie er hineingetreten war. Welche Pläne er für sich und die Zukunft hatte, verriet er nicht.

Auch Christian Nybergs Zukunft war ungewiss. Er galt als Kronzeuge im Prozess gegen Rudolph und stand unter polizeilicher Beobachtung, da wir noch immer nicht herausgefunden hatten, ob und wie man diese Chips deaktivieren konnte. Klar war mittlerweile aber, dass sie sich wohl nicht aus dem Körper entfernen ließen.

Auch Yaron musste keine juristische Auseinandersetzung fürchten. Außer, dass er Andreas bewusstlos geschlagen und mir unzählige blaue Flecken verpasst hatte, konnte man ihm nichts vorwerfen. Trotzdem stand er sowohl unter medizinischer als auch polizeilicher Beobachtung. Yaron trug sogar die doppelte Ladung der Chips in sich. Es war nicht auszuschließen, dass er langfristig Schäden davontragen könnte. Außerdem stellte er eine zumindest potenzielle Gefahr dar. Yaron entschuldigte sich unzählige Male dafür, dass er mich angegriffen hatte. Er berichtete, dass sein Körper nicht auf seine Befehle gehorcht hatte und verglich es mit dem Fahren eines Autos, das bei zu hohem Tempo auf vereister Straße nicht die Spur halten konnte. Ich war ihm nicht böse, er war nicht Herr seiner selbst. Außerdem hatte ich genug Verluste erlitten, ich wollte ihn nicht auch noch als Freund verlieren.

Dann gab es noch Linus Boland. Er konnte endlich die Psychiatrie verlassen und langsam in sein altes Leben zurückkehren, wenn auch unter polizeilicher Begleitung. Er war ein wichtiger Zeuge gegen Rudolph und sein perfides Projekt.

Einzig, was mit Alfonso Mutola passiert ist, wusste ich nicht. Laut Jana Plank war er untergetaucht. Neben Interpol war eine ganze Reihe an westlichen Geheimdiensten hinter ihm her. Sie versicherte mir, dass es nur eine Frage der Zeit sei, bis man ihn finden würde.

Während meine Gedanken umherwanderten, hatte ich vergessen, wo ich war. Ich zuckte leicht zusammen, als mich zwei Arme von hinten sanft umschlungen und das Kinn eines männlichen Gesichts auf meiner Schulter abgelegt wurde. Ich sog die Körperwärme auf, genoss den Halt, den mir diese Umarmung gab und konnte meine Wehmut mit einem Male abschütteln.

„Bist du bereit?"

Marcels dunkle, weiche Stimme vibrierte in meinen Ohren und versetzte mir einen wohligen Schauer. Ich drehte meinen Kopf nach links und gab ihm einen Kuss. „Einen Moment noch."

„Alles klar." Ohne Eile löste er seinen Griff.

Ich atmete tief ein. Dann schnappte ich mir die letzte Kiste, ging ins Treppenhaus und zog ein letztes Mal die Tür zu.

Zu guter Letzt

Vielen Dank, dass du mein Buch gelesen hast. Das bedeutet mir sehr viel. Ich hoffe, du hattest genauso viel Spaß beim Lesen, wie ich beim Schreiben dieses Thrillers.

Vielleicht findest du die Technologie, die hier zum Einsatz kommt, erschreckend oder furchteinflößend und hast dir gewünscht, dass ein solches Szenario für immer Fiktion bleiben möge.

Als das Manuskript bereits fast fertig war, musste ich während einer Nachrecherche zu meinem eigenen Erstaunen feststellen, dass eine ähnliche Technologie bereits existiert. Sie ist zwar längst noch nicht so weit, wie in diesem Thriller. Doch der Weg dahin ist nicht mehr allzu weit. Wie so häufig, gilt es Chancen und Risiken gegeneinander abzuwägen.

Der Link führt auf eine Seite mit Hintergrundinfos zu meiner Recherche. Dort hat man die Möglichkeit, den Newsletter zu abonnieren.

https://subscribepage.io/UOj55m

Weiterhin würde ich mich freuen, wenn du mir bei Amazon oder einem der vielen anderen Buchportale eine Bewertung schreibst. Dadurch unterstützt du mich dabei, weitere Bücher zu verfassen. Und nicht vergessen, meinen Newsletter zu abonnieren. Vielen Dank.

Bis zum nächsten Buch
Sascha

Über den Autor

Sascha Braun wurde 1979 in der Pfalz geboren und lebt heute in Mannheim. Nach seinem Studium der Kulturwissenschaften war er viele Jahre in der Erwachsenenbildung tätig. Die Liebe zur Literatur entdeckte er bereits in früher Jugend. Seither begleitet ihn der Wunsch, selbst Romane zu schreiben. Ihn fasziniert dabei insbesondere die Frage: «Was wäre, wenn ...»
Proband 63 ist Saschas Roman-Debüt.

Kontakte

Webseite: **sascha-braun.net**
Instagram: **sascha.braun.autor**
Mailadresse: **kontakt@sascha-braun.net**